GULLIVER

818

Version 5 Punkt 12 kam auf die Auswahlliste zum Deutschen Jugendliteraturpreis.

Reinhold Ziegler

Version 5 Punkt 12

Roman

EIN **GULLIVER** VON **BELTZ & GELBERG**

Ebenfalls lieferbar: *Version 5 Punkt 12* – Arbeitsheft für Lehrer/-innen
ISBN 978-3-407-99096-9
Beltz Medien-Service, Postfach 10 05 65, 69445 Weinheim
Download: www.beltz.de/lehrer

www.gulliver-welten.de
Gulliver 818
© 1997, 1999 Beltz & Gelberg
in der Verlagsgruppe Beltz · Weinheim Basel
Alle Rechte vorbehalten
Neue Rechtschreibung
Markenkonzept: Groothuis Lohfert, Consorten, Hamburg
Einbandgestaltung: Max Bartholl
Gesamtherstellung: Druck Partner Rübelmann, Hemsbach
Printed in Germany
ISBN 978-3-407-78818-4
9 10 11 12 13   14 13 12 11 10

ERSTER TAG

Ich wollte diese Welt nicht verändern. Wenn ich es trotzdem getan habe, tut es mir Leid.
–
Ja, ich verstehe, Sir, keine Statements, keine Entschuldigungen – zuerst nur meine Personaldaten. Meine π-number ist 02202606840013. Mein Name ist Tubor Both. Ich wurde am 26. Juni 1984 in Fürstenfeldbruck in der damaligen Bundesrepublik Deutschland geboren. Meine Mutter ist Annemarie Both aus Fürstenfeld, mein Vater Julius Finderl aus München, er hatte jedoch zunächst wenig mit mir zu tun.
Ich wuchs auf in Fürstenfeldbruck, besuchte dort die Grundschule, später das Gymnasium, mein Abitur machte ich 2003 in München. Danach studierte ich Statistik mit Schwerpunkt Marktforschung, machte darin meinen Abschluss. Das war 2010, also vor fünfzehn Jahren. Von 2013 an wohnte ich in Wohnwiesen.
–
Sie wollen mehr von München wissen? Warum interessiert Sie so was? Tut es irgendetwas zur Sache?
–
Sie wollen einen Überblick bekommen. Also von mir aus. Zunächst mal – ich habe mich wohl gefühlt in München. Ich bin mit fünfzehn zu Hause ausgezogen. Silvester, um genau zu sein. Silvester des Jahres 1999. Sie wissen vielleicht, wie

man mit fünfzehn ist, oder? Na ja, vielleicht nicht. Ich war neugierig in diesem Alter, geradezu hungrig. Und ich hatte es längst satt zu Hause. Meine Mutter war immer so duldsam, so hinnehmend, wenn Sie verstehen, was ich meine. Dieser Mann hatte ihr ein Kind gemacht – Schicksal, so nannte sie es. Sie bekam es irgendwie auf die Reihe, bekam mich auf die Reihe. Es war keine tolle Kindheit, sie bekam mich halt auf irgendeine Weise groß. Der Mann bezahlte ein bisschen, sie verdiente ein bisschen und irgendwie ging es. Irgendwie muss es gehen, hörte ich immer von ihr. Sie arbeitete von zu Hause aus, hatte so einen alten PC dastehen, machte Steuergeschichten für ein Büro in der Nachbarschaft. Als damals die große Zeit der Pleiten kam, machte ihr Büro auch zu, sie zuckte nur mit den Schultern, wieder Schicksal. Natürlich fand sie etwas anderes, arbeitete sich ein, auch die machten zu. Dann eine Weile in Nachtschicht als Bedienung, damals war ich etwa zwölf. Ich war abendelang alleine, tippte an ihrem jetzt nutzlosen Rechner rum, wählte mich ins Internet, bekam Kontakt mit anderen Computer-Kids, so hat das alles angefangen.

–

Nein, ich würde mich nicht als Hacker bezeichnen, damals nicht und heute nicht. Ich tippte nur so rum, ich verstand und verstehe viel zu wenig von der Sache. Ich hatte ab und zu Kontakt zu Leuten, die so was machten, Chat-Kontakt, kaum mal persönlich, das kam erst später, in München. Ich surfte mehr so ziellos im Internet rum, machte mich oft älter, indem ich die π-Nummer meiner Mutter benutzte. Einmal besuchte ich mit ihrer Nummer eine Single-Party und bot mich an. Ich bekam ziemlichen Ärger. Sie buchten 200 EURO

von dem Konto meiner Mutter ab und schickten ihr laufend Angebote. Dabei hätte sie alles gebraucht, bloß keinen Mann. Na ja, vielleicht doch, wer kann's wissen?
Irgendwie bekam ich die Jahre rum.
–
Silvester, ja. Wir standen auf unserem Balkon, wie zwei ausgemusterte Satelliten im Raum, die sich beständig um sich selber drehen, der Sonne abgewandt, losgelöst und nutzlos. Aber ich war erst fünfzehn.
»Mama, ein neues Jahrtausend fängt an«, sagte ich zu ihr, »alles wird anders werden. Wir steigen wieder ein, Mama, wir kommen groß raus. Wir machen einfach das, was wir wollen, Ellbogen raus und los, verstehst du, Mama – einfach das, was wir wollen!«
Sie sah mich an mit ihren müden Augen. »Ich will nichts mehr«, sagte sie.
Sie war damals vierzig, bisschen drüber vielleicht, ich müsste rechnen. Ich war fünfzehn, verstehen Sie? Das waren zwei Welten. Als sie das sagte, »Ich will nichts mehr« – ich meine, mit vierzig ist man doch noch nicht fertig. Unsere Welten fielen einfach auseinander. Zwei Satelliten, die keine gemeinsame Bahn mehr hatten. Sie hat mir auch nie gezeigt, dass ich wichtig für sie bin, oder so etwas. Sie wollte ja ohnehin nichts mehr, mich auch nicht, nahm ich an. Wir stehen also vor dem dritten Jahrtausend, vor uns der Himmel wird schon laut und bunt und ich den Kopf voller Wirbel und das Blut voll Brause, das kribbelt und quält. Und sie sagt mir mit ihren müden, langweiligen Augen ins Gesicht: »Ich will nichts mehr.«
»Arschloch«, habe ich zu ihr gesagt. Später tat es mir Leid,

das sagt man nicht zu seiner Mutter, ich wollte das auch nicht, es kam so raus. »Armer Mensch«, hätte ich sagen sollen, »armseliger« vielleicht, aber man denkt nicht in so Situationen.
Ich war angezogen, hatte Schuhe an, Jacke, Mütze. Es war kalt auf dem Balkon im dritten Stock. Ich ging zum Kühlschrank, nahm unsere Flasche Sekt raus und ging. Es klingt komisch, aber ich habe mich einfach von meiner Mutter getrennt. Habe Schluss gemacht, verstehen Sie? Wie man eine ungeliebte Freundin stehen lässt, ich bin einfach gegangen.
Sie nahm es als Schicksal, wie alles. Von allein zu ganz allein war es nicht weit. Sie wollte ohnehin nichts mehr, auch nicht von mir.
Ich lief raus, den eisigen Sekt unterm Arm. Doch, ich wusste, als ich draußen war, dass es vorbei war. Ich hatte keine Ahnung wohin, ich wusste nicht, wie das mit dem Geld und einer Wohnung gehen sollte, aber ich wusste, die Kindheit ist vorbei. Tür zu, Kindheit fertig, war eh nichts wert gewesen.
Aber da war keine Trauer, nur Aufregung und Durcheinander, ein bisschen Zufriedenheit und Stolz. Ein bisschen Wut vielleicht, ja, aber mehr Hoffnung und Aufregung als Wut.
Als es Mitternacht wurde, ließ ich den Korken aus der Flasche fahren. Er schoss hoch und verlor sich im grellbunt gestreiften Himmel, er kam nicht zurück. Ich trank und reichte die Flasche rum, es standen jede Menge Leute auf der Straße. Meine Laune wurde immer besser. Jemand nahm mich mit nach München und ich lief durch die Stadt, bis es hell wurde.

Roman ist mein Onkel, wir nannten ihn Ro. Er ist fast zehn Jahre jünger als meine Mutter, war also damals Anfang drei-

ßig. Er lebte allein in München in der wohl hässlichsten Wohnung, die ich je gesehen habe. Es war ein Altbau im Parterre, vor den Fenstern sah man die unverputzten dreckigen Klinkerbrandmauern des Nachbarhauses. Es kam nie Licht in sein Loch, geschweige denn Sonne.
»Das ist in Ordnung so«, sagte er immer, »da reflektiert wenigstens nichts in den Bildschirmen.«
Vielleicht sah er nicht nur in der Dunkelheit, sondern auch in dem muffigen Geruch, der ständig in der Wohnung hing, noch einen Vorteil, ich habe ihn nie danach gefragt. Er hatte keinen Job, jedenfalls keinen, für den er seine Höhle verlassen musste. Womit er sein Geld verdiente, weiß ich nicht, viel wird er nicht gebraucht haben. Er hatte keinen Tagesablauf in seinem Leben, keine Wochenenden und keine Jahreszeiten. Er hatte nur Computer. Ich weiß nicht, ob er jemals gegessen oder geschlafen hat. Aber ich mochte ihn. Ro, mein Onkel. Mein einziger. Ich hatte nicht viele Verwandte.
Mama sagte, Ro sei persönlichkeitsgestört – was immer das heißen mag. Vor allem, was immer es heißen mag aus dem Munde meiner Mutter. In meinen Augen war die ganze Familie gestört.
Als ich an jenem Neujahrsmorgen bei Ro klingelte, rührte sich zunächst nichts. Das kannte ich. Ich war nicht oft mit Mama hier gewesen, aber wann immer wir geklingelt hatten, hatte er erst beim dritten oder vierten Mal reagiert. Es gab draußen nichts, was ihn interessierte. Er erwartete keine Ereignisse außerhalb seiner Computer, keine guten und keine schlechten. Es gab keinen Grund, die Tür zu öffnen, außer der Möglichkeit, damit die Nerverei abzustellen, wenn das Klingeln nicht endet.

»Tubor«, sagte er, als er mich sah. Nicht erstaunt, nicht vorwurfsvoll und schon gar nicht erwartend, etwa von der Mutter informiert. Nur eine Registrierung: Der da draußen, der vor meiner Tür, das ist Tubor. Er ließ die Tür los und ging zu seinen Bildschirmen zurück. Ich folgte ihm, räumte mit einem Griff ein paar Sachen von einer ebenen Fläche und setzte mich drauf.
»Es ist Neujahr«, sagte ich, »Neujahr 2000.«
»Ja, ja«, antwortete er, während er weiter auf der Tastatur rumhackte, »hab's schon gemerkt an den Sprüchen im Netz!«
Ich sah ihm eine Weile zu, vielleicht erwartete ich, dass er mich fragte, was eigentlich los sei. Ich war fünfzehn damals. Es war der erste Januar 2000 und ich stand gegen sechs Uhr morgens mit einer fast leeren Flasche Sekt etwas betrunken und verloren vor seiner Tür. Es hätte mir gut getan, er hätte was gefragt. Aber er saß mit dem Rücken zu mir, fingerte an den Tasten rum. Die Haare waren lang und hinten mit einem Gummiring zusammengebunden, damit sie ihm nicht in die Augen fielen. Sein Rücken war krumm, der alte Pullover, die Jeans schäbig und abgesessen. Ich fragte mich plötzlich, ob er wohl jemals Sex gehabt hatte – außer im Internet.
»Ro! Ich muss eine Zeit lang bei dir bleiben.«
»Hat sie dich rausgeschmissen?«, fragte er nach einer Weile, ohne sich umzudrehen.
»Ich bin gegangen, ich konnte sie nicht mehr aushalten.«
Er nickte.
»Drüben steht 'ne Liege. Stapel das Zeug einfach ins Eck.«
»Ich habe nichts dabei«, sagte ich, »nur das.« Ich trank den

letzten Schluck Sekt, er war abgestanden und lau, mir wurde übel.
»Kannst du mir Geld geben?«
»Geld?«, fragte er verwundert, als müsste er nachdenken, was das sei. »Geld, ja natürlich. Hier, nimm dir was raus.«
Er schob mir eine Pappschachtel hin, sie war voll mit Hundertern. Es müssen einige tausend EURO gewesen sein. Ich nahm mir fünfhundert raus.
»Ich muss schlafen«, sagte ich.
Ich ging rüber ins Bad und erbrach mich, dann räumte ich die Liege frei und legte mich hin. Ich war so plötzlich erwachsen geworden und mir war schlecht davon.

So fing München an. Ro erwies sich als gar nicht so übel. Vielleicht braucht er einfach seine Zeit, bevor er mit einem Menschen Verbindung aufnehmen kann. Er half mir, wo es nötig war, ansonsten ließ er mich in Ruhe. Mit Mama traten wir per E-Mail in Kontakt, da mussten wir wenigstens nicht reden. Sie machte keinen Versuch, mich zurückzuholen, das war mir recht, aber es schmerzte auch. Wenn wir Unterschriften brauchten, schickten wir ihr das Zeug zu und bekamen es am nächsten Tag unterschrieben zurück. Ich wechselte die Schule, suchte mir ein Zimmer in Ros Gegend, richtete mir ein Giro ein. Ro gab mir einen von seinen Computern, so konnte ich mit allen in Verbindung bleiben.
Zuerst lebte ich von Ros Geld, dann kam Geld von Mama.
»Es ist das Geld von deinem Erzeuger plus etwas von mir«, schrieb sie auf meinen Bildschirm, »mehr geht nicht.«

An einem Nachmittag, Mitte Februar, fuhr ich mit der

S-Bahn zurück, um Sachen zu holen. Die Wohnung war leer, ich hatte mich nicht angemeldet. Ich packte Klamotten in zwei Koffer, meine Schulsachen und Zeug, an dem ich hing. Als ich aus meinem Zimmer ging, schaute ich zurück. Der ganze Raum war voll gestopft mit Sachen: Spielzeug, Tierchen, Elektronik, Bücher, Bilder, Plakate, Keyboard, Elektro-Sax, Cyberhelm, Modellautos, Taucherbrille, Zeitschriften. Ich war froh, alles dort lassen zu können.
Unten auf der Straße begegnete sie mir.
»Hallo«, sagten wir zueinander, dann gingen uns die Worte aus.
»Ich wollte nicht Arschloch sagen«, meinte ich noch, sie nickte.
»Die Koffer brauche ich wieder, ich habe keine anderen.«
»Schon klar«, sagte ich.
Sie flüsterte noch etwas, was ich nicht verstand, ich beugte mich runter zu ihr.
»Gibst du mir noch 'nen Kuss, mein Kleiner?«, fragte sie.
Ich stellte die Koffer ab, küsste sie, drückte sie ein bisschen. Sie weinte.
»Tschüs Mama«, sagte ich. Vielleicht war es ein paar Jahre zu früh, aber irgendwann wäre es doch gekommen.

Ich hasste den Geruch, wenn ich zu Ro in die Wohnung kam, hasste den Dreck, das Dunkel, das ganze Schmuddelige und diese Unordnung, ich kannte das von zu Hause, die ganze Familie war so. Ich bemühte mich, es anders zu machen. Ich kaufte mir saubere Klamotten, Aftershave, sogar ein Jackett und zwei Krawatten. Ich brachte meine Sachen in die Wäscherei, ging regelmäßig zum Friseur, rasierte, was da so

allmählich morgendlich wuchs. Die Scheine wurden mir knapp.
Also ging ich zuerst zweimal die Woche von drei bis zehn in einem Imbiss Hamburger braten. Es war anstrengend und der Fettgeruch war widerlich, aber es brachte recht gut Geld. Irgendwann stand ich abends neben dem Besitzer, als er Kasse machte. Er war so ungeschickt auf dem Rechner, dass ich ihn fragte, ob ich ihm helfen solle. Wir merkten beide, dass ich am Rechner besser aufgehoben war als vor der Bratmulde. Also ließ ich das Braten und kam jeden Abend um zehn, um die Abrechnung zu machen. Das war siebenmal eine Stunde, gegen vorher zweimal sieben Stunden Braten – und er gab mir dasselbe Geld dafür. Ich hatte meinen Stundensatz verdoppelt.
Ein paar Wochen später erzählte er mir, dass er noch zwei andere Buden und eine Tankstelle hätte, ob ich das andere Zeug nicht auch abrechnen wollte. Wir rechneten aus, dass ich jeden Abend rund vier Stunden unterwegs wäre, dafür wollte er mir 3000 EURO im Monat zahlen. Es ging aber alles viel einfacher, merkte ich bald. Ich richtete die Rechner in den Buden so ein, dass sie selbsttätig gegen zehn ihr Ergebnis zum Rechner der Tankstelle überspielten. Da die Leute zunehmend mit ihren π-Karten zahlten, war kaum Bargeld einzusammeln, wir ließen es meist die halbe Woche in den Kassen. Alles, was ich zu tun hatte, war abends um zehn zur Tankstelle zu fahren und dort im Büro die vier Objekte auf einem Rechner abzurechnen, die Transfers zu tätigen und den Geldfluss zu überwachen. Statt vier Stunden brauchte ich eine. Der Chef fand's toll und zahlte mir trotzdem 3000. Anfang Juni hatte ich so viel Geld, dass ich mir eine Woh-

nung mietete. Groß, hell, mit viel Glas auf München hinunter. Ich hatte schon immer ein Faible für Hochhäuser.
An meinem sechzehnten Geburtstag lud ich meine ganze Klasse in die neue Wohnung ein. Sie wohnten alle noch zu Hause und waren total geschafft, dass ich mein eigener Herr war. Mitternacht gingen die Ersten heim, am Schluss, gegen zwei, saß nur noch Lilli auf meiner Couch. Sie war ein bisschen betrunken.
Sie hatte diesen süßlichen Münchner Akzent, mit dem manche Frauen Püppchen aus sich machen und ein von oben nach unten singendes »Mei« sagen, wenn sie sich über etwas freuen oder wundern.
»Willst es mit mir machen?«, fragte sie.
»Klar«, sagte ich. Ich hatte nicht mal Gummis im Haus, aber ich wusste, wo ich welche kriegen konnte. Ich radelte zu meiner Tankstelle, da war auf der Toilette ein Automat. Als ich zurückkam, lag sie nackig in meinem Bett und schlief. Ich zog mich aus, legte mich daneben und streichelte sie, bis sie aufwachte.
Während ich mich über ihr bewegte, fiel mir Ro ein. »Ich tu etwas, was du nicht tust, und das ist geil. Ich tu etwas, was du nicht tust, und das ist geil«, ging es mir immer wieder durch den Kopf wie ein gesampelter Kinderreim.
»Mei!«, sang Lilli süßlich, als sie kam und ich war stolz und glücklich.
Wir blieben ein paar Monate zusammen und sie brachte mir alles bei, was sie wusste. Ich kaufte ihr CDs und ab und zu Klamotten und wir spielten in meiner Hochglanzwohnung schön, reich und berühmt. Dann wurde ihr Vater nach Rom versetzt, ein paar Wochen tauschten wir am Telefon noch

Tränchen und kleine Geilheiten aus, dann verloren wir uns aus den Augen.
–
Tut mir Leid, Sir, wenn ich Ihnen so was erzähle. Es ist nicht das, was Sie hören wollen, nehme ich an.
–
Roman würde Sie mehr interessieren? Was er so tat? Ja, wenn's sein muss, Sir, aber ich hoffe, ich ziehe ihn nicht mit rein. Er hatte mit der Sache nichts zu tun. Ich nehme an, er war so was wie ein Hacker, jedenfalls kannte er sich ziemlich gut aus. Vielleicht habe ich ihn zu negativ beschrieben. Er ist hochintelligent, müssen Sie wissen. Er spielt Schachpartien über die ganze Welt und, na ja, ich geb Ihnen mal ein Beispiel: Als ich durch meinen Job genug Geld verdiente, rief ich meine Mutter an und erklärte ihr, das Geld von meinem Erzeuger sei okay, aber sie müsste mir von ihrem Geld nichts mehr schicken, ich hätte genug. Sie ließ den Mann direkt auf mein Konto zahlen. Also kamen jeden Ersten 1200 EURO auf mein Konto, allerdings ohne Absenderangabe, Verwendungszweck »Unterhalt Tubor«, das war alles.
Ich erzählte Ro mal davon, wie dieser Mann sich raushielt, damit ich ihn nur ja nicht finden konnte.
»Würdest du denn gerne wissen, wer er ist?«
»Klar«, antwortete ich.
Er brauchte ungefähr eine Stunde, ich saß daneben. Obwohl ich zu der Zeit schon ziemlich Ahnung von Computern, Online, Netzen und Banksystemen hatte, verstand ich nur ganz am Anfang, was er da in seine Tasten reinarbeitete. Immer wieder kamen gesperrte Zugangsebenen. Er wich dann aus

in offene Bereiche, rief irgendwelche Programme auf, die wohl Codes abscannen konnten, und kurz darauf war er wieder ein Stück weiter. Plötzlich war er richtig drin, er hatte das gesamte Überweisungsverzeichnis offen auf dem Schirm, suchte nach dem Dauerauftrag von 1200 EURO auf mein Konto, dann war die Zeile markiert:
»Julius Finderl, Andersenweg 17, 81925 München-Bogenhausen«
Mitsamt Bankverbindung und Kontonummer und allem Pipapo. Ich denke, Ro wusste einfach, wie so was geht, ohne sich allzu sehr Gedanken um legal oder illegal zu machen. Ich glaube nicht, dass er jemals einen Vorteil aus seinem Können gezogen hat. Wenn ich Probleme mit meinem Job hatte – Computerprobleme meine ich, für andere Probleme war er die absolut falsche Adresse –, dann ließ er sich die Sache kurz erklären, holte sich mein Zeug auf den Schirm, was er ja eigentlich auch nicht durfte, und löste sie für mich. Es gab nichts, was er nicht hinkriegte, er bekam alles in den Griff – außer seinem Leben vielleicht, da war er hilflos wie ein Kind.

–

Ja, Sir, ich habe meinen Erzeuger tatsächlich aufgesucht. Erst wollte ich es lange nicht machen, aber so ein Zettel mit einer Adresse drauf, den du in der Tasche rumträgst, hat eine gewaltige Macht. Das brennt wie ein glühendes Eisen auf der Haut. Ich war damals, als Lilli weg war, oft mit dem Bike unterwegs, kreuz und quer durch die Stadt. Irgendwie hat sie mir vielleicht doch gefehlt. Und wie es so geht, ich fand mich plötzlich in Bogenhausen, suchte so halb gewollt, halb nicht, nach dem Andersenweg. Die Siebzehn war ein total geiles

Haus, eine alte Villa, umgebaut mit Stahl und Glas, teuer, teuer, alles vom Feinsten.
»Julius Finderl, Architekt« stand auf einem Messingschild.
Ich fuhr wie unter Zwang heim, zog mir meine besten Sachen an und fuhr mit der U-Bahn noch mal raus. Ich zittere nicht oft, aber damals habe ich gezittert vor Aufregung, die ganze Fahrt lang.
Der Mann war sympathisch. Gut vierzig, wie Mama, aber von ganz anderem Korn. Er sah mich einen Augenblick verwundert an, als er die Tür öffnete, dann lachte er, streckte mir die Hand hin. »Tubor, oder?«
Ich nickte.
»Du hast die Augen von Annemarie, unverkennbar.«
Mamas langweilige Augen, dachte ich, ihre Schlafzimmeraugen, die immer so müde und fertig aussahen.
Wir unterhielten uns lange, verlorener, gefundener Vater und Sohn. Die Sache war ganz anders gewesen. Mama hatte mich die ganze Zeit belogen. Er hätte nie etwas dagegen gehabt, dass ich ihn kennen lerne. Sie war es, die es nicht wollte. Es war ein Seitensprung, seine Frau wusste davon, wusste auch von dem Kind, von mir. Mama wollte es nicht, wie sie immer nichts von anderen wollte. Sie wollte mich alleine haben, den anderen zeigen, dass sie es schafft. Diese tolle, großartige allein erziehende Frau, schlägt sich heldenhaft durch die Widernisse des Lebens. Mein Leben auf der Mitleidswelle, wie edel, wie gut.
Julius lief mit mir durchs Haus. Ich spürte plötzlich, woher mein Ekel kam vor Dreck und Dunkelheit, vor Unordnung und alten Handtüchern. Hier war alles hell und sauber, aufgeräumt und gut riechend. Vielleicht ein bisschen zu viel,

vielleicht ein bisschen erschreckend nobel, aber das war wohl eine Frage der Gewöhnung.
Julius nahm mich mit in sein Büro, es lag im Souterrain nach hinten zum Garten hinaus. Er zeigte mir Pläne und Modelle von seinen Häusern, Zeichnungen, Fotos.
Wir saßen lange zusammen da unten. Ich erzählte. Ich bewunderte ihn und meine Wut auf Mama stieg. Es hätte so einfach sein können. Warum musste sie dieses Theater abziehen, sechzehn Jahre lang?
»Brauchst du Hilfe?«, fragte er, als ich ging.
»Im Moment ist alles super«, sagte ich, »ich rühre mich, wenn ich was brauche.«
»Wenn's mal ins Studium geht oder wenn du keine Lust mehr hast, kannst du die Jobberei aufhören. Wir machen das schon mit dem Geld, okay? Und schau mal wieder rein!«
Plötzlich hatte ich einen Vater.
Komischerweise sah ich ihn dann doch nur selten, bis zum Abi vielleicht zwei-, dreimal. Ich ging einfach nicht hin, hatte immer das Gefühl, ich bräuchte und wollte seine Hilfe nicht. Er legte mir manchmal kleine Nachrichten in meinen Anschluss, aber meistens beantwortete ich sie nicht. Ich wollte es alleine schaffen. Ein Teil von mir war Mama – persönlichkeitsgestört. Zum Abi wollte er mir ein Auto schenken, aber ich lehnte ab, ich hatte keinen Führerschein. Also bezahlte er mir den Führerschein. Das war okay. Ich fuhr in München mit dem Fahrschulwagen rum, bis ich den Schein hatte, dann steckte ich ihn weg und fuhr wieder Bike. Kurz vor dem Studium hatte er eine große Party bei sich. Ich fand in meiner Mailbox seine Einladung, wie schon öfter zuvor. Obwohl ich noch nie gekommen war, schickte er immer

wieder Einladungen für seine Partys. Er machte mir nie Vorwürfe deswegen. Er machte mir sowieso nie Vorwürfe. Damals entschloss ich mich, aus einer plötzlichen Laune heraus, hinzugehen.
An diesem Abend lernte ich Nuala kennen. Sie war Architekturstudentin aus Irland, bei seiner Firma im Praktikum. Sie hatte kurze rote Haare und ich fand sie so aufregend, dass ich nicht mehr sprechen konnte. Nach Lilli waren ein paar Geschichten gewesen, meist so aus dem Umfeld der Schule, mal für eine Nacht, mal für ein paar Wochen. Aber Nuala sah ich und wollte bei ihr bleiben. Ich hatte noch kein Wort mit ihr gewechselt, aber wollte sofort für immer mit ihr zusammen sein.
Ich fing an, Julius in seinem Büro zu besuchen, sah sie dort, starrte sie an. Ich konnte mich noch nie besonders gut in Frauen hineinversetzen. Ich war fest davon überzeugt, dass eine Frau wie Nuala sich nicht einsam fühlen konnte, auch nicht 2000 Kilometer von ihrer Heimat entfernt. Ich dachte immer, ein Schwarm von Männern um sie herum würde ihr schon Abwechslung bereiten. Aber der Schwarm war ihr eher lästig. Sie wollte jemanden, bei dem sie zu Hause sein konnte. Sie brauchte eine Insel, auf der sie leben konnte. Als ich zum dritten Mal im Büro auftauchte, kam sie auf mich zu.
»Kommst du wegen mir?«, fragte sie direkt.
Ich brachte noch immer kein Wort heraus, nickte nur.
Wir setzten uns rüber in die Kaffeeküche.
»Wer bist du?«
»Tubor, ich bin ein Sohn von Julius«, sagte ich mit einer Stimme, die sich vorsichtig wieder getraute zu existieren.
»Was willst du von mir?«

Wir sprachen Englisch, ihr Deutsch war damals noch recht brüchig.

»Everything!«, sagte ich leise, ohne sie anzusehen. Wenn ich sie ansah, konnte ich nicht sprechen.

»Das ist viel«, sagte sie nach einer Weile, »wir werden sehen. Ruf mich an, okay?«

Vielleicht beginnen große Beziehungen nicht mit einer schnellen Nacht im Bett, vielleicht war es ihre Vorsicht, vielleicht ihr Katholizismus. Ich hatte Geduld. Am ersten Abend sagte sie mir, dass wir dasselbe suchten. Was immer es war, was sie meinte, ich war bereit, es mit ihr zu suchen. Sie liebte meine Augen, die ich so sehr verachtete, diese langweiligen Schlafaugen, die sie kleine Inseln der Ruhe und Einsamkeit nannte.

Wir blieben sieben Jahre lang zusammen. Wir wohnten zusammen, wir liebten uns. Sie verlegte ihr Studium nach München und studierte dort zu Ende. Wir verbrachten die Studienzeit zusammen, machten im selben Jahr unser Diplom, suchten uns beide einen Job. Sie fing bei einem kleinen Architekturbüro an, das hauptsächlich Fabrikhallen baute, ich begann beim Macron-Verlag, war dort von Anfang an beim Projekt LOGO dabei.

Wir stürzten uns beide voller Elan in unsere Arbeit und die gemeinsame Zeit wurde weniger. Dann kam die große Wirtschaftskrise. Ihr Büro, das ja direkt von den Investitionen der Industrie abhängig war, schloss recht früh, Ende 2011, da waren andere noch dabei, sich zu entrüsten, dass es überhaupt eine Krise gab. Sie wechselte zum Wohnungsbau, bekam eine schlecht bezahlte Stelle, wurde unzufrieden.

Wir bei LOGO hatten damals noch viel Geld, das Projekt

wurde vom Verlag als Vorzeige-Multi-Media-Marketing-Objekt gepowert, aber intern spürten wir schon eine ganze Weile, dass es abwärts ging. Ich kroch noch tiefer in die Arbeit, wirbelte zehn, zwölf Stunden jeden Tag, hing die Wochenenden zu Hause am Computer rum, um den Rest zu schaffen, der die Woche über liegen geblieben war. Ich spürte mich nicht mehr und ich spürte sie nicht mehr. Auf einmal war sie weggedriftet auf ihre eigene Insel, weit weg von meiner.

Manchmal frühstückten wir miteinander, aber sie war nicht mehr wirklich anwesend. Plötzlich suchten wir nicht mehr dasselbe, was immer es gewesen sein mochte. Wir waren nicht mehr auf derselben Welt.

Dann wurde LOGO dichtgemacht. Wir erfuhren mit Abschluss der Ausgabe März 2013, dass es keine Aprilausgabe mehr geben würde.

Vierunddreißig Leute standen auf der Straße, sieben wurde ein Übernahmeangebot vom Verlag gemacht. Ich gehörte dazu.

Das Angebot war klar: Übernahme durch die Macron-Verlagsgruppe in Wohnwiesen zu verringerten Bezügen und Abstufung vom Fachbereichschef zum Unterbereichsleiter. Alternative: Arbeitsamt.

Wohnwiesen hatte damals einen zwiespältigen Ruf. Viele fanden die Idee einer neuen, geplanten Stadt faszinierend, einer Stadt, in der alle technischen und informellen Systeme auf dem neuesten Stand waren, vieles, was man bei uns in München nur für viel Geld bekam, war in Wohnwiesen von vornherein eingeplant und damit Standard in jeder Wohnung. Der PT, der Personal Telecommunicator, gehörte da-

zu, jede Wohnung hatte Anschluss an WWTV und WWDW, die weltweiten Fernseh- und Datennetze, und war mit dem VOC, dem Video-On-Call-System der drei großen europäischen Filmanbieter, verbunden. Die Stadt war konsequent auf die Verwendung der π-Karte ausgelegt, Bargeld war dort überflüssig geworden genauso wie Führerschein, Personalausweis oder andere Ausweispapiere, es genügte die Karte oder sogar nur die π-Nummer in Verbindung mit der einmal erfassten Sprachunterschrift, dem Voicesign.
Aber wem erzähle ich das? Ich nehme an, Sie wohnen selber schon lange hier, Sie kennen die Stadt, Sie wissen seit langem Bescheid, oder?
–
Gut, Sir, wenn Sie wollen. Sicher, es ist meine Sicht der Dinge, vielleicht nicht ganz objektiv. Aber so sah ich es damals. Mein Blickwinkel änderte sich später. Natürlich, sonst wäre es nie so weit gekommen. Aber unterbrechen Sie mich, wenn ich Sie langweilen sollte.
Wohnwiesen vor den Toren Berlins war geplant worden, als die damalige bundesdeutsche Regierung Berlin zur Metropole gewandelt hatte, so hatten wir es in der Schule gelernt. Dann folgte der Zusammenschluss Europas, die Europaregierung kam nur in Teilen nach Berlin, plötzlich schien das Projekt zu kippen. Gerettet wurde es durch einen Schulterschluss der Elektronikindustrie mit der Bauwirtschaft. Man wollte das Projekt zur europäischen Musterstadt ausbauen, viele Betriebe würden sich in der Peripherie ansiedeln, optimale Lebensbedingungen sollten geschaffen werden, zugleich mit optimalen Arbeitsbedingungen.
Als ich das Angebot bekam, dorthin zu gehen, war Wohn-

wiesen seit zwei Jahren in Betrieb. Aus den unzähligen Fernsehshows zur Einweihung und zum ersten und zweiten »Geburtstag« der neuen Stadt waren mir einige Zahlen in Erinnerung geblieben. Die Quote der Singles in der Stadt betrug 84 Prozent, die Arbeitslosigkeit lag unter fünf Prozent. Die durchschnittliche Wegstrecke zur Arbeit und zum Einkaufen lag unter drei Kilometer. Rechnete man das NEAR, die New Electronic Area Rickshaw, dazu, dessen Stopppunkte eng über die ganze Stadt verteilt waren, so war jeder Punkt der Stadt von jedem anderen zu jeder Zeit in weniger als 19 Minuten erreichbar, und das bei einer Ausdehnung der Stadt, die ohne äußeren Industriering im Durchmesser 15 Kilometer betrug. Zwei Millionen Menschen lebten zu der Zeit bereits dort, im Durchschnitt verzeichnete Wohnwiesen pro Tag rund 400 Neuzuzüge.

Nuala wusste andere Zahlen: Der Wohnraum pro Person lag bei 29 Quadratmeter, es gab fast keine Kinder und alte Leute in der Stadt, die Lebenshaltungskosten lagen um 34 Prozent über dem Durchschnitt Europas, die Zahl der Schlaganfälle um 17 Prozent, die Zahl der Herztoten um 42 Prozent und die Zahl der Selbstmorde um 112 Prozent darüber. Sie wollte es sich nicht einmal anschauen.

Aber ich wollte hin, wollte mir selber erst mal ein Bild machen. Hatte mir vorgenommen, ohne Vorurteile der einen oder anderen Art die Stadt zu durchschlendern, wollte das Gute und das Böse gegeneinander abwägen – aber es kam nicht mehr dazu.

Eine E-Mail des Macron-Verlages forderte mich auf, mich in Sachen der angebotenen Stelle innerhalb von achtundvierzig Stunden zu entscheiden, da sie andernfalls vergeben werde.

»Mach, was du willst«, sagte Nuala, »es ist deine Entscheidung.« Es schien, als hatte sie ihre Entscheidung längst getroffen, und ich meinte zu fühlen, dass es eine Entscheidung ohne mich war. Sie würde, da war ich mir damals sicher, auf jeden Fall ihren eigenen Weg gehen, selbst wenn ich in München bliebe – arbeitslos in München bliebe.

Ich setzte mich vor meinen Rechner, loggte mich im Netz ein, klickte mich durch, bis ich an der Pforte von Wohnwiesen angekommen war. Dann zog ich, wie schon seit langem nicht mehr, den VR-Helm über. Mit sanften Klängen ließ ich mich in die virtuelle Realität der neuen Stadt geleiten. Ich wusste natürlich, dass das Ganze eine große Werbesendung für die neue Stadt war, natürlich. Aber ich fühlte mich immun dagegen.

Vermutlich stimmen die Untersuchungen, auch ich sehe es heute anders als damals. Die Gewissheit, sich nur in einer Scheinwelt zu befinden, so heißt es, weiche nach einigen Minuten dem indifferenten Gefühl, nicht wirklich durch die VR-Welt zu gehen. Ein paar Minuten später sei das Gehirn bereits so weit an die neue Situation adaptiert, dass die Unterscheidung zwischen real und virtuell zumindest unbewusst nicht mehr getroffen wird. Nur noch bei konkreter Nachfrage erklärten die Versuchspersonen, sich darüber im Klaren zu sein, dass die Welt, in der sie sich gerade bewegten, eine Scheinwelt sei. Aber selbst dieser Rest Realität gehe bei intensiver VR-Nutzung bei vielen Menschen verloren.

Was immer: Ich war mir damals sicher, dass mir zu jedem Zeitpunkt der schöne Schein dieser Welt bewusst war. War mir sicher, immer im Hinterkopf zu haben, dass alles, was ich sah, nicht real war oder zumindest nicht real sein musste.

Potemkinsche Elektronikdörfer. Aber vierhundert Zuzüge pro Tag, das waren vierhundert Menschen, die davon überzeugt waren, dass es ihnen hier auch real besser ginge als irgendwo in Paris, Dublin, München, Istanbul oder Dresden. Ich wanderte durch die historische Innenstadt, schaute in Kneipen und Theater, ließ mir Wohngegenden zeigen, benutzte den Fahrstuhl in einem der Wohntürme, genoss die Aussicht gegen fünf Uhr abends, wenn die Sonne hinter der Seenlandschaft im Westen von Wohnwiesen versank. Hier wollte ich wohnen, in einem dieser Türme in West 2, eine nicht ganz billige Gegend, aber vielleicht die Chance, einen besseren Start zu bekommen als anderswo. Im 42. Stock war ein Apartment frei, 34 Quadratmeter, ein großer Raum mit Kochecke, ein kleines Bad, ein Personal Telecommunicator neuester Generation bereits im Preis enthalten, der ganze Wohnblock, wie alle Blocks, die neu gebaut waren, voll π-kompatibel. NEAR-Anschluss direkt unter den vier identischen Türmen, die den Ortsteil Wohnwiesen West 2 ausmachten. Dazu gehörte ein Einkaufszentrum mit Hallenbad, Kino, Disko, Kneipen und Fitnessstudio, das wie eine Schildkröte flach unter einer Glaskuppel zwischen den vier Türmen lag. Ich ließ mich mit dem Aufzug in den 42. Stock bringen, lief durch schallgedämpfte blaue Teppichflure bis zum Apartment Nr. 4256. Die Aussicht war grandios. Man konnte aus dieser Höhe weit hinter den Seen noch die ersten Berge erkennen, keine hohen Berge natürlich, wir waren nicht in München, aber doch immerhin Hügel, in denen man herumstapfen, sich verlieren und wieder finden könnte. Nach rechts rüber, gegen Norden, zogen sich wie Striche im Wald die Landebahnen des Flughafens, auf denen ständige

Bewegung das Kommen und Gehen in der großen Stadt bewies. Ich ließ mir vorsichtshalber die Messprotokolle der Wohnung 4256 anzeigen, aber die durchschnittliche Lärmbelastung lag unter 17dB, das war weniger, als ich erwartet hatte. Weit hinter dem Flughafen, wie verstreute Streichholzschachteln, purzelten in den Feldern und Wiesen die Doppelhäuschen der Wohnwieser Familien mit Kindern, für einen Moment dachte ich an Nuala, ihren leeren Frauenbauch und die Zukunft und ein kleiner Dolch stach ein bisschen.
Ich ließ mir den Kontrakt des Apartments in Wohnwiesen West 2 zeigen. Die Miete war nicht niedrig, aber es war auch mit meinem neuen Gehalt durchaus zu machen. Ich voicesignte, laut und deutlich, mit Nummer und Geheimcode, damit war es amtlich. Dann loggte ich mich bei der Macron-Niederlassung in Wohnwiesen ein, ließ mir meinen Arbeitsvertrag vorlegen und leistete auch hier mein VS.
Als ich den Helm abzog, stand Nuala neben mir.
»Willst du nicht doch mit?«, fragte ich. »Es gibt schöne Häuschen im Grünen, mit Spielplätzen und Kindergärten.«
»Du hast doch schon unterzeichnet, ich hab's doch gehört«, sagte sie.
Ich zuckte die Schultern, welche Alternativen blieben denn?
Sie drehte sich um. »Und tschüs!«, sagte sie leise, als sie aus dem Raum ging.
Eine knappe Woche später landete ich selber auf dem Flughafen Wohnwiesen. Ich sah schon beim Anflug die vier Wohntürme stehen, jetzt, real, erschienen sie mir düsterer und dreckiger, rau und unscharf, wie der schlechte Farbausdruck eines grob gerasterten Virtual-Reality-Bildes.
Aber es war nur ein kurzer Moment des Zweifels, dann fes-

selte mich die Perfektion der schönen, neuen Stadt. Es war faszinierend. Ab dem Terminal brauchte ich nichts anderes mehr als meine π-Karte. In der Kabine des NEAR schob ich sie in den Leseschlitz, wurde nach meinem Ziel gefragt, gab an: »West 2, Wohnung 4256« und schon setzte sich das Ding in Bewegung. Nach ein paar Minuten stoppte die Kabine sanft. »Bitte steigen Sie jetzt aus und benutzen Sie die blaue Rolltreppe mit der Nummer vier, vielen Dank für Ihre Mitfahrt!«, rief mir eine sanfte Frauenstimme nach. Hinter mir schloss sich leise die Tür und die Kabine schwebte davon.
Ich ließ mich von der blauen Rolltreppe unter die Glaskuppel der Mall tragen, die zwischen den vier Türmen lag, fand mich am Rande des Einkaufszentrums vor dem Eingang meines Wohnblocks. Es war ein Déjà-Vu der realistischen Art, ich kannte das Innere der Kuppel, kannte den Eingang des Hauses, die große Halle, wusste, wohin ich mich wenden musste, um zu den Aufzügen zu kommen. Zwischen den Türen der beiden Aufzüge stand ein großer Papierkorb mit Aschenbecher – auch ihn kannte ich, das VR-Programm hatte ihn wahrheitsgetreu, aber leer dorthin platziert. Hier aber, in der wirklichen Realität, quoll er über von Kippen, Papier und Getränkedosen.
»Willkommen, Herr Both«, sagte der Aufzug, als ich die π-Karte durch den Schlitz führte, »wir hoffen, Sie hatten eine angenehme Reise. Ihre Wohnung ist bezugsfertig und reagiert bereits auf Ihre Karte und Stimme. Dieser Aufzug bringt Sie jetzt in den 42. Stock. Wenden Sie sich beim Hinaustreten nach links und beachten Sie die Wohnungsnummern.«
Der Gang war mit dunkelblauem Teppich verkleidet, die Tü-

ren waren in einem Taubenblau abgesetzt, in der Mitte der Tür, klein, die Nummer der Wohnung, keine Namen. Neben jeder Tür ein Kartenleser. Ich lief, bis ich zur 4256 kam, dort zog ich meine Karte durch den Schlitz. Nichts passierte.
Nach einer Weile sagte eine Stimme: »Sie müssen innerhalb von zehn Sekunden ihr VoiceSign-Codewort sprechen, bitte benützen Sie noch einmal Ihre Karte!«
Ich zog sie wieder durch. »Nuala«, sagte ich deutlich. Es summte und die Tür sprang auf.
Die Wohnung war kühl und leer. Was hatte ich erwartet? Wie eine eiskalte Wolke wehte die Einsamkeit mir aus diesen Wänden entgegen und ich spürte es, nur den Hauch einer Sekunde zwar, aber ich spürte es. Es war eine Kälte, die ich nicht mehr vergessen konnte. Mit einem kleinen Ruck innerer Überwindung trat ich durch die Tür und schloss sie hinter mir. Der Vorgänger hatte gründlich abgebaut, nur ein paar schlecht verspachtelte Dübellöcher gaben Auskunft über vergangene Regale und Bilder an der Wand. Die Einrichtung bestand lediglich aus einer Küchenzeile in der Kochecke und dem Personal Telecommunicator, der in Wohnwiesen zum Inventar gehörte und von der Telecom immer auf den neuesten Stand aktualisiert wurde.
Ich schaltete ihn ein, er meldete sich innerhalb von Sekunden, viel schneller als mein alter Kasten in München, mit einer Zeile auf dem ansonsten schwarzen Bildschirm:

Alter User abgemeldet, neuer User bitte mit π-Nummer und VoiceSign zur Spracherkennung anmelden.

Ich schob meine π-Karte durch den Leseschlitz, sagte noch

einmal »Nuala«. Ein paar Sekunden später legte die Kiste los. Es folgte der ganze übliche Installationsquatsch, Bildschirmhintergrund festlegen, welche Nachrichten werden durchgeschaltet, welche gespeichert, welche Prioritäten für die Sende- und Empfangs-Kanäle und so weiter und so weiter, schließlich die Frage: »Mit welcher Stimme möchten Sie angeredet werden: hohe / tiefe Frauenstimme – geschlechtsneutrale Computeransage – hohe / tiefe Männerstimme – benutzerdefinierte Stimme?«
Unserem PT in München hatten wir per Benutzerdefinition das Stimmprofil von Nuala verpasst. Ich liebte es, wenn der Computer mich mit ihrer Stimme anredete, manchmal ließ ich sie fluchen oder schweinische Sachen zu mir sagen, vor allem, wenn sie mich, wie in der letzten Zeit, oft und lange allein ließ.
Aber ich wollte nicht dauernd an sie erinnert werden, schließlich sollte es ein Neuanfang sein. Deswegen wählte ich die tiefe Männerstimme.
»Vielen Dank, Tubor Both, dies ist Ihre gewählte Stimmlage. Möchten Sie mit Vornamen oder Nachnamen angesprochen und möchten Sie geduzt oder gesiezt werden?«
Ich wählte Vornamen und Siezen, es erschien mir die richtige Mischung aus Nähe und Abstand für eine dröhnende Computer-Bass-Stimme.
Dann loggte ich mich in einem Möbelhaus ein und suchte mir ein Bett und einen Schreibtisch aus – das sollte fürs Erste genügen. Die Lieferung würde in vier Tagen erfolgen. Ich rollte meinen Schlafsack aus und prüfte, wie hart ich die nächsten Tage zu schlafen hätte. Es würde wohl besser sein, möglichst wenig Zeit im Liegen zu verbringen.

Es war dunkel geworden. Zwischen den Türmen sah man immer weniger Menschen, nur unter der Glaskuppel wimmelte es noch. Einen Moment lang folgte ich dem Impuls, da runter zu fahren, mich ein wenig unter Menschen zu mischen, ein Bierchen zu trinken. Aber schon an der Wohnungstür drehte ich um.
Ich hatte viel zu tun die nächsten Tage und ich hatte mir geschworen, es richtig und gut zu machen. Kein Rumlaschen, kein Durchhängen, kein Wegschieben, ein Neuanfang hat hauptsächlich mit Anfangen zu tun, ich wollte anfangen, bewegen, handeln, aktiv sein. Nur keinen Durchhänger jetzt – und keine Zeit für Einsamkeit. Also erledigte ich sofort am PT meine An- und Abmeldeformalitäten, loggte mich als Abonnent im NEAR von Wohnwiesen ein, mit dem ich ab dem nächsten Tag zur Arbeit fahren wollte. Dann schrieb ich eine stiffe Nachricht an Nuala, mir geht es gut und der Blick ist toll und morgen geht's los mit der Zukunft und heute ist schon Vergangenheit und gestern nicht mehr wahr und so weiter und so weiter. Ich schickte es zu unserem Münchner PT, blieb noch ein paar Minuten sitzen, um zu sehen, ob vielleicht direkt Antwort käme, aber anscheinend war sie nicht zu Hause.

Am nächsten Morgen stand ich an der Pforte des Macron-Verlages und verhandelte mit dem Pforten-Computer, der es aus undurchschaubaren Gründen nicht schaffte, mir meine Zutrittserlaubnis für das Verlagsgebäude durchzustellen. Er beharrte darauf, dass ich nur bei Macron-München durch die Tür gehen dürfte und hier, in Wohnwiesen, nichts zu suchen hätte. Ich war gerade drauf und dran, mir per Operator-Ruf

einen richtigen Menschen zur Pforte zu bestellen, als sich eine Hand auf meine Schulter legte.
»Mensch, Tubor, ich glaube es nicht!«
Es war Jens Dobler. Jens war rund zehn Jahre älter als ich, einer von der Straight'n-Stiff-Sorte, wir hatten ein paar Jahre bei Macron in München Tür an Tür gesessen, bevor er senkrecht nach oben befördert wurde. Ich kam mit ihm aus, kann nicht sagen, dass ich ihn besonders mochte, aber ich liebte seine Frau.
Ihr Name war Sara, sie war ein paar Jahre älter als ich und sie war wunderbar. Die Aussicht, sie hier in Wohnwiesen wieder zu treffen, ließ mich Jens' etwas zu freundschaftlichen Arm auf meiner Schulter ertragen. Mein Gehirn beschäftigte sich nur noch mit dem Augenblick der Möglichkeit, ihn zu fragen, ob Sara mit ihm hier war. Allein das interessierte mich, nicht sein Gebabbel und väterliches Gefrage, wie es mir ginge, was ich hier machte.
Ich antwortete mechanisch. Er öffnete mit seiner Karte die Tür und zog mich mit durch, das sparte mir die weitere Auseinandersetzung mit dem Pforten-Computer, zumindest für den Moment. Jens erzählte von sich, wie er es immer tat. Von seiner Arbeit, seiner Abteilung, seinen Erfolgen. Zumindest konnte ich durchhören, dass er fest in Wohnwiesen war, ich war mir sicher, er hatte Frau und Kinder mitgebracht. Jens war nicht der Typ für einsame Abende in einem Ein-Zimmer-Single-Turm-Apartment.
Da war dieser Abend, Nuala und ich bei den Doblers, begonnen wie ein freundschaftliches Besser-Kennenlern-Essen zwischen Kollegen. Wir waren alle etwas betrunken gewesen, Nuala am meisten. Was den Alkohol betraf, brach ab

und zu ihr irisches Naturell durch, sie konnte saufen wie ein Loch. Es war spät geworden. Jens hatte etwas von einem Überseekontakt geschwafelt, den er jetzt und sofort wahrnehmen müsste, vielleicht wollte er sich auch nur wichtig tun und Zeit rausschinden, um in Ruhe aufs Klo zu gehen. Nuala hatte sich in einem Sofa am Ende des Zimmers eingerollt wie ein Igelchen und schnarchte. Sie hatte sich bis an ihre Grenze gesoffen, wie sie das ein-, zweimal im Jahr tat. Eine Grenze, die sie nie überschritt. Niemals ein Erbrechen, niemals ein unzurechnungsfähiger Kopf am nächsten Morgen, niemals Dinge sagen, die ihr später Leid taten. Einfach saufen bis zum Einrollen, dann war sie weg. Ich würde sie ins Bett tragen müssen.

Also fanden sich Sara, die ich ja erst an diesem Abend kennen gelernt hatte, und ich plötzlich Auge in Auge, ganz für uns, in dem Raum. Wir hatten den ganzen Abend geflirtet, kleine, wärmer werdende Blicke, gemeinsame Sticheleien gegen Nualas Alkoholkonsum und die unerträglichen Ego-Geschichten von Jens. Schwer, so was weiterzumachen, wenn plötzlich nichts und niemand mehr Distanz gebietet.

»Was ist das mit uns beiden?«, machte ich einen vorsichtigen Versuch.

Sie sah mich weiter dunkel an, dann berührte sie leicht mit ihrer nackten Fußsohle, die Schuhe längst der Bequemlichkeit geopfert, mein Bein.

»Verlangen!«, sagte sie.

In dem Augenblick kam Jens zurück. »Es ist absolut zum Kotzen mit diesen Yankees!«, grölte er.

Wir rückten ein Stück auseinander. Mehr war nicht.

–

Es ist spät, ja. Ich nehme an, ich habe Sie gelangweilt, Sir, oder? Sie werden mich morgen wieder vorladen, sagen Sie. Mehr von Wohnwiesen, warum ich überhaupt vom Macron-Verlag zum DaZe kam. Ja wissen Sie, das hatte auch mit Jens zu tun, der war...

–

Ja, okay, ich verstehe. Heute nicht mehr, Sie wollen heim. Sie haben sicher Familie, Kinder? Ja, also, bis morgen dann.

ZWEITER TAG

Nein, ich habe nicht besonders gut geschlafen, Sir. Ich will Ihnen keinen Vorwurf machen, um Gottes willen, aber wissen Sie, nach der langen Zeit alleine in der Zelle. Es ist einfach aufregend, wieder mal längere Zeit mit jemandem zu sprechen.
Ich habe nachgedacht heute Nacht. Über Ihre Frage, wie ich zum DaZe gekommen bin. Ich denke, Sie haben da so Ihre Vorstellungen. Diese Verschwörungstheorie, wer alles beteiligt war und so. Ich sage Ihnen, es ist nicht wahr. Ich decke niemanden. Niemanden, den Sie nicht ohnehin schon kennen. Es hat mich auch niemand im DaZe eingeschleust oder wie immer Sie das vielleicht ausdrücken wollen. Jens war beteiligt, aber eher unbeabsichtigt. Ich erzähle Ihnen das im Detail, ich will nur nicht, dass Sie jemanden reinziehen, der nichts mit der Sache zu tun hat. Lassen Sie Sara draußen, sie hat genug Probleme, nehme ich an, seit Jens tot ist. Sie hat nichts mit der Sache zu tun. Also, hören Sie:
Schon in der ersten Woche lud mich Jens zu sich nach Hause ein. Er wohnte in einem dieser kleinen Häuschen hinten am Wald, die ich von meinem Fenster aus sehen konnte. Natürlich ging ich hin, schon Saras wegen.
Sie sah alt aus, alt und unglücklich. Ich hatte sie ja ein paar Jahre nicht mehr gesehen. Trotzdem, als sie mir die Tür aufmachte, war sofort wieder diese Spannung zwischen uns da.

Verlangen, wie sie es genannt hatte. Jens war noch gar nicht nach Hause gekommen, aber hinten im Wohnzimmer hupften die beiden Kinder rum. Sie konnte nicht glauben, dass ich nicht mal wusste, wie sie hießen. Wir hatten uns wirklich gründlich aus den Augen verloren. Sie bot mir einen Portwein an. Auch das war mir unheimlich. Portwein war wirklich meine Passion, vielleicht damals schon mein Laster.
Wenn Sie mich heute fragen würden, was mir hier drinnen am meisten fehlt, würde ich als Erstes Portwein sagen, glauben Sie mir. Egal, es geht auch ohne, habe ich festgestellt. Aber ich möchte es kurz machen. Wir saßen den ganzen Abend alleine da, ohne Jens jedenfalls. Sara brachte gerade die Kinder ins Bett, da rief er an und sagte, es dauere noch ein bisschen und es tue ihm Leid, sei ihm schrecklich peinlich und so weiter. Im Grunde war Jens nichts peinlich. Vor allem nicht, wenn er zeigen konnte, wie beschäftigt er war. Sara hatte etwas zu Essen gemacht, wir fingen einfach ohne ihn an. Sie schien mir im Laufe des Abends etwas glücklicher zu werden.
Jens tauchte gegen halb elf auf. Abgehetzt, aber sichtlich zufrieden. Er litt nicht unter solchen Vorführungen, wer litt, war Sara. Er platzte rein mit tausend Entschuldigungen auf den Lippen, wollte nichts mehr essen, goss sich nur ein Glas Whisky ein und setzte sich mitten in unsere Unterhaltung. Nach ein paar Minuten kam er voll in Fahrt und monologisierte uns seine aktuellen Geschäftserfolge rauf und runter. Er goss sich Whisky nach, und da er nichts gegessen hatte, war er wohl schneller besoffen, als ihm lieb war. Sara sagte nichts mehr, ab und zu sahen wir uns an. Irgendwann war er bei der Personalpolitik von Macron angekommen. Es war

nicht sein Ressort, aber er hatte anscheinend in seiner Position einige Einblicke. Er erklärte, auf welche Weise die Sozialpläne eingehalten würden. Erst würde verhandelt, wie viele Leute freigesetzt und wie viele übernommen werden sollten, dann würden die Übernommenen unter Druck gesetzt, hierher nach Wohnwiesen zu gehen.

Sara schaute mich fragend an. Hatte er vergessen, dass sie es mit mir genauso gemacht hatten? Oder wollte er mir durch die Blume raten, mir möglichst schnell etwas Neues zu suchen? So jedenfalls kam sein Gerede bei mir rüber. Das Spiel war, so erklärte er die Regeln, bei den Neuen, die aus den anderen Städten kamen, auszusieben und nur die Spitzenleute zu behalten. Der Rest wurde Mann für Mann entlassen, rausgeekelt, wegversetzt.

»Was auch keiner kapiert«, referierte er, »die brauchen ja hier in Wohnwiesen eine gewisse Arbeitslosigkeit, um die Löhne unten zu halten und den Zuzug zu regulieren. Stell dir nur vor, jeder Europäer bekäme hier einen gut bezahlten, sicheren Job. Dann könnten Berlin, London, München und Paris bald die Läden schließen, weil niemand mehr da wäre.«

Ich weiß nicht, was er noch alles erzählt hat. Mir wurde jedenfalls klar, dass ich vielleicht einen Fehler gemacht hatte. Ich fühlte mich in der Arbeit nie so unentbehrlich, wie manche Kollegen das taten. Aber gerade die wurden dann völlig kalt erwischt, wenn plötzlich doch die Personalstelle bei ihnen anklingelte. Mir war immer klar, dass ich nur ein kleines Rädchen war. Vielleicht ja auch nur eine kleine Leuchte.

Jens fing an dem Abend mit fortschreitendem Alkoholpegel an, Sara immer näher auf die Pelle zu rutschen. Als ich ging, hatte er seine Hand auf ihrem Hintern.

»Ich besuch dich mal«, sagte sie leise zu mir, es klang nicht nur wie ein Versprechen, verstehen Sie, es war eines. Nichts Doppeldeutiges dran, es war eindeutig und es machte mich glücklich und einsam zugleich, zumindest für diesen einen Abend. Ich brauchte Luft.

Auf jeden Fall hatte ich keine Lust, in der muffigen Kabine des NEAR nach Hause zu huschen. Die Nacht war mondhell, der Himmel über der Stadt ein Gemisch aus orangegelben Straßenlampen und bleichem grauen Mondlicht. Hinter den Terrassenbauten der besser verdienenden, kinderlosen Paare sah man die Flugzeuge einfliegen. Dahinter irgendwo musste mein Wohnturm stehen. Die Türme der besser verdienenden kinderlosen Singles. Ich lief los.

Ich rannte, erst hastig, verspannt, dann immer gelöster. Wie damals im Studium, meine Kreise auf der Sportbahn, im Kopf das große Ziel Marathon, das ich irgendwann, wie so vieles, aus den Augen verlor. Laufen, einfach laufen, an nichts denken, keine Fragen stellen, nicht grübeln, nur laufen, atmen, laufen, atmen.

Kaum jemand war um diese Zeit auf der Straße, die Wagen vor den Terrassenhäusern duckten sich in ihre Parkbuchten, schnittige kleine Autochen, gerade richtig für kinderlose Paare, die viel Geld in der neuen Welt Wohnwiesen verdienten. Ich hatte Lust auf ein Glas Portwein, aber ich lief, lief, ganz locker jetzt, den Puls weit oben im Kopf, die Luft kratzte im trockenen Hals. Da hinten, ein paar Kilometer entfernt, die Wohntürme von Wohnwiesen-West, Single-Vierer hießen sie im Stadtjargon, tausende von kleinen Apartments, meines irgendwo dazwischen, ich konnte nicht mal das Haus mit Bestimmtheit herausfinden. Ich würde

weiterlaufen, eine halbe Stunde vielleicht, solange der Atem reichte.
Plötzlich stand ich vor einem niedrigen Zaun. Die Einflugschneise! Sie hatten den ganzen Wald vor dem Flughafen abgesperrt, ich sah die Häuser im Hintergrund, aber ich müsste weit außen herum laufen, den ganzen Einflugbereich umgehen.
Ich drehte mich um, keine Menschenseele war zu sehen. Mit einem schnellen Schwung war ich über den Zaun und verschwand zwischen den dünnen Stämmen der Tannenschonung. Von links näherte sich das leise Zischen und Dröhnen eines Jets, dann konnte ich zwischen den Bäumen die Landescheinwerfer erkennen. Ich rannte wieder los, wollte in der Mitte der Schneise sein, wenn er hereinsegelte, wollte den Flieger direkt über mir sehen, das Beben im Boden spüren, wieder Kind sein, wie früher, wenn ich mit Freunden im Gras lag und die Silbervögel donnerten über uns weg. Man musste sie als Erster erkennen, musste lauthals durch den Lärm schreien, was es war, ›eine 767‹ oder ›eine A 310, 87 Meter Spannweite, zwei Rolls-Royce-Triebwerke, maximal 456 Passagiere‹. Minuten später glücklich das Kerosin riechen, dem Klingeln in den Ohren nachhorchen, wenn alles vorbei war. Dann liegen bleiben, warten, bis wieder zwei Landescheinwerfer wie Finger durch die Dunkelheit auf einen zustachen und das Spiel von neuem begann.
Aber ich war noch zu weit von der Mitte entfernt, der Boden wurde feucht und sumpfig, saugte sich an meinen Schuhen fest, es war mehr ein Staksen als ein Laufen. Dann vibrierte der Sumpf unter mir, vielleicht hundert Meter entfernt sah

ich den riesigen silbrigen Körper über die Wipfel huschen, konnte zwischen rot-grünen Lampen und weißen Blitzen erleuchtete Fenster sehen, meinte, Gesichter zu erkennen, die sich an den Scheiben platt drückten, ein paar Sekunden nur, dann war es vorbei. »Eine alte 797«, schrie ich, »112 Meter Spannweite...«, aber schon bei den Triebwerken musste ich passen.

Ich stapfte weiter. Ein paar Minuten später hatte ich die Mitte der Schneise erreicht. Auf einer Breite von zwanzig Metern war hier der Wald ausrasiert, rote Lichter liefen in Doppelreihen bis hinter den Horizont. Angestrengt starrte ich hinauf in die Dunkelheit, wo die Lichter des Jets ein Loch zwischen die Sterne gerissen hatten, unruhig flimmernde Lichtpunkte dort oben. Aber die Nacht war zu kalt, um auf dem Rücken liegend auf den nächsten Flieger zu warten, und ich zu alt, zu müde, um noch mal Kind zu spielen, es gab kein Zurück. Wohnwiesen hieß jetzt mein Leben und mein Leben war dort hinten, Lichter eines Hochhauses, Lautsprecher, Identifier, die meinen Namen kannten, Augen aus Linsenglas, graublaue Türen in einer Reihe. Meine Schritte wurden schwer, halb blind, alt und müde tappte ich über gurgelndes Moos und durch kratzendes Gestrüpp, immer geradeaus auf die Lichter zu, von denen eines vielleicht mein Zuhause war.

Ich konnte den Zaun der anderen Seite schon sehen, als mich plötzlich mit einem wütenden Knurren der Hund anfiel. Wie ein Blitz schoss er auf mich zu, packte meinen Arm, warf mich zu Boden. Mit dem anderen Arm versuchte ich mich zu schützen, hörte das Knurren und Hecheln, spürte den modrigen Atem direkt vor meinem Gesicht. Endlich, nach einer starren Ewigkeit, sah ich von links den Lichtschein, hörte ein scharfes Kommando. »Aus!« Wie ein Schatten verschwand das Tier.

»Sie können aufstehen, der lässt Sie jetzt in Ruhe«, rief eine Stimme, eine Taschenlampe stach schmerzhaft einen Strahl in meine Augen. Ich rappelte mich auf.

»Flughafenkontrolle!«, sagte die Stimme und der Strahl des Lichtes ließ einen Augenblick los, wischte über eine Hand die eine Airport-ID präsentierte, um dann sofort wieder meine Augen als Geiseln zu nehmen.

»Wer sind Sie? Was tun Sie hier? Das ist Flughafen-Sperrgebiet, das wissen Sie doch!«

»Nein«, sagte ich vorsichtig, »weiß ich nicht. Ich bin neu in der Stadt, muss mich verlaufen haben, ich war nur spazieren.«

Ich suchte nach meiner π-Karte, reichte sie ins Licht. »Würden Sie mal aufhören, mich zu blenden?«, bat ich.

»Entschuldigung«, sagte die Stimme, der Lichtstrahl fiel zu Boden. Ich sah vor mir eine Uniform, darin einen Menschen, fast einen Kopf kleiner als ich selbst. Ohne den Bannstrahl seiner Lampe verlor er seine Bedrohlichkeit. Zwei Meter neben uns lag der Schäferhund am Boden, rührte sich nicht, aber fixierte mich mit seinen gelben, starren Augen.

Der Uniformierte nahm die Karte, hielt sie ins Licht und besah sie

»'tschuldigung, ich muss noch mal leuchten«, sagte er, verglich mein Gesicht mit meinem Bild. Dann fingerte er ein zigarettenschachtelgroßes Funkgerät aus seiner Jacke, zog eine kleine Antenne aus und meldete sich.

»Airport 217 für Zentrale!«

»Sprechen Sie!«, kam nach einigen Sekunden die Aufforderung.
»Eine Personenkontrolle: Schneise, Zaun West, Kilometer Zwo-Punkt-Sieben, unerlaubtes Eindringen, gibt als Grund Verirren an.« Dann steckte er meine Karte in einen Schlitz des Funkgerätes. Mit leicht geneigtem Kopf wartete er ein paar Sekunden.
»Airport 217?«
»Höre!«
»Die Person ist Tubor Both, geboren 26.6.84 in München, wohnhaft Uferweg 389 in West Zwo, können Sie bestätigen?«
»Stimmt das?«, fragte er mich, ich nickte.
»Person bestätigt!«, sprach er ins Funkgerät.
»Okay, kein Verdacht«, kam nach ein paar Sekunden die Antwort. Der Uniformierte zog die Karte wieder aus dem Schlitz, gab sie mir zurück.
»Okay«, sagte er, »Sie können gehen, wissen Sie inzwischen, wo Sie hin müssen?« Ich nickte und zeigte auf die Lichter des Singlevierers.
»Noch was, darf ich mal Ihren Arm sehen?« Er besah sich die Stelle, an der sein Hund zugefasst hatte. Obwohl ich noch deutlich die Druckstellen der Zähne spürte, war weder die Jacke noch das Hemd zerrissen.
»Wunderbar«, sagte er zufrieden. »Wir haben ihnen die Fangzähne rund geschliffen. Ganz neue Sache. Seitdem kriegen wir keine Sachbeschädigungsklagen mehr. Es funktioniert wirklich toll! – Also, Sie wissen Bescheid, immer auf die Lichter zu und aufpassen, dass wir nicht im Sumpf versinken.«

Ich lief los, er schickte mir ein Lachen nach.
Es war noch ein Fußmarsch von fast einer Stunde, bis ich endlich den kleinen See am Uferweg erreichte. An der Böschung schliefen ein paar Enten, den Kopf unter die Flügel gesteckt. Sie wirkten winzig und künstlich vor der riesigen Kulisse der Single-Türme. Alles wirkte hier künstlich. Der See, die Schwäne, die Enten, die Blässhühner, die Karpfen und Amseln. Es war eine Sumpflandschaft gewesen, bevor es Wohnwiesen 2 wurde, bevor man mit Spazierwegen und Seen, mit Bachläufen und Tiefgaragen, mit Anti-Mücken-Programmen, NEAR-Haltepunkten und Zubringerschleifen den Wohnwert auf das notwendige Niveau erhöht hatte.
Ich schob meine π-Karte in den Schlitz des Identifiers.
»Guten Abend, Herr Both«, sagte der Lautsprecher, »es ist jetzt 2 Uhr 13.«
Dann sprang die Tür auf. Ich holte den Aufzug, schob wieder meine Karte ein. »Zweiundvierzigster Stock«, sagte die Maschine. Oben trat ich auf den weichen Gang, indirektes, gedämpftes Kaltlicht, der dunkle Teppichboden, der jeden Schritt verschluckte. Die nummerierten Wohnungstüren, eine wie die andere, nur manchmal war, wie zum Protest, neben die Nummer ein Zettelchen geklebt, das einen Namen trug, kleine, nicht vorgesehene Orientierungspunkte. Rechts bodentiefe Fenster zur Welt, der Blick auf das Zentrum von Wohnwiesen, auf die Villen in Nord 1, den See und dazwischen das endlose rote gepunktete Doppelband der Einflugschneise. Weit in der Ferne kreiselten die Autolichter um den Centerpunkt, sieben Stichbahnen von dort, die wie Speichen abzweigend in der Erde verschwanden, die sich unterirdisch zum gigantischen Innenring Wohnwiesen-CP verein-

ten, dem staufrei funktionierenden Puls und Stolz der Stadt. Eine perfekte Stadt für perfekte Menschen.

Kaum war ich zu Hause, setzte das Grübeln wieder ein. Den Rest der Nacht lag ich wach. Jens hatte mir ja klar, wenn auch alkoholisiert, erklärt, dass es für mich bei Macron keine Zukunft gab. Jedenfalls hatte ich es so verstanden. Irgendwann stand ich auf und schaltete den PT an. Stellenanzeigen für Statistiker. Ich konstruierte mein Arbeitsplatz-Wunschprofil, Arbeitsort, Gehaltsvorstellungen, familiäre Voraussetzungen, Persönlichkeitsprofil-Freigabe vom Personalbüro von Macron.

Aus der Nachbarwohnung drang durch die Wand leise, kaum hörbar, Musik. Ich hatte keine Ahnung, wer dort wohnte. 4257 nannte ich ihn für mich, es war das Einzige, was ich von ihm wusste.

Ich ließ den PT in ganz Europa Statistiker-Stellen suchen, die zu meinen Eingaben passten. Ich hatte mit wenigstens fünf oder zehn Angeboten gerechnet. Aber die einzige, die wirklich einzige, die kam, war die Stelle im DaZe. Ich wusste nicht genau, was das DaZe ist, Kommunales Daten Zentrum, gut. Aber ich wusste damals nicht, was sie da machten. Trotzdem, ich hatte keinen Drive mehr auf Macron. Macron war ein sinkendes Schiff. Ich loggte mich beim DaZe ein und hinterließ meine π-Nummer für den ausgeschriebenen Job. Ein paar Minuten später bekam ich eine Nachricht zurück:

Guten Tag Herr Both,
wir danken für Ihre Bewerbung. Ihre Qualifikation und
Ihre bisherigen Arbeitsstellen entsprechen zu 87 Prozent

unserem Anforderungsprofil. Wir werden uns daher an einem der nächsten Werktage persönlich mit Ihnen in Verbindung setzen.
Mit freundlichen Grüßen
Personalstelle DaZe
(Diese Vorabinformation erfolgte per Computer und kann nach §§ 289, Abs. 2 AuPSchG das persönliche Gespräch nicht ersetzen. Etwaige Ansprüche aus dieser Information gleich welcher Art können nicht abgeleitet werden.)

Der Anruf kam zwei Tage später. Eine schwarz gelockte Schönheit strahlte mich über Videokontakt an und freute sich, mich zu einem Vorstellungsgespräch einladen zu dürfen. Am Abend hatte ich den Job.
Noch am selben Abend kündigte ich Online meinen Job bei Macron zum Monatsende. Keiner weinte mir nach, keiner fragte nach dem Grund. Ich hatte den Eindruck, Macron war froh, wieder einen losgeworden zu sein.
Als ich zu meinem ersten Arbeitstag im DaZe antrat, lebte ich gerade mal sechs Wochen in Wohnwiesen. Ich war stolz auf mich. Hatte nichts verschleppt und rausgeschoben, hatte konsequent die richtigen Schlüsse gezogen und gehandelt. Ich liebte mich, wenn ich so war.

»DatenZentrum Wohnwiesen« stand über dem kleinen Pförtnergebäude, die breite Einfahrt war durch ein stählernes Rolltor verschlossen, der Strom der Angestellten ergoss sich durch drei Drehkreuze ins Innere. Nach beiden Seiten verschwand ein gut drei Meter hoher, stacheldrahtgekrönter Zaun im angrenzenden Buchenwald.

Ich war schon einmal, zum Einstellungsgespräch, hier gewesen, hatte mich von einer gesichtslos freundlichen, duftenden Dauerwelle durch die endlosen, menschenleeren Glastunnel leiten lassen.
Diesmal stand ich im Strom der hineindrängenden Angestellten, kämpfte mich zur Glasscheibe des Pförtners durch – sie hatten hier noch einen richtigen aus Fleisch und Blut – drückte die Klingel. Als der Pförtner vernommen hatte, was ich wollte, bedeutete er mir, meine π-Karte durch den unvermeidbaren Identifier zu schieben, und tippte dann ein paar Codes in seinen Rechner.
»Sie sind eingeloggt, Herr Both, Sie kommen nun bis zu Ihrer Arbeitsstelle und zurück – finden Sie hin?«, quäkte er durch seine Sprechanlage.
»Ich fürchte – nein«, sagte ich.
Er nickte, murmelte: »Wen wundert's«, und lauter: »Ich lasse Ihnen jemanden holen.«
Ich wartete. Menschen strömten auf die drei Drehkreuze zu, schoben mechanisch und verschlafen ihre Karten in die Schlitze, drückten mit der Hüfte das Kreuz weg, traten auf den Anfang des Rollsteiges. Dort blieben sie stehen, ließen sich in die Tunnel hineinbefördern, verschwanden aus meinen Augen, irgendwo hinein in das große Gebäude aus Glas und Edelstahlträgern, irgendwohin zu irgendeinem gasgefederten, rückenoptimierten, transpirationsgeregelten Stuhl vor irgendeinem Terminal.
Plötzlich verflog mein Optimismus. Von wegen die richtigen Schlüsse gezogen und gehandelt! Was sollte mir denn noch rosig erscheinen an dieser Zukunft? Ich sah mich alleine zwischen dem Bildschirm zu Hause und dem, was dort drinnen

auf mich zukam. Unruhe stieg auf, langsam ging ich auf und ab, mir war nach laufen, nach rennen, am liebsten weg. Weit weg und für immer.

Schließlich zog ein kleiner, dicklicher Mann meine Aufmerksamkeit auf sich, die Zigarette aufgeregt in einer Hand, unter dem anderen Arm eine flache, altmodische Lederaktentasche. Ich kannte sein Gesicht vom Vorstellungsgespräch, konnte mich aber an seinen Namen nicht mehr erinnern. Er zog seine π-Karte schon Meter vor dem Drehkreuz aus dem Jackett, schob sie, ohne im Lauf innezuhalten, durch den Schlitz, lief in vollem Tempo auf das Drehkreuz zu und hätte fast einen Salto über die Stange gemacht – denn das Kreuz blieb versperrt. Ich hörte Leute um mich lachen, der kleine Dicke prallte zurück, warf wütende Blicke um sich, rieb sich die Hüfte. Dann stach er auf das Pförtnerfenster zu, brüllte auf die Panzerglasscheibe ein: »Was ist denn schon wieder mit eurem Scheißcomputer los!?«

Der Pförtner hackte hastig in seine Tastatur, versuchte den Fehler, für den er bestimmt nichts konnte, wieder gutzumachen. Dann schaltete er die Sprechanlage ein, sagte irgendetwas zu dem Dicken, zeigte plötzlich auf mich.

Der Dicke nahm mich ins Visier, schoss auf mich zu.

»Tubor Both?« Er streckte mir die Hand hin, hatte im ersten Augenblick vergessen, dass sie noch seine Zigarette hielt, wollte sie in die andere Hand wechseln, die hielt aber noch die Aktentasche und die Karte, also steckte er sie kurzerhand in den Mundwinkel.

»Ferber«, sagte er und kämpfte gegen den Rauch in den Augen, »Sie sind ab heute in meiner Abteilung, ich erinnere mich! Rauchen Sie?«

Er zog eine Schachtel raus und hielt sie mir entgegen, ich winkte ab.
»Umso besser, umso besser, es ist ohnehin überall verboten – kommen Sie gleich mit mir.«
Er schoss wieder auf eines der Drehkreuze zu, wischte mit der Karte hektisch durch den Schlitz, dann erinnerte er sich aber und bremste sein Tempo, drückte vorsichtig mit der Hand gegen das Drehkreuz, diesmal war es entriegelt. Er nickte zum Pförtner, »Kommen Sie!«, befahl er in meine Richtung.
Ich schob meine Karte durch den Schlitz, auch mich erkannte der Computer als durchgangsberechtigt an.
Am Beginn der Rollbänder standen zwei große, sandgefüllte Aschenbecher, darüber ein großes Schild:
Aus Gründen der Lufthygiene ist im gesamten Innenbereich des DaZe das Rauchen verboten!
Ferber blieb kurz stehen, machte einen letzten, tiefen Zug, dann drückte er den Rest der Zigarette energisch in den Sand. »Kommen Sie!«, rief er wieder in meine Richtung.
Wir sprangen aufs Laufband, aber Ferber begnügte sich nicht damit, darauf stehen zu bleiben, er wechselte sofort auf die Überholspur nach links und lief los. Mit befehlendem »Sie entschuldigen!« drängelte er jeden zur Seite, der es wagte, sich uns in den Weg zu stellen.
Ich versuchte Schritt zu halten, kühler, klimatisierter Wind rauschte mir um die Ohren. Das zügige Gehen zur Geschwindigkeit des Laufbandes addiert machte uns schnell wie bei einem Sprint. Ich hatte kaum Zeit, die Glaskuppel und Urwaldwelt außerhalb des Glases zu bewundern. Kletterpflanzen umrankten die gesamte Tragkonstruktion der

Glasröhre. Wie in panischer Flucht, so rauschten wir an den anderen vorbei, kaum Zeit zum Atmen, Ferber bahnte den Weg durch den Urwald, trotzte allen Gefahren. Ich sah einige Leute grinsen, als wir an ihnen vorbeidrängelten. Ferbers allmorgendlicher Amoklauf war bekannt, so viel konnte man sehen.

Dann wechselten wir die Richtung, wurden jetzt durch einen Bürotrakt geschoben, rechts und links gleiche Türen, neben jeder Tür ein Identifier, aber viele Türen waren nur angelehnt, gegen vorgeschriebenes automatisches Zufallen gesichert durch einen Papierkorb oder einen Stuhl.

Plötzlich sprang Ferber mit einem »Kommen Sie!« vom Band. Ich wusste nicht, dass man bei dieser hohen Geschwindigkeit nicht stehen bleiben darf, sondern locker auslaufen muss, stolperte, er fing mich am Arm auf.

»Sie lernen das noch«, sagte er, »wie alles andere – kommen Sie!«

Ferber öffnete mit seiner Karte eine Tür, wir traten in einen kleinen Saal mit etwa zwanzig Terminals. Vor jedem Terminal ein Mensch. Als wir eintraten, ebbte das allgemeine Gesprächsgemurmel ab, ein paar Leute wechselten von lässiger Sitzhaltung in gerade, leicht nach vorne geneigte Stellung, starrten in ihren Schirm. Mit hastigen Schritten durchquerte Ferber den Saal, warf kurze Blicke nach links und rechts, mich immer im Schlepp. Dann stieß er eine Tür am Ende auf, umrundete in lang geübtem Schwung seinen Schreibtisch und ließ sich in einen lederbezogenen Chefsessel fallen.

»Stuhl? Zigarette?«, bot er an, während er sich bereits eine aus der Schachtel fummelte und ansteckte.

Ich zog mir einen Stuhl heran, setzte mich ihm gegenüber auf den angewiesenen Platz.
»Danke«, sagte ich langsam, »ich rauche nicht – ich dachte, es wäre hier ohnehin verboten?«
»Sehen Sie hier einen Plotter, Drucker, Streamer, eine Festplatte? Nichts hier, was kaputtgehen könnte, und dem Kerl hier« – er tätschelte die Seite seines Terminals – »schadet es nicht. Habe mir sozusagen für mein Büro selbst eine Sondergenehmigung genehmigt!« Eine seltsame Art positiver Mimikveränderung huschte über sein Gesicht. Angedeutet nur, aber es hätte ein Lächeln sein können. Er zog ein winziges, weißes Taschentuch aus dem Jackett und wischte sich damit reflexartig über die Nasenspitze, eine Angewohnheit, die mir schon beim Vorstellungsgespräch aufgefallen war.
Er versuchte mir zu erklären, wie die Personalstruktur hier aussah, vor allem auch, wo er selbst darin stand, verhaspelte sich, fing von vorne an.
»So weit alles klar!«, warf er ab und zu dazwischen, aber es klang mehr wie ein Befehl als eine Frage und so machte ich nicht den Versuch, wegen irgendeines Punktes nachzuhaken.
Ich würde schon alles noch lernen, sehen, kapieren, da hatte ich keine Zweifel.
Ein gewisser Brein Loderer sollte mein unmittelbarer Chef sein – ich gab mir Mühe, den Namen zu behalten. Aber über diesem Loderer saß direkt Ferber und darüber direkt der liebe Gott, und besser, als Loderer etwas zu fragen, sei in jedem Fall, sich mit ihm in Verbindung zu setzen und auf keinen Fall mit dem lieben Gott oder so ähnlich oder doch anders, ich hörte längst nicht mehr hin.

»Rauchen Sie?«, fragte er plötzlich, als er sich selbst die nächste ansteckte.
Ich schüttelte den Kopf. Er monologisierte weiter, ich begann Zigaretten und Nasenwischer zu zählen, mein Fuß juckte, aber ich getraute mich nicht zu kratzen.
Plötzlich sprang er auf, so dass sein Kopf in die Rauchschwaden stieß, die wabernd und stinkend unter der Zimmerdecke hingen.
»Genug der Worte«, rief er, »kommen Sie!«, und war schon hektisch zur Tür draußen. Wieder erstarb im Saal jede Unterhaltung. Wir liefen zurück auf den Gang, an zwei Türen vorbei, dann blieb er stehen.
»Hier drin ist Ihr Arbeitsplatz. Probieren Sie, ob Ihre Karte schon geht!«, befahl er. Ich schob meine Karte durch den ID und tatsächlich sprang die Tür auf.
»Ist ja erstaunlich«, murmelte Ferber, »da funktioniert ja sogar mal was!«
Er stürzte vor mir zur Tür hinein. Ich konnte gerade noch erkennen, wie einige der Typen in dem Raum mit ihren Bürostühlen zu ihren eigenen Terminals rollten, von den meisten Bildschirmen verschwanden bunte Spielchen und machten eher nüchtern aussehenden Zahlentabellen Platz.
»Ist mal wieder Spielstunde, meine Herren?«, brüllte Ferber. »Loderer, hier ist Ihr neuer Kollege – wie war noch der Name?«
Einer der jungen Männer, rotbraune lockige Haare, Brille, Bart, war aufgestanden, kam auf uns zu.
»Both«, sagte er, »der Name war Both, Tubor Both – stimmt doch, oder?«
Ich nickte, er grinste.

»Wenn Sie Herrn Both vielleicht zunächst in seine Aufgaben und erst später in die Welt der Spiele einarbeiten könnten, wäre ich Ihnen sehr verbunden, Herr Loderer!« Mit diesem Satz drehte sich Ferber um und verschwand grußlos aus dem Zimmer.
Der Bärtige streckte mir die Hand hin. »Wir duzen uns hier alle – ich heiße Brein.«
»Tubor«, sagte ich.
Er stellte mir kurz die fünf anderen im Zimmer vor. Sobald Ferber draußen war, waren sie alle wieder in lässige Haltung zurückgefallen, einer ließ auf seinem Bildschirm schon wieder ein Spiel erscheinen, ein anderer kam hinzu, »also weiter«, drängte er.
»Was ganz Wichtiges«, wandte sich Brein an mich, »der Ferber versucht immer mit allen möglichen Tricks, hier rasch reinzukommen. Wir loggen ihn nämlich meistens aus, wenn wir anderes zu tun haben, dann muss er klopfen. Das bringt uns Zeit, bis wir aufmachen. Wenn er also so was macht wie eben, dass er ganz dumm anfragt, ob du nicht mit deiner Karte öffnen könntest, dann rumpelst du mal mit dem Fuß an die Tür oder so, dann wissen wir Bescheid.«
»Ihr loggt ihn aus? Er ist doch der Chef hier, oder? Ihr könnt euren Chef aussperren?«
»Nein«, lachte Brein, »der Computer sperrt ihn natürlich aus und Null-Sechs-Null-Sechs kann eigentlich nur vom Personalbüro aus geloggt werden, außer man kennt die Codes – kapiert?«
»Kapiert«, sagte ich, »und Null-Sechs-Null-Sechs ist Ferber, richtig?«

»Seine Personalnummer fängt mit 0606 an – passt irgendwie, jeder im DaZe nennt ihn so.«

Brein blieb den Vormittag an meiner Seite und es tat gut, nicht alleine gelassen zwischen all den grellweißen Schleiflack-Schreibtischen sitzen zu müssen. Brein besorgte mir ein Terminal, wies mich in die Anlage ein, zeigte mir mittags den Weg zur Kantine.

Das Essen war in Ordnung, kein High Food, sicherlich, aber für eine Großküche nicht schlecht. Brein hatte eigentlich nichts essen wollen, sich dann doch einen Teller grüne Nudeln mit Lachs geholt. Lustlos stocherte er in seinem Essen rum, meckerte über den Fisch, moserte über die Nudeln. Er war der Typ des sympathischen Nörglers. Ständig war etwas nicht recht, ständig lastete die Dummheit und Unfähigkeit der anderen Menschen schwer auf ihm, aber wer es schaffte, näher ranzugehen und genau zu gucken, fand um seine Augen Lachfältchen und viel Ironie gemischt mit Spott, auch über sich selbst. Er hatte sich ganz gut im Leben eingerichtet, hatte ich den Eindruck.

Wir blieben lange beim Mittagstisch sitzen, viel zu lange, wie es mir vorkam.

»Was ist, wenn jetzt Ferber vorbeikommt?«, fragte ich.

»Der kommt nie in die Kantine, der muss doch abnehmen – und wenn: Ich muss dich einarbeiten, muss dir doch erklären, wo es langgeht. Das geht nirgends besser als in der Kantine.«

Wir blieben noch fast eine Stunde sitzen. Er hatte mir viel erklärt, ich hatte wenig verstanden.

»Sag mir noch eins«, fragte ich schließlich, »ich weiß jetzt, wir verwalten hier Daten. Die kommen und gehen, die laufen hier durch und wir sind sozusagen die Leitzentrale für den Rechner, vor allem dann, wenn der Rechner nicht mehr durchblickt. Nur was ich noch nicht kapiere: Was für Daten sind denn das?«

»Alles zu seiner Zeit«, antwortete er und stand auf. »Erst mal die einfachen Sachen kapieren und dann nach den komplizierten fragen, nicht umgekehrt – lass uns zurückgehen.«

Den Rest meines ersten Tages beim DaZe saß ich auf meinem Drehstuhl und sah meinen neuen Kollegen zu. Ich hatte nicht den Eindruck, dass hier ernsthaft gearbeitet wurde. Es waren sieben Männer in dem Raum, alle irgendwo zwischen fünfundzwanzig und fünfunddreißig. Ich war damals neunundzwanzig, ich schien perfekt dazuzugehören. Brein Loderer war wohl schon knapp an die vierzig, aber vielleicht machte auch nur sein dichter, roter Bart ihn älter. In der Kantine hatte ich einige andere Mitarbeiter des DaZe beobachtet, die meisten von ihnen in grauen oder schwarzen Anzügen mit Krawatte, geradem Blick und aufrechtem Gang. Hier bei uns hatte keiner einen Anzug an, keiner eine Krawatte. In seltsamer Uniformität trugen wir alle Jeans in Blau oder Schwarz, T-Shirts oder Polohemden. Keiner schien zu rauchen, jedenfalls sah ich keinen stündlich verschwinden, um sich irgendwo ein stilles Örtchen zum Qualmen zu suchen. Keiner von uns war besonders laut, keiner aber auch schien gehemmt oder auffallend ruhig zu sein. Jeden der sieben Kollegen hätte ich mir als guten Bekannten vorstellen können, mit jedem konnte ich mir vorstellen, ein Bier zu trinken oder auch mehrere. Mit jedem hätte ich über Politik, Frauen und die Welt reden können, aber mit keinem über Gott oder die Einsamkeit.

Wie psychische Mehrlingsgeburten saßen sie da an ihren Terminals, spielten Car-Race oder Baseball, jagten schwarze Ritter durch finstere Waldschluchten, tüftelten sich durch Rätsellabyrinthe oder spielten Kartenspiele mit dem Computer.

Aber nach einer Weile bemerkte ich, dass niemals auf allen Monitoren zugleich Spiele liefen. Mindestens einer, manchmal zwei oder drei waren mit wabernden Zahlenkolonnen, Tabellen oder Diagrammen gefüllt, die von dem jeweiligen Monitor-Benutzer eine Weile beobachtet wurden. Manchmal griff einer plötzlich ein, tippte ein paar Zahlen, beobachtete die sich ändernden Daten. Manchmal wurde Brein dazugeholt. Ein Wink und er sprang von seinem Stuhl auf, stellte sich hinter den Hilferufer, deutete mal hier, mal dort auf den Monitor. Gemeinsam schienen sie das Problem zu lösen. Was für ein Problem es war, konnte ich nicht verstehen.

»Was ist das?«, fragte ich Brein, als er einmal von seinem Spiel weg auf das, was ich für unsere Arbeit hielt, umgeschaltet hatte.

»Statistiken«, antwortete er, ohne die Augen vom Bildschirm zu nehmen.

Ich bin gelernter Statistiker, ich kenne viele Formen und Möglichkeiten der statistischen Darstellung. Mag sein, dass es statistische Daten sind, dachte ich, aber ich hatte noch nie eine Darstellungsform erlebt, bei der zum einen keine Legende erklärte, um was für Daten es sich handelte, und bei der sich zum anderen die Daten alle paar Sekunden änderten.

»Bisschen schwer zu kapieren, was?«, fragte er, als hätte er meine Gedanken gelesen.

»Ich habe den Eindruck, es ist gar nicht so wichtig, ob ich es kapiere, ehrlich gesagt.«
»Pass auf!« Mit einem Griff in die Tastatur rief er irgendein kleines Programm auf, was nach ein paar Sekunden die Darstellung seines Bildschirmes völlig veränderte. Ein Name tauchte auf, eine π-Nummer, einige ausgeschriebene Daten. Brein löste seinen Blick vom Bildschirm, sah mich an, ließ mir ein paar Sekunden Zeit, bevor er anfing zu erklären:
»Das ist eine Personalakte – hast du sicher schon mal gesehen oder zumindest so was Ähnliches.«
Peter Wernig, las ich, *23161908620213, geboren am 19.08.1962 in Sindelfingen, wohnhaft Falkenweg 87 in Wohnwiesen Süd 1.* Dann folgten einige unverschlüsselte Daten zu Arbeitsstelle, Versicherungen, Krankenkasse und Kontoverbindungen, dann nur noch Zahlenreihen. Diesmal aber Zahlen, die sich nicht veränderten, stehende, beständige, solide Zahlen, vielleicht statistisches Material, jedenfalls Zahlen in einer Form, wie sie mir bekannt vorkamen.
»Wenn das ein realer Mensch ist, den du da auf dem Schirm hast, ist das wohl ziemlich illegal, was?«, warf ich ein.
Brein sah mich verwundert an, gespielt verwundert, hatte ich den Eindruck.
»Real? Illegal?«
»Na ja, Datenschutz und so«, meinte ich. Plötzlich hatte ich den Eindruck, dass ein paar meiner Kollegen im Büro verwundert zu mir rübersahen.
»Oh, oh«, meinte Brein mit einem Grinsen, »sag bloß das böse Wort nicht!«
Es schien ihm genug Einarbeitung für den ersten Tag zu sein. Jedenfalls war der gut 50-jährige Peter Wernig im selben Au-

genblick wieder von seinem Bildschirm verschwunden, machte einem Spiel Platz, bei dem es darum ging, mit möglichst zitterfrei geführter Maus durch ein räumliches Labyrinth von brennenden Ringen zu schweben.
Kurz vor fünf drangen schwatzend und rumorend acht ausgeruhte junge Männer in den Raum ein und übernahmen die Monitore. Ich war überrascht. Kein Mensch hatte mir gesagt, dass auf dieser Stelle Schicht gearbeitet wurde. Rund um die Uhr, meinte Brein auf meine Frage. Warum besetzt man eine Abteilung, in der sich ständig fast alle Mitarbeiter mit Computerspielen beschäftigen, rund um die Uhr mit acht Leuten? Ich hatte kein Ahnung, es blieb das Gefühl, dass ich noch einiges zu lernen hätte.
Im Gehen sah ich mir die acht Neuen noch mal an. Sie waren alle acht in meinem Alter, trugen Jeans oder Stoffhosen in Blau oder Schwarz, trugen T-Shirts, Polohemden wie ich, aber auf keinen Fall Anzüge oder Krawatten. Ich war nicht mehr neugierig auf die acht Kollegen der Nachtschicht, ich wusste, wie sie aussahen. Offensichtlich fuhren drei mal acht gleichartige Jungs eine undurchsichtige Abteilung rund um die Uhr. Und anscheinend war ich auserwählt, einer von ihnen zu sein.
Ich fuhr mit dem NEAR nach West 2, musste noch ein paar Sachen einkaufen, um mir einen gemütlichen Abend machen zu können. Portwein zum Beispiel. Einkaufen war, verglichen mit München, in Wohnwiesen eine Wohltat. Die Glaskuppel der großen Mall schützte vor Regen, Wind, Smog und Ozon, man schlenderte von Geschäft zu Geschäft, ohne auf Autos oder wahnsinnige Bus- oder Taxifahrer achten zu müssen. Überall zwischen den Geschäften

konnte man mit der π-Karte einen Einkaufswagen holen, den man in der ganzen Mall benutzte. Hatte man viel im Wagen, so lohnte es sich sogar, den Wagen bis zu seinem Wohnblock mitzunehmen. Dort gab es einen speziellen Aufzug, mit dem der Wagen aufs richtige Stockwerk befördert wurde. Man schob sich die Sachen bis in die eigene Küche, lud dort aus, packte dann den Wagen in den Aufzug zurück und loggte ihn mit der Karte wieder aus. Ein automatisches System brachte die leeren Wagen zurück zum Einkaufszentrum. Die Kosten für diesen Service waren minimal, wer es noch bequemer haben wollte, nahm die Waren an den Kassen erst gar nicht mit, sondern ließ sie vom Carry-Service transportieren. Der lieferte sie zur vorgewählten Zeit in der Wohnung ab. Bargeld hatte ich, seit ich in Wohnwiesen lebte, noch nicht benutzt. Zwar trug ich, wie ich es von München gewohnt war, immer ein Portemonnaie mit ein paar hundert EURO mit mir rum, aber hier lief wirklich alles über die kleine Karte.

An diesem Abend nutzte ich weder den Carry-Service noch holte ich meinen Einkaufswagen bis in die Küche. Ich hatte nur ein Brot, zwei Flaschen Portwein und ein paar Äpfel eingekauft, das konnte ich tragen. Nach dem Gewimmel unten in der Mall war die Stille des blauen Ganges im 42-ten Stock unheimlich. Ich pfiff ein Liedchen, während ich vom Aufzug zur Wohnung rüberlief, aber keine der dunkelblauen Türen mit den Nummern in der Mitte öffnete sich.

In der Wohnung stellte ich den PT an, wie üblich erwartete mich eine Reihe von Nachrichten, die in meiner Abwesenheit hinterlegt worden waren.

9:02 Autohaus Niemeyer
9:07 Deutsche Telekom
9:11 Möbelhaus Luger
12:35 Annemarie Both
17:34 WW-Mall West 2

Das Autohaus Niemeyer mit seinen Angeboten ging mir langsam auf den Geist. Mit steter Beharrlichkeit hatte es seit meinem Zuzug jeden zweiten Tag Werbung für seine Gebrauchtwagen zu mir überspielt. Aber ich wollte kein Auto. Ohne die heutigen Star-, Sonder-, Super- und Top-Angebote überhaupt durchzusehen, warf ich sie per Mausklick in den Papierkorb.
Die Telecom hinterlegte wie jede Woche ihre Rechnung. Es ging ins Geld, was ich da auf meiner Leitung veranstaltete, vor allem meine nächtlichen Ausflüge im weltweiten Informationsnetz kosteten mich eine Menge Gebühren.
Vom Möbelhaus Luger hatte ich gehofft, eine längst erwartete Zusage für den Liefertermin meiner Schrankwand zu bekommen, aber sie belämmerten mich nur mit Werbung für Couchgarnituren. Dabei tat's der eine Sessel, den ich mir aus München hatte nachkommen lassen. Ich checkte noch schnell die Abrechnung meines Einkaufes, dann rief ich meine Mutter an.
Müde meldete sich ihre Stimme. Ich hatte Videokontakt angeboten, aber sie wollte mich nicht sehen.
»Das kommt dich zu teuer, mein Junge«, sagte sie, »ich seh aus wie immer und du wirst auch nicht mehr gewachsen sein seit dem letzten Mal.«

»Gewachsen?«, fragte ich, diese Art von Humor war bei ihr selten.
Manchmal hatte ich Hoffnung, sie in einer Stimmung zu erwischen, die uns beiden eine Chance gegeben hätte, aber sie fing sofort wieder mit ihrem üblichen Gejammer an.
Es war eine Frage der Höflichkeit, beim Gespräch mit der eigenen Mutter Videokontakt anzubieten, aber ich war jedes Mal froh, wenn sie mein Angebot ausschlug. Vielleicht ahnte sie, dass ich die Zeiten ihres Gejammeres nutzte, um mir einen Port einzugießen, dass ich mir ein Brot schmierte, während sie mir vom schlechten Wetter in Fürstenfeld erzählte, mir einen Apfel schälte, während sie mir einen Überblick über ihre davongleitenden Finanzen gab.
»Das wird schon wieder, Mama«, sagte ich oder »Nun reg dich doch nicht auf, das geht anderen auch nicht anders.«
Nach vielen Jahren getrennt von ihr hatte ich verstanden, dass sie keine Antworten erwartete, keine Ratschläge, keine Vorschläge. Was sie erwartete, waren Schicksalsschläge, und weil selbst die ausblieben, flüchtete sie sich in eine andauernde Beschreibung der seichten Untiefen rund um sie herum.
Die Telefonate dauerten etwa eine gute Viertelstunde. Dann kam recht unvermittelt die Frage: »Bei dir ist doch alles in Ordnung, oder?«
»Klar«, sagte ich, während ich meinen Teller in die Spülmaschine räumte, »mir geht's gut.«
»Seit du da oben wohnst, mach ich mir Sorgen um dich.«
»Komm doch mal vorbei«, sagte ich, »dann wirst du sehen, wie friedlich und harmlos hier alles ist.«
Ich konnte es ihr bedenkenlos anbieten, sie würde nicht

kommen. Sie hatte Fürstenfeld seit Jahren nicht mehr verlassen, inzwischen ging sie kaum mehr aus dem Haus.
»Also«, sagte ich, »bis die Tage mal.« Sie schickte noch ein paar gute Ratschläge über die Leitung, dann teewhyte sie sich weg.

Thank You

Voice-Contact mit PT 07011308550003, Annemarie Both,
Tarif N3,
Zone 600, 22 Minuten, 17,42 EURO.

erschien auf dem Schirm, dann war Ruhe. Ich wusste, es würde auf eine Fernsehnacht hinauslaufen. Es war bald acht. Um acht gab es in der ARD die Nachrichten, wie seit 3000 Jahren. Die Nachrichten waren der Fels, von dem aus ich in das Meer der Fernsehnacht sprang. Ich wollte nicht zum Fernsehidioten werden, deshalb hatte ich mir geschworen, die Kiste nicht vor acht Uhr auf TV zu stellen, außer es lief etwas, was mir wirklich wichtig war. Aber wann war mir schon etwas im Fernsehen wirklich wichtig? Also nutzte ich das Terminal bis acht Uhr abends zum Telefonieren, Bestellen, Buchen, zum Spielen, Computern und Netzsurfen, zum CD Hören und manchmal als Audioreceiver, aber nie zum Fernsehen. Nicht vor acht.
Das Gesicht von Friedrich Klarun tauchte auf. Mir war immer am liebsten, wenn Klarun die Nachrichten las. Es war wie ein Stück zu Hause, egal, wo man war.
Macron hatte mich mal mit einem Auftrag nach Winnipeg geschickt. Es kam selten genug vor, weil ich als Statistiker außer Haus eigentlich wenig zu tun hatte. Es war ein seltsa-

mes Projekt gewesen damals, ein paar Leute hatten schon recherchiert, waren aber bei dieser Firma in Winnipeg nicht weitergekommen, weil es bei der Sache weniger um die Menschen als vielmehr um deren Daten gegangen war. Also hieß es plötzlich, der Both fliegt rüber, der kennt sich doch mit so was aus. Sie hatten mir ein Hotelzimmer am Rande der Stadt besorgt. Ohne behaupten zu können, dass ich sehr viele Vergleichsmöglichkeiten hatte, was Hotelzimmer betraf, so wurde mir doch klar, dass ich so ziemlich in der miesesten Kategorie gelandet war, die unsere Reiseabteilung noch für hinnehmbar hielt.
Der Termin wurde grässlich, niemand wollte mit mir über das reden, worum es wirklich ging. Jeder versuchte mich loszuwerden, keiner lud mich zum Essen ein. Also landete ich nach einem Happen in Altöl fritiertem Fast Food alleine in meinem miesen Zimmer. Hörte draußen die Autos und von irgendwoher Züge, hörte Türen schlagen, Menschen streiten und leise, üble Musik von der muffigen Hotelbar.
Damals wie heute schaltete ich den Fernseher an und wählte mich in der Satellitenauswahl in die ARD. Es liefen gerade die letzten Nacht-Nachrichten, zu Hause war es halb drei. Europa schlief, nur Friedrich Klarun war noch wach. Sein offener, freundlicher Blick wie immer. Er sah mich direkt an und ich fühlte mich sogar dort, am Ende der Welt, ein bisschen wie zu Hause.
Wie jeden Abend verabschiedete er sich damals mit »Ich wünsche Ihnen eine gute Nacht, wo immer Sie uns zugeschaut haben.«
Seitdem trifft mich dieser Satz jeden Abend an einer weichen Stelle meiner Seele.

Es war acht Uhr in Wohnwiesen. Klarun las die Nachrichten. Es war nichts weiter los. Nichts weiter als eine sich immer schneller entwickelnde Wirtschaftskrise, nichts weiter als das Drängen der armen Länder zu uns hinein, mit all den Kämpfen und Rangeleien, die dadurch an der Staatsgrenze zu Europa alltäglich geworden waren. Nichts weiter als die fotogene Angst und anschließende Erleichterung einer jungen Mutter, deren Kind in den Alpen in eine Felsspalte gerutscht war und dort über siebzehn Stunden bis zur Rettung festsaß. Der Wetterbericht. Ich splittete meinen Bildschirm und ließ mir auf der rechten Seite die aktuellen Spielfilmangebote des Video-On-Call-TV auflisten.
Sie erwarteten Stürme und Regen in der Mitte Europas, mieses Wetter überall, nur nicht unter unserer Glaskuppel. In Irland war die Bewölkung aufgelockert, die Westküste war fast frei von Wolken. Eine alte Gewohnheit. Nuala und ich beobachteten immer das Wetter in Irland. Wir saßen in München bei Schnürlesregen und wünschten uns zu Sturm und Salzgeruch in die Dingle Bay. Wir wollten immer woanders sein.
VOC-TV bot wenig Neues: »Casablanca« war im Angebot, für 4,99 EURO, das war günstig, aber ich hatte den Fetzen schon zehnmal gesehen, da war jeder EURO zu viel. Ansonsten das Übliche. Unter zehn EURO war fast nichts zu haben, die neuesten Hollywood- und Bavaria-Filme kosteten 29,95, das war mir zu viel für einen normalen Abend allein.
In Prag schien die Sonne, die saßen schon in Biergärten. Paris lag im Nebel, wie Berlin.
Kein VOC heute Nacht, beschloss ich. Ich musste sparen, die Möbel hatten ein gewaltiges Loch in meinen Etat gerissen. Ich listete die normalen Fernsehprogramme auf. Ich hätte es

genauso gut sein lassen können. Ich kannte mich, ich wusste, was kommt. Als der Wetterbericht mit letzten Katastrophenbildern von den Überschwemmungen in Pakistan zu Ende ging, schaltete ich die Listings weg und fing an zu zappen.
Gegen neun blieb ich am Großen Görs hängen. Ich hasste diesen Mann und ich hasste seine Show. Alle hassten ihn. Er war dazu geschaffen, ihn zu hassen. »Mut zum Mitmachen« lief seit mindestens zwölf Jahren, immer moderiert vom Großen Görs. Zwölf Jahre lang fanden sich Menschen, die zu ihm ins Studio kamen, sich demütigen und verhöhnen, anrempeln und anspucken ließen. Irgendwann hieß es, der Görs hätte Alkoholprobleme. Aber anstatt zu verschwinden, baute der Mann sie in seine Show ein, besoff sich während der Sendung, torkelte rum, pöbelte die Zuschauer im Saal an und beschimpfte seine Mitspieler. Man konnte ihn anrufen und sich von ihm beleidigen lassen, es war die 100 000-EURO-Chance. Aber wann immer ich es versucht hatte, war die Leitung belegt gewesen.
Ich goss mir meinen ersten Port ein und sah zu. Einer Kandidatin rief er hinterher: »Guckt doch mal, wie die mit dem Arsch wackelt. Mehr bleibt ihr ja auch nicht – bei dem Punktestand.« Sie drehte sich um, ging auf ihn zu und knallte ihm eine. Die Zuschauer im Saal grölten. Görs warf ihr eine Kusshand zu, »Danke, Sweetheart«, schrie er, »ich brauch das.« Er gab ihr zehn Sonderpunkte, sie spuckte ihm vor die Füße.
Immer wieder schaltete ich weg, immer wieder kam ich zum Görs zurück. Ich war inzwischen beim vierten Glas Port, der Görs hatte seine obligatorische Flasche Whisky halb leer, hielt sie grölend mit dem Label in die Kamera, er wusste

warum. Der Kerl hatte Einschaltquoten um die 25 Prozent, die Nation wartete darauf, dass er sich totsoff, das würde ihm die letzte, finale Quote verschaffen. Er würde kurz ins Koma fallen, am besten mit Vorankündigung. Notärzte würden über die Bühne hasten, ein letzter Blick auf sein lebergelbes, eingefallenes Säufergesicht, noch mal der Schwenk auf die Whiskyflasche und sie würden ihn unter dem Johlen der Saalzuschauer in die Kulisse tragen. Dann würde er sterben, der Große Görs, sein Todeskampf live übertragen, da ginge er hin, der größte Showmaster des dritten Jahrtausends. Prost, Großer Görs. Ich leerte mein fünftes Gläschen Port auf unser gemeinsames Laster und schaltete zurück auf den TV-ADRIA, bei dem ich vorher schon kurz hängen geblieben war. Ein kleiner Softporno aus Italien. Sie verdrehten beim Bumsen immer so schön die dunklen Augen. Es gab keinen deutschen Tonkanal bei ADRIA, ich hörte mir das Gestöhne in Italienisch an. Sie fummelten und schlabberten und schaukelten, aber mich törnte nichts an, also switchte ich weiter.
Es war nach elf, überall liefen jetzt die Nachtfilme an. Drei Western, vier Spionage-Thriller, ein paar Krimis und ein paar Sachen, die so viel Anspruch hatten, dass ich es nach elf nicht mehr aushielt. Also ging ich ein paar Game-Shows durch, schaute mir das Kind in der Felsspalte mit durchdrehender Mutter noch mal auf einem britischen Nachrichtenkanal an und landete dann doch wieder bei den italienischen Bumsern, die inzwischen im Verhältnis von 2:1 für die Männer rangingen.
Viertel vor Mitternacht schaltete mein Timer ab. Mein Rest von Selbstdisziplin. Wenn ich um diese Zeit ins Bett ging, war ich morgens in der Arbeit noch wach genug, um mir

Zahlenkolonnen auf dem Bildschirm reinzuziehen. Ich konnte mit der Karte verlängern, es kostete mich nichts, außer ein bisschen Selbstachtung vielleicht. Also tat ich's nicht, ging ins Bad, hängte mich müde unter die Dusche und legte mich dann, mit meinen Gedanken bei den wild drehenden schwarzen Augen, ins Bett.

Man müsste sein wie ein Fernsehstrahl aus dem Satelliten. Mit einem Knopfdruck dorthin, wo man sein möchte. Zu Nuala ins Bett. Für ein paar Stunden in ihre Wärme, ihre Rückenwärme. Oder zack, hinüber in die Adria. Nein, nicht Adria – Dingle Bay. Mit Nuala zusammen zur Dingle Bay. Wie vor ein paar Jahren, als wir es wieder mal – zum letzten Mal – geschafft hatten, für eine Woche rüberzufliegen. Nuala weinte. Sie lag bäuchlings am Strand, krallte die Hände in den Boden und weinte für mich unverständliche gälische Worte in den Atlantik-Sand. Nach einer Woche flogen wir wieder heim, aber wie immer blieb ihr Herz in Irland zurück.

Es ist still in diesen Wohntürmen. Selbst das leise Jammern der gedrosselten Jettriebwerke war um diese Zeit nicht mehr zu hören. Leise sickerte von der Nachbarwohnung Musik durch die Wand. Ich drehte mich auf die linke Seite und zog mir die Decke unters Kinn. Der Port wirkte, wie jede Nacht.

–

Ja, Sir, Sie haben Recht. Der Alkohol hat die Sache nicht besser gemacht. Aber ich denke, es war die Einsamkeit, die den Alkohol bewirkt hat, und nicht umgekehrt. Später vielleicht macht der Alkohol einsam. Aber zuerst bringt die Einsamkeit den Alkohol, so ist es doch, oder?

DRITTER TAG

Ich habe, mal ganz offen gesagt, den Eindruck, Sir, dass ich Sie mit meinem Geschwätz langweile. Wenn ich das richtig verstehe, soll es doch ein Verhör sein, oder? Verstehen Sie mich nicht falsch, ich kann es nach der langen Zeit genießen zu reden. Aber Sie sitzen jetzt den dritten Tag hier und mir ist heute Nacht der Gedanke gekommen, dass ich Sie vielleicht fürchterlich nerve. Dass meine Geschwätzigkeit mir am Ende nur Nachteile bringt. Und anderen womöglich auch. Aber vielleicht grübel ich auch nachts zu viel.
—
Sie sind nicht so leicht zu nerven? Das Einzige, was Sie wirklich nervt, ist, dass ich Sie ständig mit Sir anrede? Tut mir Leid, Sir, aber man hat mir gesagt, dass die Investigatoren des EURO-Courts mit ›Sir‹ anzureden sind. Wie soll ich Sie denn sonst nennen?
—
Ist das Ihr Ernst? Ich soll François zu Ihnen sagen? Sind sie Franzose? Sie sprechen perfekt deutsch. Ich bin überrascht. Es tut mir Leid, wenn ich manchmal einen etwas verwirrten Eindruck mache. Es ist diese verdammte Einzelhaft. Ich erzähle jetzt einfach weiter, François. Merkwürdig, Sie so beim Vornamen zu nennen. Es scheint alles zu ändern. Ich heiße Tubor, aber das wissen Sie ja.

Am Samstag Vormittag kam Sara. Ihr Gesicht erschien auf dem Bildschirm, als ich gerade beim Frühstück saß, ich war noch nicht mal angezogen. Sie versuchte nett und zufällig zu wirken, die Kinder waren dabei. »War gerade auf dem Weg, da dachte ich, ich könnte doch mal auf 'nen Sprung« ... und so. Schon ihrer Miene auf dem Bildschirm merkte ich an, dass etwas nicht in Ordnung war.

Ich hatte in der neuen Wohnung noch nie Besuch bekommen, also musste ich erst mal im Hilfe-Menü nachsehen, auf welche Weise ich fremden Personen den Aufzug öffnen konnte. Es war ganz einfach, man brauchte nur eine VISIT-Order abzuschicken, dann wurden alle Türen ohne Karte für einmaligen Durchgang geöffnet, der Aufzug fuhr nach unten, holte den Besuch an der Tür ab und brachte ihn ins richtige Stockwerk.

Ich klickte das entsprechende IKON an und suchte mir eilig eine besuchsgerechte Hose und ein paar weitere Klamotten zusammen. Plötzlich meldete sich der Bildschirm wieder, Sara stand noch immer vor der Tür, dann meldete sich der Aufzug mit der Nachricht, es hätte kein Besuch die Chance genutzt, mit ihm zu fahren. Es dauerte eine Weile, bis ich begriff, dass Sara und die Kinder nicht an der Haupttür, sondern in der Tiefgarage am Eingang standen. Natürlich, die Doblers hatten ja einen Wagen. Also klickte ich VISIT-LEVEL-MINUS-1 an, dann schien die Sache zu klappen. Ich nutzte die Zeit, um das Chaos vom Vorabend zu beseitigen.

Die Kinder kamen johlend aus dem Aufzug, füllten die Stille des Single-Turmes mit ihrer kreischenden Fröhlichkeit. In Saras Augen war Zorn und Verzweiflung, aber sie lachte mich unsicher an.

»Was ist los?«, fragte ich.

»Was soll los sein? – Seid doch etwas leiser, Kinder, hier schlafen vielleicht noch Leute!«

Die beiden, Rem, der Fünfjährige, und Leona, seine zwei Jahre ältere Schwester, dämpften für einen Augenblick ihre Lautstärke.

»Ist das ein Monsterhaus!«, meinte Sara, aber es war wohl weniger echte Verwunderung über die Dimensionen der Single-Türme als der Versuch, etwas Unverbindliches zu sagen, um lästige Fragen von mir zu vermeiden.

Die Kinder hatten inzwischen mein Terminal entdeckt, es war ein paar Versionen jünger als das, was bei ihnen zu Hause stand. Leona setzte es mit einem Knopfdruck auf die Tastatur in Gang.

Sara war außer sich. »Leona, hör sofort auf, Tubor hat dir das nicht erlaubt!«

»Ist schon okay«, sagte ich.

Die beiden hackten sich durch meine Menüsteuerung, suchten sich ein paar Spiele aus, die in ihrer Version noch nicht verfügbar waren, und probierten sie aus.

»Was ist los mit dir, Sara?«, fragte ich noch mal.

»Ach, es ist Jens …«, fing sie an. »Er hatte versprochen, seit Wochen versprochen, dass wir heute miteinander bummeln gehen. Die ganze Familie, weißt du. Und was passiert? Zufällig gibt es wieder irgendeinen Termin, den er nur am Samstag erledigen kann.«

»Ist vielleicht wirklich so«, warf ich ein.

»Zufällig immer, wenn ich was von ihm will, muss er arbeiten. Zufällig immer genau dann.«

»He, Tubor, hast du keine Playies?«, fragte Leona.

»Was soll ich haben?«, fragte ich zurück.
»Playies! Am besten die neue, Römlischer Zirkus oder wie die heißt«, rief Rem.
»Ich weiß nicht mal, was Playies sind«, musste ich zugeben.
Sara klärte mich auf. Es gab eine neue Serie von Spielen für den PT, wurde viel beworben im Fernsehen, sagte sie, ich hatte noch nie etwas Ähnliches gesehen. Spiele speziell für Kinder, immer nach demselben Muster, aber garantiert gewalt- und sexfrei. Man konnte sie auch im Abo kaufen und erhielt dann jede Woche eine neue Softdisc, unzerstörbar und abspielbar im Standard-Player der neuen PT-Generationen.
Ich hatte noch nie davon gehört, hatte noch nie so etwas gesehen. Sara fragte, ob ich kein Fernsehen guckte, sie wäre schon am Verzweifeln, weil die Dinger so massiv beworben würden, dass es praktisch Elternpflicht wäre, die Scheiben anzuschaffen.
»Ich habe gestern den ganzen Abend geguckt«, sagte ich, »vor allem den Fiesen Görs, aber da war nichts von Playies.«
»Natürlich waren die da«, rief Sara, »die haben mindestens dreimal unterbrochen, jedes Mal waren die Scheißdinger dabei. Weiß ich noch genau.«
Ich zuckte die Schultern, es war mir nicht wichtig, aber es kam mir komisch vor. Ich war sicher, mindestens zwei Werbeblöcke im Görs mitbekommen zu haben, und ich war mir auch sicher, noch nie was von diesen Playies gehört zu haben. Ich fragte mich, ob mit Sara alles in Ordnung war. Vielleicht fing sie an, sich Sachen einzubilden. Sie schien sehr unruhig und ängstlich zu sein.
Sie setzte sich zu mir an den kleinen Tisch, ich wollte ihr ei-

nen Kaffee eingießen, doch es war keiner mehr da. Die Kinder spielten weiter am PT rum.
»Aber tolle Aussicht«, sagte Sara schließlich.
»Ja, hat mich von Anfang an fasziniert.« Ich erzählte ihr, dass ich das Apartment mit Virtual Reality ausgesucht hatte, vor allem wegen der Aussicht. Wir gingen zum Fenster, ich zeigte ihr ihr eigenes Haus ein gutes Stück hinter den Landebahnen.
»Die sehen ja alle gleich aus«, meinte sie erschrocken, »ich wusste nicht, dass alle so gleich sind. Das ist ja furchtbar!«
»Du kannst heute nur schwarz sehen, was?«
Sie zuckte die Schultern. Dann kam sie endlich damit raus, warum sie zu mir gekommen war. Ihr fiel die Decke auf den Kopf, sie wollte raus aus ihrer Wohnbox, wollte unter Leute. Aber Jens hatte sie ja versetzt.
»Was mach ich jetzt?«, fragte sie.
»Ich mach uns erst mal einen frischen Kaffee,« sagte ich.
Während ich meine Kaffeemaschine programmierte, schaltete Sara den Kindern ein Fernsehprogramm ein. Zeichentrickfilme im Cartoon-Kanal. Wir setzten uns wieder hin, versuchten zu reden, aber irgendwie passte alles nicht. Ich fühlte mich überrascht, überrumpelt vielleicht sogar. Und sie wollte eigentlich einkaufen, bummeln gehen.
»Du wärest lieber mit deinem Mann einkaufen gegangen als mit einem Fremden, richtig?«
»Einem Fremden!«, sagte sie. »Du bist doch kein Fremder.«
Ich zuckte die Schultern. Irgendwie schon.
Rem fing an zu heulen. »Da sind keine Playies im Fernsehen, ich will den Römlischen Zirkus sehen, die Löwen und die Gladitoren.«

Wir guckten rüber, es lief ein Werbeblock, alles zwischen Rasierwasser, Frischäpfeln, neuen Autos und Badezimmereinrichtungen – nur keine Playies.
»Verstehe ich nicht«, meinte Sara, »ist aber auch egal. Wir müssen irgendwas machen, sonst drehen die beiden durch.«
Schwimmen gehen, schlug ich vor, aber die drei hatten keine Badeklamotten dabei. Einkaufen, aber dazu war Sara die Lust vergangen. Enten füttern, aber ich hatte kein altes Brot. Wir entschieden uns schließlich dafür, die Kinder unten, unter der Glaskuppel, ein bisschen im Spielland springen zu lassen und währenddessen beim Italiener etwas zu essen.
An der Schranke zum Spielland – nur wer unter Einszwanzig war, durfte durch – kaufte ich den Kindern für je 20 EURO Spielchips, das würde sie eine Weile beschäftigen. Dann lud ich Sara zum Essen ein.
Das Gespräch mit ihr baute mich nicht gerade auf. Sie schien so voll von Hass und Groll Jens gegenüber, auch der Stadt gegenüber. Sie wollte ihr Leben nicht verschwenden, schon gar nicht das ihrer Kinder. Und genau das Gefühl hatte sie hier. Sie wäre lieber heute als morgen zurück nach München gegangen.
»Wohin, zu wem?«, fragte ich.
»Egal«, sagte sie, »raus hier.«
Ich getraute mich fast nicht mehr zu erzählen, dass ich in der nächsten Woche für ein paar Tage nach München fahren wollte. Offiziell hatte ich meinen Umzugsurlaub beantragt, um noch Sachen zu holen. Aber da gab es nicht mehr viel zu holen, was ich brauchte, hatte ich, den Rest sollte Nuala behalten. Nein, was ich wollte, war Abschied nehmen. Mir war

klar geworden, dass sie nicht bei mir bleiben konnte, dass sie nicht nachkommen würde, dass ich nicht zurückgehen würde. Es war besser, klare Linien zu ziehen. Und das wollte ich nicht per Audio- oder Videokontakt machen.

Ich verabredete mich mit Sara für den nächsten Sonntag zum Einkaufen im Centerpunkt. »Bummeln gehen«, sagte ich, »wenn Jens Zeit hat, kann er ja mit. Sonst gehen wir ohne ihn.«

Eine Stunde später war ich wieder alleine. Sara war in ihre Wohnbox zurückgefahren, um auf ihren Mann zu warten.

Ich wählte meine alte Nummer an und fragte Nuala, ob es ihr recht sei, wenn ich kommen würde, ich hätte etwas mit ihr zu bereden.

Ihr irisches Lächeln irrte traurig und verwirrt über meinen riesigen Bildschirm. »Ja, komm ruhig«, sagte sie, »ich bin da.«

Der Flieger zog steil an. In einer langen Rechtskurve drehte er über die kleinen Familienschachteln von Wohnwiesen Süd. Ich bildete mir ein, Sara unten stehen zu sehen. Sie winkte und aus ihren Augen rollten Tränen.

In München fuhr ich Straßenbahn. Die Kabinen waren überheizt, die Menschen standen zu eng, manche rochen übel, vorne im Wagen grantelte der Fahrer. Es gab keine programmierbaren Zielautomaten, sondern Fahrscheine, die ab und zu von einem wichtig tuenden Korrektling kontrolliert wurden. Es war ein gutes Gefühl, wieder daheim zu sein.

Nuala hatte was gekocht. Sie sah schlecht aus, aß selber nur wenig.

»Ich muss dir was sagen«, fing sie dann an. Sie sprach eng-

lisch, mit ihrem harten, irischen Dialekt, also wusste ich, dass es etwas Existenzielles war, etwas, das von ganz innen aus ihrer durch und durch irischen Seele kam und das sie nicht in Deutsch sagen konnte.
»Ich geh nach Hause«, sagte sie, »ich will hier nicht mehr sein. Ich gehe heim nach Irland.«
Plötzlich schien es mir wie die Lösung. Warum waren wir darauf nie gekommen? Wir könnten nach Killarney ziehen, irgendwelche Jobs machen, irgendjemand würde doch eine Architektin brauchen können, und wenn es nur war, um die vielen leer stehenden Häuser zu Touristenwohnungen umzubauen. Und mich, Statistiker mit Berufserfahrung. Ich würde sogar Buchhaltung machen oder Einkauf.
»Ich bin noch in der Probezeit«, sagte ich, »ich könnte ohne Probleme aufhören.«
Sie sah mich lange und traurig an.
»Ohne dich, Tubor, ohne dich.« Sie zögerte. »Ich glaube, ich will dich nicht mitnehmen.«
»Willst du alleine gehen?«
Sie schüttelte den Kopf, sagte leise etwas, was ich nicht verstand, ich fragte nach, sie wiederholte es: »Ich habe jemanden kennen gelernt, Tubor.«
Das war nicht Nuala. Doch nicht meine Nuala. Doch nicht so schnell. Doch nicht meine abwartende, katholische Nuala. Ich setzte zu einer Rede an. Ich begann zu reden. Reden, reden.
Irgendwie ist es immer dasselbe. Wenn Frauen gehen wollen, machen Männer sie zu Kindern. Warnen sie vor der großen, bösen Welt der anderen Männer. Mahnen, gut zu überlegen, sich Zeit zu lassen. So, wie sie drängeln und schieben, wenn

es der Anfang der Liebe ist, so bremsen und halten sie, wenn es ans Ende geht.
Ich redete und redete, warnte und mahnte und spürte mehr und mehr, während meine Worte aus mir herausflossen wie unstillbares Nasenbluten, dass es Bullshit war.
»Scheiße«, sagte ich.
»Was Scheiße?«, fragte sie.
»Alles Scheiße, was ich sage. Alles zum Vergessen. Ich bin gegangen, du suchst dir einen anderen. Ich hab dich hier allein gelassen, du bist erwachsen und clever und machst das Einzige, was richtig ist: Du guckst, dass du Land gewinnst.«
Sie sah mich an, nickte. »So ist es«, sagte sie.
»Aber wenn ich dich noch liebe?«, fragte ich. »Wenn ich dich einfach noch brauche, ohne es zu merken? Wenn einfach alles so durcheinander ist, dass ich nicht mehr richtig weiß, was ich will und was nicht?«
»Versuche es rauszukriegen – du weißt, wo du mich findest.«
»Und der andere?«
»Was für ein anderer?«, fragte sie zurück, »Vielleicht ist er nicht wichtig.«
Plötzlich fing sie an zu essen, sie hatte ihren Kloß raus aus dem Hals, es war gesagt, es war beschlossen, ihr schien es besser zu gehen. Ich fragte mich, wie es mir ging, aber ich spürte mich nicht.
»Ich dachte einmal«, fing sie noch mal an, »ich dachte mal, dass wir für immer beieinander bleiben. Ich dachte, dieses ganze Hin und Her in dieser Welt, heute so und morgen anders, das gälte nicht für uns. Ich dachte, wir beide wären wie Gras auf einem irischen Hügel. Es ist da und es bleibt. Die Schafe fressen es kurz und der Winter färbt es braun, aber

immer wenn der Frühling kommt, ist es wieder da und grünt und ist stark und unzerstörbar. Ich dachte, wir hätten Kinder, schreiende, glückliche Kinder, die auf dem Gras irischer Hügel herumtollen können. Und dann ist es alles so anders gekommen.«

Da war er wieder. Dieser Unterschied, der uns sieben Jahre lang getrennt hatte. Nuala hatte immer eine Gegenwelt in ihrer Vorstellung. Wenn sie unzufrieden war, dann wusste sie, was sie eigentlich wollte. Sie hatte immer eine Alternative im Kopf. Nicht dass sie gekämpft hätte, aber sie hatte wenigstens eine Vorstellung, wie es anders sein könnte. Ich hatte das nicht. Ich war immer nur unzufrieden. Ohne Idee, was ich wollte. »Ich will nichts mehr«, schoss mir wieder durch den Kopf. Dieser Satz, mit dem meine Mutter meine Kindheit beendet hatte.

Vielleicht wäre es einfach gewesen. Vielleicht hätte ich nur sagen müssen: Okay, Nuala, lass uns dort hingehen. Vergiss diesen anderen, der für mich noch nicht mal einen Namen hat. Lass uns Kinder machen, irgendwo auf diesen grünen Hügeln, diesen Wiesen, die du doch nie aus deinem Kopf bekommen kannst.

Ich könnte nicht sagen, dass ich das damals nicht wollte. Oder dass ich es wollte. Es war nur einfach kein spürbarer Impuls da, es wirklich zu wollen. So wie mir auch der Impuls fehlte, in München zu bleiben und es hier noch mal zu versuchen oder nach Wohnwiesen zu gehen und dort weiterzumachen. Alles war mir recht und nichts würde mich zufrieden stellen. Alles war mir unrecht, aber nichts würde mich verzweifeln lassen. Dachte ich.

»Kann ich heute Nacht hier bleiben?«

»Es ist auch deine Wohnung, Tubor, nicht nur meine.«
»Wollen wir noch mal miteinander schlafen?«
Sie schüttelte den Kopf. »Du weißt doch«, sagte sie langsam, »ich mag nichts Süß-Saures. Und schon gar nicht zum Nachtisch.«
Ich ging zum Schlafen zu Ro, es wurde mir alles zu dicht in der Wohnung mit ihr.
Ich erzählte Ro, dass Nuala nach Irland zurückgehen würde und ich ihr sowieso erklären wollte, dass es zu Ende sei.
Er sah mich an mit seinen noch älter gewordenen Augen, das Weiße um die Iris herum schien gelblich zu sein, und ich fragte mich, ob es der Bildschirm war, der ihn so blind machte.
»So«, sagte er, »wo ist da das Problem? Du hättest nicht mal kommen müssen. Du hättest ihr eine E-Mail schicken können.«
Damit war für ihn das Thema durch. Er war definitiv nicht die richtige Adresse, um sich über menschliche Beziehungen zu unterhalten.
Wir räumten für die Nacht ein paar Stapel Papier vom Sofa. Es war noch immer dasselbe Sofa, auf dem ich das Jahrtausend begonnen hatte. Ich wusste, dass Ro nichts im Kühlschrank hatte, schon gar kein Bier. Also hatte ich ein paar Flaschen mitgebracht. Ich machte ihm eine auf und wortlos nahm er sie und trank. Es hätte Wasser oder Salzsäure sein können, er hätte den Unterschied nicht bemerkt.
Ich machte ein paar Brote zurecht, er raffte sich auf, zum Tisch rüberzukommen und mit mir zu essen. Als er aufstand, sah ich, dass er noch krummer und grauer geworden war.
»Du bist jetzt im DaZe?«

»Ja«, antwortete ich verwundert, »aber woher weißt du das?«
»Hab mich umgeguckt. Weißt du eigentlich, was du da machst?«
Ich hatte ja im Grunde keine Ahnung, aber das sollte er nicht mitkriegen.
»Das Übliche«, sagte ich daher, »Statistik, Abgleich von Beurteilungsmaßstäben, so Sachen halt. Nichts sehr Kompliziertes.« Ich versuchte, ein bisschen das nachzubeten, was Brein mir die letzten Tage erzählt hatte. Mit den meisten wäre so etwas gegangen, nicht mit Ro.
»Junge, Junge«, sagte er, »du hast wirklich keine Ahnung, was? Du bist doch in der Datenkoordination, oder? Ihr sitzt dort am Steuerknüppel eines Riesenvogels, der im Blindflug automatisch gesteuert nach nirgendwohin fliegt. Und kein Mensch weiß wohin, ist dir das nicht klar, Tubor?«
Er sprach selten jemand mit Namen an. Wenn Ro einen Namen aussprach, war man wenigstens sicher, dass er kapiert hatte, wer mit ihm im Raum war. Und man konnte annehmen, dass er einem etwas zu sagen hatte.
»Riesenvogel nach nirgendwo«, sagte ich, »na ja, wie man's halt so sieht.«
Ich kannte ihn. Ich hab das noch nicht erwähnt, aber er hatte manchmal eine Art, simple Sachen zu verkomplizieren und zu dramatisieren. Er kochte dann auf großer Flamme theaterreife Monologe und erging sich in Bildern und Kombinationen, die kein Mensch außer ihm selbst verstand. Ich liebte es nicht besonders, ihn auf diesen merkwürdig verqueren Höhenflügen zu begleiten, aber anscheinend war es mal wieder so weit. Er legte los.

»Das DaZe ist der Versuchsballon der Compukratie, eine Staatsform, in der die unschuldige Intelligenz der Rechner schuldhafte Verantwortung übernehmen soll, so jedenfalls stellen die Herren sich das vor. Das Resümee des aus dem Ruder gelaufenen Politikerschiffes, die Herrschaft der unanfechtbaren Vernunft. Aber sie haben kalte Füße, die Architekten des Vierten Reiches. Sie haben auf Autoflug geschaltet, doch sie trauen ihren eigenen Theorien nicht. Sie haben eine Phalanx austauschbarer Klone ans Steuer gesetzt. Verstehst du?«
Ich entschied mich für Ehrlichkeit und schüttelte den Kopf. Es schien ihn nicht weiter zu interessieren.
»Klone, wenn sie denn Klone hätten. Aber sie brauchen nicht mal welche, der Computer kann sich seine Klone selber suchen. Computerklone, nicht einmal verwandte Computerklone, genial. Sieh mich nicht so an, was kannst du dafür, dass es dich mehrfach gibt? Nichts! Das ist es ja. Auch ich bin nicht einzig, niemand ist es. Nicht in einer Welt der acht Milliarden. Die Verharmlosung der Verantwortung. Verantwortungszersplitterung bis ins letzte Atom. Es ist nicht mehr der Bomberpilot mit dem Knopf vor sich, es sind tausende, die nicht einmal mehr wissen, wofür die Knöpfe sind, auf die sie drücken – aber es ist immer noch dieselbe Bombe. Ihr schlendert schlafend durch euren Datenfriedhof, aber die Leichen leben noch. Mit einem Hirn im Kopf müsstet ihr schreien, aber was gibt es für einen Netzwerk-Sympathisanten zu schreien? So lange er abschalten kann, meint er, Herrscher über den Zirkus zu sein, bei dem er mitturnt.
Jeder kontrolliert jeden. Die eigentliche Kontrolle besteht nicht mehr im Inhalt der Kontrolle, sondern in ihrer Art.

Und ihr Klone – oder seid ihr Clowns? – sollt den kontrollieren, der die Kontrolle kontrolliert. Es ist eine Wahnsinnsfahrt, aber alle scheinen sich wohl zu fühlen. Lass einen Furz und schau ihm nach, wohin er zieht – das ist die einzige Freiheit, die dir noch bleibt, verstehst du?«
»Nein«, sagte ich, »kein Wort. Vielleicht erklärst du's mir!«
Er sah mich eine Weile verwundert an, irgendwas arbeitete in seinem Hirn, vielleicht war er verwundert über meine Dummheit.
»Will sagen: Das Problem ist, dass keiner mehr durchblickt. Mich eingeschlossen.«
»Aha«, sagte ich erleichtert, »also kein Grund zur Sorge.«
»Jeder Grund zur Sorge«, meinte er nachdenklich, schon wieder auf dem Rückzug in seine Welt aus Schweigen und unerforschbaren Quergedanken, »nur kein Mensch weiß worüber.«

Ich blieb nur zwei Nächte bei Ro. Die Mischung, die er einem verabreicht, tut einem normal strukturierten Menschen nicht gut. Von einigem zu viel und vom meisten zu wenig.
Früher als geplant nahm ich den Flieger zurück zum Wohnwieser Airport. Der Service an Bord war mies, das Wetter war mies, meine Stimmung war mies. Auf seine Art passte alles zusammen.
Zurück in meiner Wohnung, rief ich Sara an. Sie klang verheult.
»Was ist los?«, fragte ich.
»Ach, eigentlich die ganz normale Härte, die Decke kommt runter. Zu viel Kinder und zu wenig Mann, zu viel Alltag und zu wenig Leben.« Sie schniefte.

»Wir haben noch eine Verabredung offen, zum Einkaufen.«
»Ich muss aber die Kinder mitnehmen«, sagte sie, »ich habe niemanden, der sie mir abnehmen könnte.«
»Kein Problem«, behauptete ich, aber natürlich war es gelogen, ich hätte sie lieber ohne Kinder gehabt.
Sie kamen am Sonntag. Sara rief mich wie verabredet aus dem Auto an, als sie unter meinem Haus angekommen war. Ich fuhr runter und setzte mich auf den Beifahrersitz. Ich hatte seit Jahren nicht mehr in einem Auto gesessen. Der grünlich beleuchtete Tunnel wirkte gespenstisch. Wir kamen hinter Wohnwiesen-West an die Oberfläche und fuhren auf einer vierspurigen Straße auf die Stadt zu. An den ersten Fabrikhallen, die zum Industriegürtel rund um die Stadt gehörten, tauchte die Fahrbahn wieder ab.
Für meinen Geschmack viel zu schnell schossen wir durch grellgelb erleuchtete Tunnel, die Kinder johlten und schrien bei jedem Wagen, den Sara hinter sich ließ. Nach ein paar hundert Metern mündete die Speiche West in den zwölfspurigen Innenring. Auf der Innenspur waren Wagen unterwegs, die weit schneller als 200 fuhren.
»Spinnen die?«, rief ich, als uns wieder einer von diesen Fahrern überholte.
»Sie versuchen neue Rekorde«, lachte Sara, »du musst mal im Independent-Illegal-Teil vom Datennetz nachgucken, da werden die besten Rundenzeiten veröffentlicht.
»Papa braucht dreieinhalb Minuten einmal rum«, schrie Leona von hinten, »das schafft Mama nicht!«
»Wir fahren 7D raus«, erklärte Sara, »dann können wir direkt unterm Bloomingdale parken.«
Wir kämpften uns auf die rechteste Spur durch, dann bogen

wir in die Ausfahrt mit der Bezeichnung 7D. In engen Wendeln kamen wir nach oben, wurden direkt in das Parkhaus von Bloom geleitet.
Sara schob ihre π-Karte durch den Schlitz am Parkautomat.
»Guten Tag, Frau Dobler«, sagte die Maschine, »wir freuen uns, dass Sie uns auch mal wieder persönlich besuchen. Besonders interessant sind für Sie heute...«
»Ich bin Stammkundin hier«, erklärte Sara mir, »da kriegst du schon bei der Einfahrt die besten Angebote!«
Sie blieb noch einen Augenblick vor der Schranke stehen.
»... auch Stoffe und Küchenaccessoires können wir Ihnen zu Sonderpreisen anbieten. Bitte melden Sie sich für weitere Angebote an der Stammkunden-Information im dritten Obergeschoss.«
Dann ging die Schranke auf.
Ich genoss den Moment der Ruhe, als der Wagen in der Parkbucht stand und Sara den Motor abstellte.
Aber wir waren noch nicht ganz aus dem Parkhausaufzug draußen, da fingen die Kinder schon das Quengeln an.
»Kriegen wir jetzt eine Playies? Ich will den Römlischen Zirkus und das Bauernspiel, beide!«, maulte Rem.
»Du kriegst eine, basta. Leona eine und du eine.«
»Aber ich will auch zwei, wenn Rem zwei kriegt.«
Sara fing an zu brüllen: »Rem kriegt keine zwei, Rem kriegt eine und du kriegst auch eine, fertig. Und wenn ich jetzt noch einen Ton höre, kriegt keiner irgendwas, ist das klar!«
Dann drängelten wir uns durch Menschenmassen, schoben und zogen die beiden Kinder vor und hinter uns her. Es schien, als sei ganz Wohnwiesen im Bloom versammelt. Sara steuerte die Spielwarenabteilung an. Sie kaufte Rem den

»Römischen Zirkus« und das »Bauernspiel« und für Leona »Girlies auf Reisen« und »Girlies beim Shopping«. Sie schob den Damen an der Kasse ihre π-Karte zu. *Vielen Dank, bitte beehren Sie uns bald wieder,* sagten die Damen, wenn sie ihr die Plastiktüten überreichten. *Vielen Dank, Frau Dobler, bitte beehren Sie uns bald wieder* bei den Playies, *vielen Dank, Frau Dobler, bitte beehren Sie uns bald wieder* beim beigen Minikleid aus Mohair-Imitat und *vielen Dank, Frau Dobler, bitte beehren Sie uns bald wieder* bei der dazu passenden Strumpfhose. Es hätte niemand gemerkt, hätten sie den Spruch vom Kartenautomaten aufsagen lassen.
Während Sara aussuchte, betätigte ich mich im Kinderfangen. Die beiden hatten es drauf, urplötzlich zu verschwinden, meistens in zwei verschiedene Richtungen.
»Brauchst du irgendwas, Klamotten oder so?« Sara war der Meinung, Männer könnten und würden ihre Kleidung nur in Begleitung von Frauen kaufen. Ich dachte nach. Sie hatte Recht. Seit Nuala nicht mehr an meiner Seite war, lief ich in denselben Sachen rum.
»Hosen vielleicht?«, fragte sie.
»Gut, ja, Hosen.«
Wir gingen in die Herrenabteilung, ich probierte eine Hose an, als ich aus der Kabine kam, war Sara weg, die Kinder auch. Ich wartete. Nach ein paar Minuten tauchte Sara völlig durcheinander wieder auf, sie konnte die Kinder nirgends mehr finden. Wir gingen zur Kasse, dort war man auf solche Fälle vorbereitet. Die Kassiererin tippte die Namen und eine kurze Beschreibung in ihre Kasse.
»An jeder Kasse liegt jetzt die Beschreibung«, erklärte sie, »außerdem bekommen sie alle Wachen an den Ausgängen,

Ihre Kinder kommen also nicht hier raus. Sehen Sie sich ruhig weiter um, es dauert bestimmt nur ein paar Minuten.«
Sara blieb nervös, aber tatsächlich wurden wir nach ein paar Minuten an die Kasse gewunken. »Sie haben sie schon. Sie sind im vierten Floor beim Spielzeug, bitte holen Sie sie dort ab.«
Saras Aufregung entlud sich in zwei Ohrfeigen. Leona und Rem kreischten. Der Kaufhausdetektiv, der sie gefunden hatte, sprach Sara an: »Vielleicht sollten Sie die Kinder zu »Onkel Tom« geben, dann können Sie und Ihr Mann hier in Ruhe einkaufen.«
»Ach, ich weiß nicht«, sagte sie.
Er zuckte die Schultern und ging.
»Jens will das immer nicht«, erklärte sie mir. »Er meint, seine Kinder gehörten nicht von fremden Leuten beaufsichtigt.«
»Du hast doch den Detektiv gehört«, sagte ich, »heute bin ich dein Mann. Und ich finde das okay.«
Also brachten wir die Kinder zu Onkel Tom. Über dem Eingang des Spielbereiches hing ein Schild: *Vorsicht, es wird Ihrem Kind hier so gut gefallen, dass es nie wieder weg will.*
»Was machst du«, fragte ich, »wenn sie wirklich nie wieder weg wollen?«
»Ist mir auch recht«, sagte sie. Es klang nicht wie Spaß.
Wir gingen zurück zu den Herrenklamotten, kauften ein Sportjackett in Mint und Grün, so waren die Farben in dem Jahr. Dann probierte ich noch eine Hose an. Sie schaute in die Kabine, als ich gerade ohne Hose dastand, sah mich von oben bis unten an.
»Und Unterhosen holen wir auch noch!«
Ich zögerte, aber sie lachte nur darüber, dass es mir peinlich

war, mit ihr Unterwäsche zu kaufen. Routiniert stöberte sie die Tische durch.
»Größe?«
»Keine Ahnung«, sagte ich.
Sie besah sich meinen Hintern, ich musste mich umdrehen.
»Vier«, schätzte sie. Es machte ihr Spaß. Sie nötigte mir drei knallbunte Boxershorts auf.
»Aber die werden dann auch angezogen!«, befahl sie.
»Wann dann?«
»Dann!«, sagte sie.
Wir gingen bezahlen. Ich schob meine Karte durch den Schlitz. *Vielen Dank, Herr Both, wir hoffen, dass sie uns auch in Zukunft öfter aufsuchen,* sagte die Dame an der Kasse zu mir. Ihre Stimme unterschied sich wirklich in nichts von einem Kartenautomaten.
Im Untergeschoss gab es Lebensmittel, ich musste unbedingt noch was zu Essen mitnehmen, aber Sara wollte zuerst einen Kaffee trinken gehen. Was immer sie wollte, ich ließ mich gerne überreden. Sie lief vor mir her, lotste mich durch die Massen, ich folgte dem Wippen ihrer Haare, beobachtete das Spiel ihrer Schultern und ihres Pos, wenn sie sich bewegte. Plötzlich drehte sie sich um und erwischte meinen Blick irgendwo auf ihrem Körper. Sie lächelte mich an. Ein kleines, verschmitztes Siegerlächeln, das Frauen nur dann lächeln, wenn sie Beute gemacht haben. Über kurz oder lang würden wir im Bett landen, sie hatte es längst so entschieden.
Von der Cafeteria hatte man einen Blick über die ganze Innenstadt. Sie hatten Wohnwiesen um ein altes Städtchen herumgebaut, dessen Namen ich nicht einmal kannte. Sara meinte, es hätte vielleicht Wohnwiesen geheißen, aber Städte

hießen früher nicht so. Weder Wohnwiesen noch Centerpunkt. Herrlingen, Göttingen, Ochsenfurt oder so, aber nicht Wohnwiesen.
»Es macht Spaß mit dir«, sagte Sara plötzlich unvermittelt und legte ihre Hand auf meine. Ich bestellte uns zwei Kaffee. Sie ließ die Hand dort liegen. Wir beschlossen, noch ein bisschen bummeln zu gehen.
Sara hakte sich bei mir unter, das tat gut. Wir fanden uns in einer nicht enden wollenden Einkaufszone wieder, überall wimmelte es von Menschen. Ziellos wandelten wir an Schaufenstern vorbei. Ich besah mir mit Sara Klamotten jeder Art, die Farben meistens Beige und Elfenbein für die Frau und Grün und Mint für den Herrn.
»Eigentlich brauche ich nichts«, sagte Sara. »Immer will ich einkaufen, und wenn ich dann hier bin, brauche ich nichts. Wofür auch, ich komme doch nicht raus.«
»Jetzt bist du draußen, jetzt im Augenblick.«
»Ja, ja«, sagte sie, »hast schon Recht.«
Die meisten Häuser hatten im Erdgeschoss, oft auch noch im ersten Stock, Läden, darüber manchmal Restaurants; dann waren unten auf der Straße Schilder aufgestellt, die zum Gang die alten, schmalen Stiegen hinauf einluden.
Ich fragte mich, ob überhaupt noch Leute im Centerpunkt wohnten, wir konnten nirgendwo Lebenszeichen entdecken, es hingen zwar Gardinen an vielen Fenstern, aber oft schien es, als würden die obersten Stockwerke als Lager genutzt, oder sie standen leer. Klingelschilder jedenfalls sahen wir an keinem Haus. Vermutlich wollten sie überhaupt nicht, dass Leute hier im Innenstadtbereich wohnten. Sara meinte, dass sie den ganzen Bereich gegen Mitternacht, wenn die Läden

alle geschlossen waren, einfach absperrten. Geisterstadt Centerpunkt. Und morgens um sechs, sagte sie, kämen erst die Straßenkehrer und dann die Lieferanten und dann ginge es weiter.
Aber dann sah ich plötzlich, wie sich im Fenster eines uralten Hauses, ganz oben, im dritten Stock, ein Vorhang bewegte. Das Gesicht einer alten Frau kam zum Vorschein, die eine Weile auf die Menschenmassen herunterguckte und dann wieder verschwand. Sara hatte sie auch gesehen.
»Wenn sie noch mal guckt, winken wir«, schlug sie vor, aber der Vorhang bewegte sich nicht mehr. Wir hatten plötzlich Hunger bekommen, stiegen irgendwo ein paar Treppen hinauf und fanden uns in einem kleinen französischen Bistro wieder. Sara lud mich ein. Wir plauderten noch eine Weile, bis ihr Blick auf die Uhr fiel. Sie wurde nervös. Die Kinder waren schon über drei Stunden bei Onkel Tom, also machten wir, dass wir zurückkamen.
Rem und Leona hatten uns nicht vermisst. Aber sobald sie ihre Mutter sahen, fingen sie an zu quengeln.
Im Auto schliefen die Kinder ein. Es war fürchterlicher Verkehr, ich bat Sara, etwas langsamer zu fahren.
»Du hast Angst«, sagte sie. »Aber ich hab Angst, dass Jens schon daheim ist. Dann gibt's Ärger.«
»Weil du so spät bist?«
Sie nickte. »So ist er halt«, sagte sie.
Sie ließ mich in West 2 direkt an der Fahrbahn rausspringen. Ich irrte eine Weile in dem Tunnelkomplex herum, bis ich den Aufgang ins Einkaufszentrum fand. Das Ganze war für Fußgänger nicht vorgesehen.
Ich ging noch schnell in unser Einkaufszentrum, meine Port-

vorräte auffüllen. Sara brauchte das nicht zu wissen. Ich schob die drei Flaschen der Kassiererin hin, aber als ich meine Karte herausziehen wollte, stellte ich fest, dass ich aus München noch einen Fünfziger Bargeld einstecken hatte.
»Ich zahle bar«, sagte ich.
»Sind Sie sicher?«, fragte sie. »Sie wissen, dass Sie dann keinen Rabatt bekommen können.«
Ich wusste es nicht, aber es war mir egal.
»38,94 EURO«, sagte die Kasse, sie sagte keinen Namen dazu, und das war mir recht. Es musste nicht jeder wissen, wie viel Port ich trank. Die Wohnwieser schienen mir manchmal etwas zu neugierig.

–

Sie haben genug für heute? Sie langweilen sich doch, François, nicht wahr? Ich denke, was Sie eigentlich hören wollen, ist, wann mir die Idee kam, mit dem Ganzen Schluss zu machen, oder?

–

Nein, bitte sagen Sie jetzt nicht mehr Herr Both zu mir. Ich heiße Tubor. Sonst werde ich Sie wieder Sir nennen, ob es Ihnen gefällt oder nicht. Entschuldigen Sie, nein, natürlich nicht. Ich bin vielleicht etwas übermütig. Das Reden tut mir gut. Sehen Sie, warum ich Ihnen das alles erzähle: Das alles trug dazu bei. Das Gefühl zum Beispiel, nur noch über diese Karte zu leben. Oder die Tatsache, dass die Playies-Werbung nicht bei mir auf dem PT lief. Ich meine – heute lache ich darüber, natürlich weiß ich längst, wie es funktioniert. Aber damals, am Anfang, kam mir das alles irgendwie seltsam vor. Es kam so ein Gefühl dabei heraus, na ja, so unterm Strich, als würde man dauernd von irgendjemandem beobachtet.

Als ginge man in den dunklen Keller, aber dort wäre schon jemand. Es hatte etwas Bedrohliches, verstehen Sie, was ich meine?
–
Ist das Ihr Ernst, François? Sie verstehen das wirklich?

VIERTER TAG

Wenn ich zu schlechtem Fernsehprogramm viel Portwein trinke, hat das den unangenehmen Nebeneffekt, dass ich irgendwann, meist noch im Sessel vor der Guckkiste, einschlafe, aber nach ein, zwei Stunden wieder aufwache. Ich bin dann völlig desorientiert und dem Tod näher als dem Leben. Früher waren das Momente, in denen ich möglichst schnell und ohne besondere Anstrengung sterben wollte. Inzwischen ist mir klar geworden, dass Sterben in solchen Situationen mit größter Anstrengung verbunden wäre. Also lehne ich mich zurück und denke nach.
Im Kreisverkehr der nächtlichen Lebenskrise rutschten meine Gedanken irgendwann zu Ro. Zu seinen wilden Erklärungen über Wohnwiesen und meine Arbeit dort. Ich will nicht behaupten, dass ich seine Ideen im nächtlichen Rückblick verstand, doch erschreckten mich allein die Worte, die er verwendet hatte: Computerklone und Compukratie, Verantwortungsverharmlosung, Autopilot im Blindflug.
Nachts, nach dem ersten Schlaf, noch einen Port nachzuschenken ist Wahnsinn. Es ist der erste Schritt zum Alkoholismus, vielleicht auch schon der dritte. Es muss Mineralwasser sein um diese Zeit, Vorbeugemaßnahme gegen drohende Dehydrierung. Aber das Leben ist ja oft ein Balanceakt zwischen Wissen und Wollen.
Ich beschloss, es bei einem Glas zu lassen. Dann Mineral-

wasser, schließlich wollte ich am nächsten Morgen zur Arbeit. Versuchte, Ros Gedanken zu ordnen. Für mich, für ihn, wenn er es schon selber nicht schaffte. Die Klone, die aus einer einzigen Eizelle hergestellten Mehrlinge, das waren wir. Das war meine Abteilung, wir alle in den Jeans und Polohemden, Nichtraucher. Auf beängstigende Art waren wir uns ähnlich. Aber ich kannte meine Herkunft. Wenn jemals in dieser Welt tatsächlich Kinder geklont wurden, so gehörte ich nicht dazu. Ich stammte aus dem Schoß meiner Mutter, die irgendwann früher einmal mehr gewollt haben muss als ihre Ruhe. Sohn des Julius Finderl, Freier Architekt aus München, im Seitensprung. Nein, ein Klon war ich nicht.
Computerklon, hatte Ro gesagt. Ich schrieb das Wort auf einen Zettel, um Brein danach zu fragen. Compukratie, das war das andere Wort. Ich schrieb es daneben. Ich schrieb noch ein paar Fragen dazu. Wie
›Sitzen wir hier in einem Cockpit?‹
und
›Fliegen wir den Vogel?‹
und
›Welchen Vogel?‹
Dann nahm ich den Zettel und steckte ihn in die Tasche der Hose, die ich am nächsten Morgen zur Arbeit anziehen wollte. Ich musste sicher sein, ihn nicht zu vergessen.
Den Rest der Nacht lag ich wach und dachte an Sara. Das nahm langsam beängstigende Formen an. Ich dachte an ihre Beine, an das Wippen ihrer Haare und an die Härchen in ihrem Nacken. Ich hasste Komplikationen in meinen Beziehungen. Irgendetwas Unübersichtliches, Gefährliches kam

da auf mich zu, ich konnte es spüren und es war so spannend, dass ich sehnsüchtig darauf wartete.
—
Ja, unterbrechen Sie mich ruhig, wenn ich wieder ins Erzählen komme, François. Ich bin schon durch mit der Nacht. Sie hatte ihre Funktion, wissen Sie, es war nicht irgendeine Nacht. Es war der Beginn meiner großen Zweifel.
Jetzt komme ich zu Brein und den anderen Dingen, die mich ins Rotieren brachten.
Also, erwartungsgemäß war der Morgen nicht besonders glücklich. Mit Todessehnsucht im Nacken und Übelkeit im Kopf ließ ich mich von den Rollbändern zu meiner Arbeitsstelle tragen. Ich hielt es keine halbe Stunde aus mit dem Zettel in der Tasche. Sobald einigermaßen Ruhe in unserem Großraumcockpit herrschte, las ich mir das erste Wort noch mal durch. Dann rollte ich mit meinem Stuhl rüber zu Brein.
»Was sind Computerklone?«
Er sah nicht von seinem Schirm auf, bewegte nur leicht die Schultern auf und ab.
»Ist mir gerade nicht geläufig, der Begriff, sieh doch in der Lexi-Datei nach.«
»Verarschen kann ich mich selber«, sagte ich zu ihm, blieb aber schräg hinter ihm sitzen.
»Noch was?«, fragte er nach einer Weile.
»Was ist Compukratie?«
Er hatte gesehen, dass ich die Worte von einem Zettel ablas, drehte sich plötzlich um und nahm mir das Stück Papier aus der Hand. Still las er meine Fragen durch, schüttelte den Kopf. Dann drehte er das Blatt um, suchte sich einen Stift und schrieb mit ungeübter Handschrift auf die Rückseite:

Heute 20:30 im Rainbow, Nord 3.
Wir hatten mal über Kneipen gesprochen, war schon ein paar Tage her. Wo man hier gut weggehen konnte, wo man lieber draußen bliebe. Er hatte damals das Rainbow erwähnt, eine Jazzkneipe, hatte aber, da erinnerte ich mich genau, gerade bei dieser Kneipe gesagt, dass er selber noch nie da gewesen sei.
Er schrieb noch einen Satz:
Und jetzt halt die Klappe!
Dann faltete er den Zettel zusammen und schob ihn mir hin. Fast heimlich, wie früher in der Schule die Spickzettel. Kein Lehrer sollte es sehen. Ich sah mich um, aber es gab keinen Lehrer hier im Raum. Nur eine Videokamera an der Decke.

Punkt halb neun war ich im Rainbow. Die Kneipe war noch nicht voll, aber schon ordentlich laut. Ich setzte mich an einen Tisch am Rand, bestellte mir ein Bier. Brein kam ein paar Minuten später. Er grüßte zu mir rüber und setzte sich an einen freien Tisch mitten im Raum. Er winkte mich zu sich.
»Was soll das?«, fragte ich, als ich mich neben ihn setzte.
»War mein Tisch nicht gut genug?«
Wir mussten die Köpfe eng zusammenstecken, um uns trotz der lauten Musik zu verstehen.
»An mittleren Tischen gibt es keine Mikrofone!«, sagte er.
Für einen Moment fragte ich mich, ob er den Verstand verloren hatte, aber anscheinend hatte er es nur als Witz gemeint. Offensichtlich hatte er den Entschluss gefasst, mir eine Menge zu erklären. Als dränge die Zeit, fing er ohne Verzug an.
»Also, Computerklone – du weißt, was Klone sind, ja? Mehrlinge, die mit identischen Anlagen aus einer Eizelle ge-

züchtet werden. Standard in der Hühnerzucht, bei Menschen verboten. Sinn der Übung ist es, möglichst identische Individuen für bestimmte Aufgaben zu erhalten. Computerklone kommen nicht aus demselben Ei. Sie werden vom Computer ausgesucht. Er geht praktisch den umgekehrten Weg. Er sucht Menschen mit möglichst identischen Lebensläufen und Fähigkeiten und behauptet, sie wären sich auch in den Anlagen sehr ähnlich.«

»Was ziemlich oft ins Auge geht!«

»Ha«, rief er, »und das von meinem Statistiker, obwohl ...«
Der Kellner tauchte auf und stellte Brein ein Bier hin. Brein nahm einen großen Schluck, wartete mit seinem Einwand, bis der Typ außer Hörweite war.

»...von meinem Statistiker, obwohl er doch eigentlich gelernt und begriffen haben müsste, wie genau die Trefferquote für Voraussagen wird, wenn man nur die Fallzahl ordentlich erhöht. Du weißt doch: Das Schlüsselwort in der Statistik heißt Fallzahl. Wenn du nur genügend Menschen in deiner Kartei hast, kannst du fast alles vorhersagen. Und – das ist dir inzwischen ja wohl klar – im DaZe haben wir alle in unserer Kartei. Alle!«

»Und wir beide, dazu Jürgen, Manne, Jean und Philipp und die anderen, wir sind alle nach dem Prinzip ausgewählt?«

»Schau uns doch an!«, sagte er, »Ist einer dabei, der rausfällt? Das ist übrigens nicht nur auf unserem Arbeitsplatz und im DaZe so. Alle Arbeitsstellen in dieser Stadt werden so besetzt. Zunächst wird versucht, die Stelle zu beschreiben, also rauszubekommen, welche Art von Typ den Job am besten machen könnte. Sind die Leute eingestellt, wird beobachtet, wer den Job tatsächlich am besten macht. Die Unpassenden

fliegen raus, der Passende bestimmt das Persönlichkeitsprofil für die Nachfolger, das auf diese Weise immer schärfer und stimmiger wird. Compevolution nennt man das, Evolution per Computer – aber das stand, glaube ich, gar nicht auf deinem schlauen Zettel, oder?«
Nein, ich hatte das Wort noch nie gehört. Dafür war eben ein anderer Begriff gefallen, der mich brennend interessierte: Persönlichkeitsprofil. Was genau war das? Ich fragte Brein danach.
»Das ist so was, wie eine Superpersonalakte, das ist dein Spiegelbild in unserem Computer.«
»Aha, und was steht da drin?«
»Da steht das drin, Tubor, was du jeden Tag auf deinem Bildschirm hast – Zahlen. Das, woraus wir mit dem Rechner die Voraussagen für den Straßenverkehr, die NEAR-Belastung, die Kindergarten- und Altersheimbelegung basteln. Es sind computerdesignte Skalen, in denen alle Daten, die von dir eingehen, eingeordnet werden. Sie werden nicht als Einzelevent gespeichert, sondern bestimmten Skalen zugeordnet, die der Computer wiederum aus den Events der Gesamtbevölkerung laufend ermittelt und aktualisiert.«
Alle Daten, die von mir eingehen, hatte er gesagt. Was gehen von mir schon für Daten ein, dachte ich. Wie alt ich bin und welche Ausbildung ich habe, wo ich gejobbt habe und wie ich mir sonst meine Brötchen verdiene. Ein paar Polizeikontrollen vielleicht, in denen ich mich dumm benommen habe. Will tatsächlich jemand aus diesen Daten meine Persönlichkeit bestimmen? Ich widersprach heftig, aber Brein lachte nur.
»Die magische Zahl lautet derzeit 27«, sagte er. »Will heißen,

von jedem Wohnwiesener Bürger gehen im Augenblick täglich durchschnittlich 27 Daten zum Computer. Je nach Wohnsituation sind es im übrigen Europa zwischen 0,02 und 4 – aber da wird ja auch noch geübt, hier in Wohnwiesen wird schon getestet und angewandt!«
Ich schüttelte den Kopf. »Ich bin heute Morgen aufgestanden, zur Arbeit gegangen, habe außer mit dir und ein paar Kollegen mit niemanden geredet, bin dann heim, habe mich umgezogen und bin hierher. Wo sind die 27 Datenevents, die der Computer heute – im Durchschnitt, ich weiß – angeblich von mir bekommen hat?«
Brein griff in seine Hosentasche und zog die Schutzhülle mit seiner π-Karte aus der Tasche. Er warf die Karte auf den Tisch.
»Wollen wir mal zusammen rechnen?«, fragte er. »Heute morgen hast du dich vom PT wecken lassen, wann? 6 Uhr 30, gut, das war die Nummer 1. Du hast gefrühstückt? Dabei Fernsehen geguckt? Wunderbar! Ein paar Kanäle durchgeschaltet? Sagen wir, das waren so um die drei Informationen über dein Fernsehverhalten. Noch mit jemandem am PT gequatscht, nicht? Schade. Wir sind trotzdem schon bei Nummer 5. Das war der Aufzug und die Tür, also wann du das Haus verlassen hast. Mit dem NEAR gefahren – Nummer 6. Arbeitszeit Anfang und Ende, da haben wir 7 und 8. Tagesmenü in der Kantine: 9.« Er lacht: »Das wird tatsächlich schwer, mit dir auf 27 zu kommen, aber gucken wir mal weiter. Nummer 10 und 11 sind wieder NEAR und die Haustür.«
»Ich bin nicht gleich heim«, warf ich dazwischen, »ich war noch einkaufen und ein bisschen in einer Spielhalle.«

»Na wunderbar«, er strahlte, »da schaffst du es heute vielleicht sogar über die 27. Wo waren wir – bei Nummer 11! Na, was haben wir denn gekauft?«

»Lebensmittel – nur das Nötigste«, log ich. Natürlich hatte ich Lebensmittel gekauft, ein Brot, Aufschnitt, ein bisschen Käse, drei Mikro-Diner, das zählte ich ihm auf, verschwieg aber die zwei Flaschen Portwein und das Kontaktmagazin, er musste nicht alles wissen.

»Nichts zu trinken?«

»Mineralwasser, zwei Flaschen.«

Er sah mir in die Augen und grinste. Ich fragte mich, ob mein Hang zum Portwein auch ihm schon aufgefallen war, eigentlich hatte ich mich in der Kantine bisher zurückgehalten. Dann fielen mir meine Augenringe ein. Manchmal morgens konnte man mir die Sauferei vom Abend rund um die Augen deutlich ansehen. Du hast wieder deine Schnapsaugen, hatte Nuala manchmal gesagt. Aus irgendeinem Grund liebte sie das Wort Schnaps und benutzte es möglichst häufig, auch wenn sie selber nie einen Schluck davon trank. Sie formte ein pseudozweisilbiges Wort daraus, sagte erst ›Schnä‹, machte dann eine kleine Pause, in der sich ihre Mundwinkel zu einer Art spöttischem Lachen nach oben zogen, und dann, wie ein kaputter Druckluftschlauch, ›psss‹. Schnä-psss.

»Portwein ist kein Schnä-psss«, sagte ich zu Brein. Er sah mich verwundert an. »Was sagst du? Portwein, oder was?«

»Portwein, eine Flasche«, sagte ich.

Mein merkwürdiger Satz, der es ohne meinen Willen geschafft hatte, aus meinem Gehirn in meinen Mund zu schlüpfen, hatte seine hübsche Aufzählung völlig durchei-

nandergebracht. Er suchte nach dem Anschluss, fand ihn nicht, trank erst einmal einen Schluck Bier.
»Wir waren bei 11«, half ich ihm, »11 plus Einkaufen sind 12.«
Er schüttelte energisch den Kopf, während er sich den Schaum aus dem Bärtchen wischte: »O nein, 11 plus Brot und Wurst und Käse und Wasser und Portwein und Schnaps und so weiter und so weiter... Da sind wir ungefähr bei 20, würde ich mal sagen.«
Er bestand drauf. Gegen meine Verwunderung, gegen jede Logik bestand er darauf, dass jedes von mir eingekaufte Produkt zum Computer des DaZe gemeldet wurde. Es hatte wenig Zweck, ihm zu widersprechen, schließlich war er der Boss der Abteilung, die sich genau mit solchen Sachen beschäftigte. Wenn ich schon nicht wusste, woran ich eigentlich arbeitete, er sollte es zumindest wissen, also glaubte ich ihm.
Nicht nur jedes Produkt, erklärte er mir, sondern jede meiner Aktionen, die personenkundig wurde, sprich, die ich mit meiner π-Karte oder π-Nummer bezahlte, bestellte, bestätigte oder auslöste. Alles lief online nicht nur als Kontobelastung zur Bank, sondern parallel zum Großrechner des DaZe.
»Es läuft zum Rechner, von mir aus«, sagte ich, »alle Daten, im Durchschnitt 27 pro Person und Tag, alle diese Informationen laufen zum Rechner. Und dort? Werden sie dort alle gespeichert? Wird es ein für allemal aktenkundig, dass ich am 15. Mai 2012 im EDEKA in der Sowiesostraße in Wohnwiesen eine Flasche Bier gekauft habe?«
»Unsinn«, sagte er, »das wäre zwar möglich, aber kein Mensch hätte etwas davon. Du musst die Sache ganz anders

sehen. Nicht so computerisch, nicht so datenmäßig. Sieh das mal – wie soll ich sagen – unschärfer. Emotionaler vielleicht. Nein, jetzt habe ich es: Sieh es einfach menschlich.«
»Menschlich? Eine Datenansammlung im DaZe-Computer menschlich?«
Brein wurde munter. Er hatte ein Bild gefunden. Später überlegte ich oft, ob er dieses Bild tatsächlich erst in diesem Augenblick gefunden hatte. Ob er nie zuvor von dem Computer als einem menschlichen Hirn geredet und gedacht hatte. Er begeisterte sich für seine Idee. Ro ging mir durch den Kopf. Ro, der von dem Computer als einem unschuldigen Hirn gesprochen hatte, dem politische Verantwortung übertragen wurde. Ich spürte, dass die Dinge zusammenkamen. Ich konzentrierte mich. Ich versuchte Brein zu folgen.
»Pass auf«, sagte er, »du hast einen Freund. Nehmen wir mal an, du hast einen Freund, eine Freundin, irgendjemand, egal. Du kennst ihn. Du weißt, wer er ist. Aber woher? Ich meine, woher weißt du es, Tubor? Gut, du siehst ihn, du hörst ihn, lassen wir das mal weg. Natürlich ist das wichtig, aber lass es jetzt mal weg, es geht auch ohne. Da sind andere Sachen. Da ist seine Wohnung, die du siehst. Dinge, die herumstehen, die er irgendwann einmal gekauft hat. Da ist ein Auto. Da ist ein Fernsehprogramm, das er gesehen hat. Vielleicht mit dir zusammen oder er erzählt dir davon. Vielleicht spielt er Fußball. Ist Mitglied im Sportverein, hat sich Stollenschuhe gekauft, ein Trikot. Oder er trägt italienische Designerschuhe, hat zehn Paar davon zu Hause stehen, feine Anzüge, Krawatten. Oder Jeans, Turnschuhe, Sweatshirts. Und er sammelt Druckgrafiken, nur Avantgarde, nur unbekannte Künstler. Er geht auf Reisen, nach Thailand, China und Feu-

erland. Oder mit dem Bus nach Deggendorf und in den Harz.
Verstehst du, was ich meine? So ein Mensch ist ja nicht nackt. Der steht ja nicht nackt in irgendeiner Bluebox und man kann jeden Hintergrund hineinmischen, wie man's gerade braucht. Der hat ein Umfeld, das zu ihm gehört. Der tut etwas. Und Vieles von dem, was er tut, formt ihn. Formt sein Umfeld. Macht ihn vergleichbar und bewirkt, dass man ihn einordnen kann in die Masse der Menschen, die alle etwas tun, die alle ein Umfeld haben. Ein Umfeld, geprägt durch irgendwann konsumierte Dinge.«
Er musste seinen Redeschwall unterbrechen, um seine Kehle zu befeuchten.
»Du meinst«, warf ich dazwischen, »du meinst, wenn man nur genug von dem kennt, womit ein Mensch sich umgibt, dann weiß man auch, was für ein Mensch das ist?«
»Klar! Denk nur, es wäre kein Freund. Oder besser noch, es wäre mein Freund, nicht deiner. Du kennst ihn nicht, hast ihn nie gesehen. Aber jeden Abend rufe ich dich an und erzähle dir von ihm. Keinen Klatsch, wo ich ihn gut mache oder schlecht. Ich erzähle dir ganz objektiv und emotionslos, was dieser Freund, den du nicht kennst, heute gemacht hat. Wann er aufgestanden ist, wo er war, was er gekauft hat, was er im Fernsehen gesehen hat, wer ihn besucht hat, wann er ins Bett gegangen ist. Ein paar Tage nur und du hast eine Vorstellung von ihm. Du fängst an, ihn zu kennen.«
Ich nickte, das kapierte ich. Und ich kapierte mehr. Der DaZe-Computer bekommt jeden Tag per π-Karte von mir erzählt. Und er kennt mich. Jeden Tag ein bisschen mehr.
»Und wozu das Ganze?«, fragte ich Brein.

»Ja, wozu? Historisch gesehen war es zunächst mal ein Abfallprodukt. Ein Abfall der π-Karte. Die Karte hat Schluss gemacht mit dem Nummernchaos. Hier eine Steuernummer, dort eine Kontonummer, Kundennummer bei dem Versandhaus, Kundennummer bei diesem Baumarkt, Personalausweisnummer, Telefonnummer, Führerscheinnummer, KFZ-Zulassungsnummer, Versicherungsnummer. Dazu von jedem Dienstleistungsunternehmen noch zusätzlich eine kleine Geheimnummer zur Identifizierung. Du kannst dir nicht vorstellen, wie es vor Einführung der weltweiten π-Nummer zugegangen ist. Jeder Mensch hatte damals um die 30 bis 50 Nummern, die ihn als Person kennzeichneten. Dann kam die π-Nummer, das war schon ein Riesenschritt, dann die π-Nummer mit Stimmanalyse und VoiceSign. Das war's. Kein Bargeld mehr, keine Kredit- und Kundenkartensammlungen mehr, keine Bankgeheimzahlen. Nur noch ein kleines Kärtchen und das gesprochene Codewort. Aber um das europaweit checken und steuern zu können, musste ein Zentrum entstehen, in dem alle Onlineanfragen, die Personen betreffen, zusammenlaufen können. Ein Datenzentrum – DaZe genannt. Und weil's so schön war und man die Zukunft auch mal in der Realität und nicht nur im Simulator leben wollte, wurde gleich eine Modellstadt drum herum gebaut.«
»Wohnwiesen«, sagte ich, »Wohnen in den Wiesen.«
Mein Satz klang wohl nicht allzu positiv, eher zynisch, denn Brein zuckte ergeben die Schultern. »Was willst du machen, Tubor? So sind die Deutschen. Als sie endlich das mit dem Auto kapiert hatten, bauten sie Wolfsburg. Und als sie das mit den Computern blickten, mussten sie ihr Wohnwiesen haben, so sind sie. Immer alles perfekt und komplett. Aber –

um beim Thema zu bleiben – das Abfallprodukt war eben, dass plötzlich die Daten aller Europäer hier zusammenliefen. Ein paar Jahre lang wurden daraus nur Statistiken gebastelt. Es kam ja auch nicht so viel. In München zahltest du damals dein Bier in bar und irgendwo in Portugal und Sizilien legtest du vielleicht dem Vermieter sein Geld noch in Scheinen auf den Tisch. Aber dann entstand Wohnwiesen und du weißt, wie es hier ist. Bargeld ist nur noch ein gesetzliches Zahlungsmittel. Sie müssen es theoretisch nehmen, aber manche Wieser, denke ich, wissen nicht einmal mehr, wie es aussieht. Und im Laufe der Jahre zieht Europa und die ganze Welt nach.«
»Noch ein Bier, die Herren?«
Der Ober war von hinten an unseren Tisch getreten oder hatte er schon eine Weile hinter uns gestanden? Jedenfalls zuckten wir beide zusammen. »Nein«, sagte Brein schnell, »danke, wir sind im Gehen.«
Der Ober tippte kurz auf seinem Buchungstäfelchen herum, dann kam die ausgedruckte Rechnung zum Vorschein. Er legte sie Brein hin, der ihm wohl als der Einladende vorkam, vielleicht auch als der Anführer unserer Verschwörung. Brein griff in seine Jeanstasche und zog einen Geldschein heraus.
»Bar?«, fragte der Kellner. Sein Ausdruck hätte nicht angeekelter sein können, hätte Brein ihm auf der Hand eine schwarze, behaarte Spinne präsentiert.
»Bar«, unterstrich Brein, sah sich den Schein und die Rechnung noch mal an und setzte dann hinzu: »Aber es stimmt so.« Die Miene des Obers klärte sich geringfügig auf.
Ein kühler, angenehmer Wind fuhr uns draußen in die Haa-

re. Ich wartete, bis die Tür der Bar hinter uns zugefallen war.
»Keine Spuren hinterlassen, was?«, fragte ich.
»Wer sich in Gefahr begibt, kommt darin um!«, antwortete Brein.
Wir liefen in Richtung NEAR-Station. Er schien zu grübeln. Vielleicht, dachte ich, hat er das Gefühl, sich zu weit aus dem Fenster gelehnt zu haben. Vielleicht hatte er mir zu viel erzählt.
»Es kann doch nicht illegal sein«, fragte ich ihn, als wir auf die Kabine warteten, »mir davon zu erzählen? Es ist vermutlich nicht mehr, als ohnehin jeder aus den Info-Magazinen wissen kann, oder?«
»Nein, nein«, meinte er gedankenverloren, »es kann im Prinzip jeder wissen, aber es muss nicht jeder wissen, verstehst du?«
Die Kabine rauschte heran. Wir einigten uns, dass ich ihn bis zu seinem Knoten begleitete, daher tippte er den Code seines Stadtteils ein. Mit leisem Pfeifen setzte sich die Kabine in Bewegung.
»Ich frage mich, ob der Rechner merkt, wenn zwei Kollegen am selben Abend am selben NEAR-Knoten ankommen, dann drei Stunden lang keine Daten produzieren und danach vom selben Knoten wieder abfahren«, sinnierte Brein.
»Was heißt«, fragte ich nach, »ob er es merkt? Wir haben beide für die Fahrt unsere Karten benutzt, also merkt er es, oder?«
»Schon, ja, die Frage ist, was er darüber denkt.«
»Denkt?«
»Ja. Ob er die Informationen einzeln wertet oder ob er sie zusammenzieht und dann benutzt.«

»Und ich dachte, ich hätte das alles nun verstanden«, stöhnte ich.
Die Kabine hielt, Brein musste raus. Er lachte mich aus zum Abschied. »Verstanden, alles verstanden! Wenn ich mal irgendwann alles verstanden habe, was der Rechner tut, dann sage ich dir sofort Bescheid. Bis dahin werden wir wohl weiter in sein Gehirn starren und versuchen zu begreifen, was er sich nun wieder überlegt hat. Mach's gut, Tubor. Und kein Gequatsche und keine Zettel mehr in der Firma – das ist nicht gern gesehen, verstehst du?«
Es dauerte noch drei Minuten, bis die Kabine auch mich zu meinem NEAR-Knoten befördert hatte. Security patrouillierte am Bahnsteig, eine Frau in hellgrauer Uniform. Ich nickte, sie nickte zurück. Kein Mensch war sonst zu sehen. Ich wusste, sie hatte einen Attackmelder in ihre Uniformjacke eingenäht. Jedes Anschreien, jeder Schlag auf ihren Körper, jeder Wechsel in die horizontale Lage und jede Bewegungslosigkeit für mehr als 30 Sekunden würde in ihrer Zentrale einen Alarm auslösen. Trotzdem starben jedes Jahr ein paar von den Hellgrauen bei Angriffen und Überfällen. Wahrscheinlich war es altmodisch, aber ich konnte nicht verstehen, dass sie Frauen um diese Zeit alleine losschickten.
Zu Hause wartete eine Nachricht auf mich.

19:37 Uhr – Tubor, wo steckst du?
Ich hätte dich gebraucht. Sara

Es war schon nach elf, ich konnte unmöglich durchklingeln. Also schrieb ich auch nur eine E-Mail zurück:

*23:12 Uhr – Ich bin jetzt wieder da,
leider etwas spät – schlaf gut. Tubor*

Dann schaltete ich auf Fernsehen, um noch ein bisschen auszuspannen, aber Breins Berichte gingen mir nicht aus dem Kopf.
Kurz nach Mitternacht meldete sich der PT und klinkte ein Bild von der Parkhauspforte ein. Sara stand unten, lächelte in die Kamera.
»Hi«, sagte sie.
Ich schickte ihr den Aufzug runter, steckte mir das Hemd in die Hose, räumte schnell den Portwein und mein Glas beiseite.
»Hi«, sagte sie wieder, als ich oben die Tür öffnete, »da bin ich.« Sie hatte das beige Mini aus Mohair-Imitat an, dazu die passende Strumpfhose. Ihr Gesicht schien ein bisschen totgeschminkt. Sie sah sexy aus und verzweifelt. In mir entstand wieder dieses erstickende, warnende Gefühl, diese Ahnung von Gefahr.
»Willst du was trinken?«, fragte ich, weil ich mich nichts anderes zu fragen traute.
Sie grinste. »Du hast doch sowieso nur Port, oder?«
Wir tranken ein Glas zusammen, sie beschwerte sich lachend über die klebrige Süße, über meinen Geschmack. Plötzlich fing sie an zu weinen, wurde wütend, dann schrie sie. Solange niemand an die Wände klopft, dachte ich, soll sie nur machen. Schreien erleichtert.
Jens hatte sie gegen sechs Uhr heute abends angerufen, ihr aufgetragen, ihm für eine Geschäftsreise für drei Tage Sachen einzupacken und die mit dem Taxi in die Firma zu schicken.

»Er nimmt sich nicht mal die zwanzig Minuten, nach Hause zu kommen und seinen Kindern auf Wiedersehen zu sagen. Und diesen Kindern macht es nicht mal etwas aus. Sie kennen es ja nicht anders. Sie haben keinen Vater, aber sie haben seit Weihnachten einen eigenen PT, was brauchen sie da einen Vater? Gute Idee, Jens, ihnen so ein Ding zu schenken, prima Idee, Jens.«
So ging es zehn Minuten lang, eine Viertelstunde. Ich schenkte ihr das Glas wieder voll, sie stürzte es runter, lachte, dann schrie sie weiter. Schließlich war alles draußen. Sie ließ sich ins Sofa fallen, heulte noch eine Weile, dann war es gut. Ihre Verzweiflung war draußen, ihr Gesicht wieder ruhig.
»Wo sind die Kinder jetzt?«, fragte ich, was sie sofort wieder in Wut brachte, denn Jens, sagte sie, wäre nie auf die Idee gekommen, so eine Frage zu stellen.
Sie hatte auf ihrem PT Babywatch programmiert. Sobald ein lautes Geräusch in der Wohnung wäre, hätten wir sofort Videokontakt zu ihrer Wohnung, ich wusste nicht mal, dass so etwas möglich ist.
»Es gibt alles, Tubor. Sie erfinden noch die Einbauküche mit Milchzitze, damit die Mutter einkaufen gehen kann, während sie stillt.«
Sie war hungrig. Erst als sie ihren Hunger anmeldete, dachte ich dran, dass auch ich den ganzen Abend noch nichts gegessen hatte. Zu viel ernstes Gerede mit Brein und den Magen vergessen. Ich wollte uns zwei Pizzen kommen lassen, aber das lehnte sie ab, sie wollte was Gescheites, sagte sie. Lud mich ein zu einem Gala-Diner. Gebundene Lachssuppe mit Graubrotcroutons, Rinderfilet mit Sweet Potatoe und

Schlangenböhnchen und als Nachspeise Atomic Frozen mit heißen Kiwis. Dazu Champagner.
»Es ist halb eins«, warf ich ein, »ich muss morgen arbeiten.«
Sie sah mich drohend an: »Fang du nicht auch noch so an!«, sagte sie.
Eine gute halbe Stunde später trafen die Kellner des Dinner-Service ein. Sie brachten alles mit, Besteck, Teller, Gläser, deckten uns den Tisch, steckten Kerzen an.
»Wir wünschen Ihnen einen wunderschönen Abend«, verabschiedeten sie sich und strahlten Sara und mich an, als wäre es acht Uhr abends und die beste Zeit, um Sweet Potatoes zu essen.
»Du hast keine Vorstellung«, sagte Sara und sah mir dabei tief in die Augen, »wie hungrig ich bin!«
Mir wurde es eng und unheimlich, das Gefühl von Gefahr stieg wieder in mir auf. Ich musste an den Abend in München denken, als Lilli auf meinem Sofa zurückgeblieben war und in süßlichem Münchnerisch »Willstes mit mir machen?« gefragt hatte. Ich hatte mich an Nualas Behutsamkeit gewöhnt, an ihre irische Beharrlichkeit im Ansteuern von Zielen, da gab es keine Hast und keine Hektik, nur eine Richtung und viel Zeit, sie zu verfolgen.
Wir aßen und Sara ließ meine Augen nicht los. Das Essen war nicht viel, aber gut. Der Champagner verwirrte mich, sie drehte er noch mehr auf.
Egal, dachte ich, lass die Bremse los, lass dich gehen. Nimm, was sie dir geben will. Sie ging um den Tisch auf mich zu, setzte sich auf meinen Schoß und küsste mich. Wo ich auch hinfasste, griff ich auf mohairweichen hungrigen Frauenkörper.

»Keine Angst mehr?«, fragte sie. Ich schüttelte den Kopf.

Ich wachte auf, weil eine Stimme im Raum herumquäkte. Als ich klar wurde, sah ich Sara nackt vor dem PT sitzen, auf dem Bildschirm die verheulten Gesichter von Rem und Leona, sie redete via Videokontakt auf sie ein.
»Ich komm gleich heim«, sagte sie, »in zehn Minuten ist Mama bei euch zu Hause, ihr braucht keine Angst zu haben.«
Als die beiden sich einigermaßen beruhigt hatten, schaltete sie ab.
Ich hatte mich nicht bewegt, lugte nur unter der Decke hervor, bewunderte diesen Körper, den sie eilig in ihre Kleider verpackte. Als sie zu mir rübersah, hielt ich mich feige ganz ruhig, so dass sie im Halbdunkel denken musste, ich sei nicht aufgewacht. Sie nahm ihre Sachen, schlich zur Tür raus und verschwand.
Es bleibt bei mir oft eine Mischung aus Befriedigung und mir unverständlichem, genervten Ärger, wenn ich mit einer Frau zusammen war. In dieser Stimmung zog ich drei, vier Stunden später ins Büro, spürte noch ihre Fingernägel in meinem Rücken und die Beklemmung in der Brust von dem Moment intensivster Nähe.
Am Nachmittag, kaum eine Stunde, nachdem ich von der Arbeit zurück war, stand sie wieder unten vor der Tür. Sie hatte die Kinder dabei. Wir beschlossen, in die Mall zu gehen, Eis und Spielplatz für die Kinder, eine ruhige Bank für die zwei Verliebten. Im Aufzug, ohne dass die Kinder etwas merkten, griff sie mir zart zwischen die Beine.
»Na«, sagte sie leise, »schon erholt?«
Ich fühlte mich bedrängt und ausgenutzt. »Lass bitte«, sagte

ich, kam mir plötzlich vor wie eine ängstliche Fünfzehnjährige.
Auf der Bank am Spielplatz saßen wir stumm nebeneinander, sie lehnte ihren Kopf an meine Schulter, das Gesicht von mir abgewandt.
»Ich werde Jens verlassen«, sagte sie dann. »Willst du mich haben, mich und die Kinder?«
Es klang wie der Aufruf in einer dieser miesen, billigen Tiersendungen. Süßes Hündchen mit zwei goldigen Welpen sucht neues Herrchen zum Verwöhnen und Anlehnen. Wollt ihr uns haben? Da war nichts mehr von Selbstachtung, keine starke, selbstsichere Sara mehr, wie ich sie einst kennen gelernt hatte.
Ich druckste rum, die männerüblichen Bedenken von wegen Verantwortung, Wohnungsgröße, Selbständigkeit und so weiter, kam mir überfahren und ausgetrickst vor.
»Ist gut«, sagte sie, noch immer ohne mich anzusehen, »lassen wir's bei der Nacht. Ich wollte mir nur nicht vorwerfen müssen, es nicht versucht zu haben, verstehst du? Es war einfach: Wenn einer, dann du. Es geht auch ohne, muss gehen.«
»Was willst du tun?«
»Ich geh mit den Kindern nach München,« sagte sie, »meine Mutter ist dort, zwei Freundinnen. Einfach noch mal neu anfangen. Es ist alles gepackt, gestern schon, bevor ich zu dir kam. Wenn er zurückkommt, werde ich weg sein.«
Sie stand auf, rief ihre Kinder, die seltsam ruhig und ernst auf Anhieb folgten.
»Leb wohl, Tubor«, sagte sie, »ich rühre mich, wenn wir wieder Boden unter den Füßen haben. Und – sei mir nicht

böse wegen gestern. Ich hab's versuchen müssen, ich war's mir irgendwie schuldig.«
Sie gab mir nicht die Hand, kein Küsschen, nicht mal ein Lächeln. Sie nahm ihre Kinder rechts und links und verschwand.
Perfekte Frau und Mutter, intelligent, schön, tolle Figur, anschmiegsam und ehrlich, gerade 30 geworden, sucht treuen und lieben Mann, der sie zumindest wahrnimmt.

Verstehen Sie jetzt, François? Ich war in einen Bergrutsch geraten. Alles um mich herum schien wegzubrechen. Und dann Brein. Ist gegen Brein Loderer nach der Sache irgendetwas unternommen worden? Immerhin war ich in seiner Abteilung. Er hatte nichts damit zu tun, er hatte keine Ahnung. Aber das Gesetz spricht nicht unbedingt Recht, denke ich, sondern oft Rache. Sie brauchen mir nichts zu erzählen, wenn Sie nicht dürfen. Ich sage es Ihnen nur noch mal deutlich: Brein hatte nichts damit zu tun, ehrlich.
Wir machen Schluss für heute, oder? Ich werde Ihnen morgen erzählen, wer hinter der ganzen Sache steckte. Sie vermuten noch immer eine Gruppe von Menschen hinter mir, nicht wahr? Ich sage ihnen was, François: Hinter mir standen noch nie viele Menschen, früher nicht und heute nicht.

FÜNFTER TAG

Kennen Sie das, François? Dass man nachts plötzlich aufwacht und mit sich abrechnet? Sein Leben bilanziert nach Haben und Soll? In der Zeit, von der ich Ihnen gestern erzählt habe, ging es mir immer öfter so. Es riss mich aus dem Schlaf mit dem Gedanken, dass ich nicht mehr funktionierte. Ich sah mich für einen Augenblick als verletzliches Wesen aus Fleisch und Blut und gleich darauf als versagendes Teilchen der großen Maschine. Schuldhaftes Versagen. Um Entschuldigungen ringend. Geht es allen Menschen so, François? Geht es Ihnen so? Fühlen Sie manchmal, wie klein und schwach und unvollkommen Sie sind?

Alles schien sich gegen mich zu wenden. Sara war weg. Nuala war weg. Sie bildeten die Eckpfeiler einer jammerigen Aufzählung dessen, was ich alles verloren glaubte. Den Vater zurückgelassen, die Mutter unansprechbar, selbst mein geliebtes altes Fahrrad in München geklaut, wie Nuala mich damals per E-Mail wissen ließ.

Ich lag auf meinem Bett, Wochenende, leeres, ätzendes Wochenende, und versuchte mich in Gegenmodellen. Positiv denken, aufzählen, laut: Ich hatte ein Bett – zumindest. Ein Sofa, einen Schrank, einen supermodernen Personal Telecommunicator, eine Wohnung, einen Job, zweihundert Fernsehprogramme, E-Mail-Freunde in aller Welt. Ich würde

sterben, ohne die Jahreszeit zu kennen. Vielleicht nicht sofort, aber irgendwann. Eine Tat, die keine Spuren hinterließ. Fast zwei Flaschen Port seit Samstag Nachmittag. Ich ging rüber zur Küchenzeile – Aufzählung meiner Haben-Seite Punkt neun: Single-Küchenzeile –, wollte mir den Rest der Flasche ins Glas kippen, dann sah ich plötzlich, sah es glasklar, dass dies die Wurzel allen Übels war, dieser verdammte Alkohol. Vielleicht war ich schon Alkoholiker, danke, ich wusste, was das heißt, kippte den Rest der Flasche in den Ausguss, bereute es im selben Moment, als der Geruch mir intensiv in die Nase stieg. Alkoholismus war nie eine Ursache, immer ein Symptom. Vielleicht war ich krank; armer kranker Bub, wo ist deine Mama?
Vertrieb mir ein paar lange Minuten mit dem Gedanken, ob ich wohl schon Alk war oder noch nicht, ob mein Leben vielleicht als Sterben in der Gosse enden würde. Wie weit so etwas entfernt schien, wenn man einen Job, eine Wohnung hatte. Aber ich hatte in München mal einen getroffen, noch nicht lange her, kannte ihn aus dem Macron. Dem war der Teppich weggeflogen, kein Grund mehr unter den Füßen.
In plötzlichem Aufraffen rollte ich mir ein großes Handtuch zusammen und verließ die Wohnung. Eilte runter in die Mall, kaufte mir eine Badehose, sandfarben, in der ich aussah wie nackt. Dann fuhr ich nach West 1 ins große Wellen- und Gesundheitsbad. Schon unter der Dusche wurde mir klar, dass sich mein Leben augenblicklich ändern würde. Ich stellte das Wasser eiskalt, plötzlich war mir nach Singen. Kaltes Wasser tut etwas mit einem. Es lügt den Körper an und betrügt ihn, macht ihn leicht und frisch und glücklich, egal.

Danach zog ich Bahn um Bahn im großen Becken, saunte dann mit vier älteren, fettleibigen Herren, denen ich mit meinem jungen, kräftigen, wenn auch bleichen Körper bis zum Abend zu denken gab. Erwog ein Lichtbad auf der Sonnenbank, aber ließ mich doch nur auf goldgestreiften Liegepolstern nieder und besah mir schöne Körper, vorzugsweise des anderen Geschlechts. Als Sara zu mir gekommen war, war ich so besoffen, so ängstlich, so düster gewesen. Ich erinnerte mich kaum, wie ihr Nabel aussah, ihre Brüste, das Haar auf ihrer Scham.
Ich hätte sie haben können, für immer. Ich war es, der ängstlich nein danke gesagt hatte. Ich wollte endlich lernen zu handeln und zu denken wie ein Mann. Versprach mir davon das Ende meiner kindischen Selbstquälereien.
Ich übte mich im Taxieren der herumlaufenden Frauen. Eine halbe Stunde lang versuchte ich herauszubekommen, mit welchen der Badebeanzugten ich gerne schlafen würde. Zwei fand ich sofort, wahre Schönheiten, tolle Figur, jung, da würde jeder gerne wollen. Und drei andere, die okay waren. Ganz nett, würde man unter Männern in der Kneipe sagen und meinen, wenn es sich ergäbe, würde man sie nicht verschmähen. Und noch eine, die ganz persönlich meine war. Die war anders, nicht perfekt, weiß Gott. Aber sie hatte was. Dieser merkwürdige Typus, der mich zum Immer-wieder-Hinschauen bringt. Ich versuchte herauszubekommen, was es ist. Sie berühren etwas in mir, diese anderen Frauen. Irgendetwas flackert auf wie glimmendes Gras im Windstoß. Auch Nuala hatte das, und als ich das merkte, gab ich den Versuch auf herauszubekommen, was es war.
Dann sah mich diese Frau an, kurz nur. Ließ mich für die

Ewigkeit zwischen zwei Wimpernschlägen in ihre Augen gleiten. Windstoß, Sturm.
Sie war mit einer Freundin da. Hingehen, hallo sagen. Ich schwamm noch zwei Bahnen, wurde müde, keine Kondition mehr, woher auch? Wieder schaute sie zu mir. Ich zog den Bauch ein, mein Körper vielleicht doch ein Stück weit von Adonis entfernt, hätte mal wieder in einen Spiegel schauen müssen, einen großen. Und aus. Weg war sie. Verloren. Ich war mal wieder zu feige gewesen. Dusche, Umziehkabine, Vorraum, auch dort war sie nicht.
Heim mit dem NEAR. In der Mall stand ich einen Augenblick unschlüssig vor dem Geschäft, in dem mein Port im Regal stand, ging dann weiter. Wenigstens einen Tag mal nicht. Wenigstens den Sonntag Nachmittag rumkriegen.
Es wäre das erste Leben gewesen, das sich unter einer kalten Dusche geändert hätte. Den ganzen Abend durch biss der Alkoholmangel, machte mich unruhig, trieb mich sogar noch zu einem Spaziergang in die Nacht raus, vielleicht nur, um mir zu beweisen, dass der Laden noch immer offen war und ich es auch ein zweites Mal schaffte, daran vorbeizugehen.
Endlich, Montag Morgen, durfte ich wieder an meinen Schreibtisch.
Ich kniete mich rein, wollte endlich verstehen, was da ablief. Zu der Zeit, mit den Informationen, die Brein mir gegeben hatte, fing ich langsam an durchzublicken. Ab und zu hätte ich ihn gerne etwas gefragt, manchmal tat ich es auch, aber ich dachte an seine Warnung, innerhalb der DaZe-Mauern lieber zu schweigen.
Was ich herausbekam, war: Die vielen Einzelinformationen zu jeder Person speicherte der Computer nicht als nutzlose

Details, im Gegenteil, das Programm versuchte sie möglichst schnell wieder loszuwerden, um mit kleineren Datenmengen umgehen zu können. Die Informationen bewirkten lediglich kleine Änderungen in sogenannten Skalen. Banal gesagt: Einem Menschen zugeordnet wäre eine Skala für Aggressivität, dann würde zum Beispiel die Mitteilung einer Schlägerei, in die er verwickelt war, seinen Wert auf dieser Skala nach oben verschieben.

Eine Frage, François: Wissen Sie überhaupt, wie dieses Programm funktioniert? Sind Sie jemals darüber informiert worden, was mit unseren Daten gemacht wird?
–
Sehen Sie, so geht es den meisten. Klar, so ungefähr, ein wenig Ahnung hat jeder. Ich nehme an, die Geheimhaltung, die das DaZe uns damals auferlegt hat, gilt nicht für Sie. Ich will versuchen, Ihnen zu erklären, François, wie es genau funktioniert. Vielleicht sehen Sie dann den Teufel zwischen den Programmzeilen so, wie ich ihn gesehen habe.

Also, ich habe ja schon erzählt, dass die Daten nicht nur zu Abbuchungszwecken ins DaZe gemeldet werden, sondern dass sie dort Einfluss auf verschiedene Persönlichkeitsskalen nehmen, so wie unsere theoretische Meldung einer Schlägerei. Trickreich wird es allerdings erst dadurch, dass ja Meldungen über Schlägereien im Allgemeinen gar nicht im Computer eingehen. Was eingeht, sind Meldungen über Einkäufe zum Beispiel oder über Besuche in bestimmten Bars und Kneipen. Nun kann der Computer zunächst ja nicht wissen, wenn der betreffende Mensch zum Beispiel eine Ba-

seballkeule kauft, ob er damit Schlägereien anzetteln wird oder ob er sie, sagen wir, zur Tomatenzucht verwendet. So wie er natürlich zunächst auch nicht weiß, welches Publikum in welchen Bars verkehrt.
Die Sache musste also noch etwas anders laufen. Ich sprach Brein darauf an, als ich einmal mittags Gelegenheit fand, mit ihm rund um unseren Datensee zu lustwandeln, so nannten wir die Pfütze mit den sieben Mandarinenten drauf, die in der Mitte des Gebäudekomplexes angelegt ist.
Brein sagte:
»Kaufst du dir ein Messer, dann gehörst du damit in ganz geringem Grade – denn du hast ja nur einmal eines gekauft – zur Gruppe der Messerkäufer, so wie du zur Gruppe der gelegentlichen Tempotaschentuchbenutzer oder zur Gruppe der häufigen pro7-Gucker gehörst. Wird irgendwo ein Mord begangen, ein Mörder gefasst, dann gehört auch dieser Mensch in bestimmtem Grade zu irgendwelchen Gruppen. Mit diesem Mord aber steigt jedes Mitglied dieser Gruppen ein wenig in der Wahrscheinlichkeit, einen Mord zu begehen, abhängig von komplizierten statistischen Berechnungen, die den Grad der Gruppenzugehörigkeit, die absolute Gruppengröße, die Verbreitung der Gruppe im Vergleich zur Gesamtheit und so weiter berücksichtigen. Aber als Messerkäufer hast du schon so was wie ein Profil bekommen, du bist sozusagen ein potentieller Mörder, wenn auch nur zum Bruchteil eines Promilles. Mit der Zahl der Gesamtdaten jedoch wird dein Profil schärfer. Aufs Menschliche übertragen: Je mehr wir von einem Menschen wissen und je mehr andere Menschen wir zum Vergleich heranziehen können, umso genauer kennen wir den einzelnen Menschen.

Und wir kennen die Gemeinschaft aller Menschen. Das ist das, was die Politiker brauchen. Denn durch die Einflussnahme auf jeden Einzelnen wird die gesamte Herde gesteuert. Und jeder Einzelne ist ja nun begreifbar und greifbar. Irgendwann ist dein Profil als Individuum so scharf, dass alleine dein Verhalten, zum Beispiel beim Einkauf, rückwirkend die Skalen der dir ähnlich profilierten Menschen mitverschiebt. Jede Information wirkt auf jede andere zurück, man nennt das ein mehrfaches Heranziehen von statistischen Daten im Rechner oder, nach dem englischen *multiplex uptake of statistic information in computers,* das MUSIC-Verfahren.
Aber das Verfahren hat zwei Nachteile. Erstens neigt es wie alle komplizierten Regelungssysteme zu Rückkopplungserscheinungen und ist damit ständig in einem labilen Gleichgewicht, neigt also immer mal wieder zu Abstürzen, die wir, unsere Arbeitsgruppe, möglichst vorher erkennen und abfangen müssen.
Zweitens produziert es ständig Skalen innerhalb der Persönlichkeitsprofile, die wir nicht deuten können. Es weist uns sozusagen darauf hin, dass eine bestimmte Personengruppe auffällig wird, kann uns aber nie genau sagen wodurch und weshalb. Es macht lediglich eine Gruppe von Menschen aus, die sich plötzlich gemeinsam aus der normalen Wahrscheinlichkeit mehr oder minder schnell herausbewegen.
Wir gehen dann diesen Abweichungen nach und stellen zum Beispiel fest, dass die Mitglieder dieser auffälligen Gruppe größtenteils in einem Stadtteil wohnen und sich durch steigenden Konsum von Hightech-Gütern hervorheben. Eine mögliche Erklärung: Eine neue Breitbandverkabelung ermöglicht in diesem Gebiet den Einsatz einer neuen PT-Ge-

neration. Oder wir stoßen auf eine Gruppe, die sich durch vermehrtes abendliches Ausgehen, hohe Ausgaben für modische Kleidung und ein bestimmtes Alter auszeichnet, und geraten unversehens an die Mitglieder einer der plötzlich durch irgendeinen Film oder eine Einzelperson voll im Trend liegenden Gesellschaftstanzschulen.
In den meisten Fällen allerdings ist es nicht so eindeutig. Meistens sind wir ratlos, melden diese Gruppen zur genaueren Beobachtung an ein spezielles Programm und warten ab, was sich entwickelt. Oft ist der Spuk irgendwann vorbei, manchmal kriegen wir was raus, manchmal waren es nur programminterne Rückkopplungseffekte und die ausgewiesenen Gruppen hat sich das Programm sozusagen nur eingebildet.
MUSIC ist ein Teufelszeug«, sagte er zum Abschluss. »Nur der Name klingt toll, aber der Rest ist gemein. Die Entwickler hatten uns versprochen, dass die Turbulenzen mit der Zahl der Daten abnehmen, aber es scheint manchmal umgekehrt. Es scheint, als würde das Programm langsam verrückt.«
»Das heißt?«, fragte ich, während wir einen unserer Glastunnel betraten und vom Förderband unter großen Urwaldpflanzen hindurch in Richtung unseres Arbeitsplatzes geschoben wurden.
»Das heißt zunächst Arbeit für uns!«, sagte Brein und grinste.
Da war es wieder, das alte Schweigen. Ich hatte viel verstanden und war doch nicht sicher, ob ich es kapiert hatte. Aber Ros Bemerkung, die Politiker blickten nicht mehr durch und suchten sich einen Rechner, der ihre Arbeit mache, zusam-

men mit Breins Gerede, dass MUSIC mehr und mehr Turbulenzen verursache, hinterließ bei mir den Eindruck, dass ich nicht der Einzige war, der das Gesamtsystem nicht mehr durchschaute. Was ich begriff, ganz langsam, widerwillig und erschrocken begriff, war, dass offensichtlich niemand mehr durchblickte. Wir saßen, wie Ro damals gesagt hatte, in einem Riesenvogel, der im vollautomatischen Blindflug nach nirgendwo flog.

Zu Hause dann wieder dieses Gefühl von leerem Fallen. Einmal versuchte ich Nuala anzurufen, aber sie war nicht zu erreichen, vielleicht in einem fremden Bett, vielleicht schon daheim in der Dinglebay am Meer.
Drei Tage schaffte ich es ohne Saufen, dann nahm ich beim Einkaufen doch wieder einen Port mit. »Ein Glas pro Abend«, schrieb ich mit Filzer auf die Flasche. Es war diese Unruhe in mir, ich schlitterte an einem Abgrund, ein Kribbeln, als müsste ich springen, ob ich wollte oder nicht.
Eine Phase, sagte ich mir. Jetzt nicht durchhängen. Saubere Arbeit abliefern und zu Hause entspannen. Ab und zu ins Wellenbad und Ausschau halten nach ihr. Es geht vorbei. Nur eine Psychogrippe, die Seele ein bisschen verschnupft. Wenn es zu schlimm wurde, surfte ich ein paar Stunden durchs Weltnetz, sah mir hier und dort irgendwelche Sachen an, die ich weder brauchte noch wollte, einfach so, wie man durch eine Bahnhofsbuchhandlung schlendert und Magazine durchblättert, weil der Zug Verspätung hat.
Irgendwann stieß ich auf eine psychologische Beratungsstelle irgendwo in Kalifornien, die bei psychischen Problemen Gesprächstherapien per Konferenz-Video-Kontakt anbot. Es

war extrem teuer und ich hielt es für einen Riesenunsinn, aber die Beschreibung der möglichen und angeblich heilbaren Probleme ging mir nicht mehr aus dem Kopf. Sie boten unter anderem Hilfe bei »Bildschirm-Vereinsamung« und »seelischer Weltabgewandtheit«.
Seelische Weltabgewandtheit, hätte ich diesen Begriff mit fünfzehn gekannt, hätte ich damals in der Silvesternacht vielleicht nicht zu Hause ausziehen müssen. Ich hätte Mutter einfach sagen können, woran sie litt. Und dass es möglich war, so was zu therapieren. Und bei mir, Herr Doktor, kommt wohl die Bildschirm-Vereinsamung noch erschwerend hinzu.
Ich scannte die Nummern von Wohnwiesen durch, einfach, um mal zu sehen, was psychologisch so in unserer Modellstadt geboten wurde. Unter den Suchwörtern *Psychotherapie, Gespräche, Psychologische Hilfe* gab es seitenweise Auflistungen. Witzig, dachte ich beim ersten Aufruf, witzig, was es alles gibt – und löschte den Schirm sofort wieder. Beim zweiten Aufruf hatte ich schon drei Glas Port in mir, war mutiger geworden. Mit einem Mausklick startete ich die Anwahl einer Nummer. Es war die *Problemberatung der Stadt Wohnwiesen*. Ich schaltete nicht auf Videokontakt.
Eine ältere Stimme meldete sich:
»Guten Tag, mein Name ist Wilhelm Sander, was kann ich für Sie tun?«
Irgendetwas Wichtiges musste ich sagen. Etwas Prägnantes, das die Schwere meiner Situation in einem Satz darstellen würde.
»Ich kann nicht schlafen«, sagte ich schließlich, »ich überlege, ob ich sterben soll.«

»Lieber Freund«, sagte die Stimme, »zwei Dinge vorweg, bevor wir uns gemeinsam überlegen, wie wir Ihnen helfen können. Es gibt ein paar Regeln hier. Eine zum Beispiel besagt, dass jeder Hilfesuchende seinen Namen nennen sollte.«
»Ja natürlich, Entschuldigung«, sagte ich brav, »mein Name ist Tubor Both.«
»... und dann, Herr Both, sollten wir uns nicht nur hören, sondern auch sehen können. Die Regeln sehen zu Beginn jedes Gespräches mindestens drei Minuten Videokontakt vor - es wird Ihnen nicht zu teuer sein in einer solchen Situation, nehme ich an.«
Ich sah noch mal hinter mich, ob die Bude im Kamerablickfeld einigermaßen aufgeräumt war, schob die Flasche Port aus dem Blickwinkel und schaltete auf Videokontakt. Auf dem Bildschirm erschien das gutmütige, rundliche Gesicht eines älteren Herrn mit silbergrauen Haaren. Unten am Bildrand war eingeblendet:

Dr. Wilhelm Sander, Diplom-Therapeut

»So«, sagte der Mann, »so ist es doch viel besser und freundlicher, finden Sie nicht?«
Ich versuchte, gerade zu sitzen und mir nicht anmerken zu lassen, wie viel Alkohol ich schon intus hatte.
»Also nochmals guten Abend, Herr Both. Oder besser guten Morgen, es ist ja schon bald vier – einige Menschen gehen jetzt schon zur Arbeit! Haben Sie eine Arbeit, Herr Both?«
Ich nickte, es schien ihm ein Stein vom Herzen zu fallen. Der hat es mit schwierigeren Fällen zu tun, dachte ich plötzlich. Du stiehlst dem Mann seine Zeit. Irgendwo sitzen Menschen, die den nötiger brauchen.

»Nun«, sagte er mit einem Hauch von Ungeduld, »wollen Sie mir nicht mal erzählen, wo Sie der Schuh drückt?«
Ich stopselte wohl ein bisschen rum, erzählte von München, dann kam Nuala plötzlich hoch, die Trennung. Eigentlich hatte ich ja nur mal austesten wollen, was eine Problemberatung so Tag um Tag und Nacht für Nacht anstellte, aber plötzlich sprudelte alles aus mir heraus, Jahr um Jahr von meinem beschissenen Leben, meine Mutter, mein Erzeuger, die Arbeit. Wilhelm Sander, Diplom-Therapeut, sah mir zu, nickte, tippte ab und an kleine Notizen in seine Tastatur, was mich zunächst irritierte, dann gewöhnte ich mich dran. Die Kehle wurde mir trocken und ich nahm einen Schluck, bevor ich weiterredete.
»Entschuldigen Sie kurz«, unterbrach er mich, »darf ich fragen, was Sie da trinken?«
»Portwein!«, antwortete ich verwundert, anstatt zu sagen, was geht Sie das an? Er notierte sich das, dann durfte ich weiterreden.
Irgendwann hatte ich mein Leben erzählt, das meiste war München gewesen, ein paar Worte Wohnwiesen, was war hier schon? Sara hatte ich verschwiegen.
»Wollen wir mal etwas versuchen?«, fragte er.
Ich nickte.
»Versuchen Sie mal, einen Begriff zu finden, der ganz kurz das ausdrückt, was Sie fühlen.«
Ich musste nicht lange nachdenken. »Seelische Weltabgewandtheit und Bildschirm-Vereinsamung«, sagte ich.
Es dauerte einen Augenblick, dann fragte er: »Wollen Sie wissen, was ich darüber denke?«
»Sicher!«

»Schlagworte. Zwei Schlagworte, irgendwo angelesen. Die klingen so stimmig, da übernimmt man sie gerne für sich. Glauben Sie wirklich, ihr Bildschirm ist es, der Sie einsam macht? Glauben Sie wirklich, Sie könnten Ihre Seele von der Welt abwenden? Sie könnten es nicht mal, wenn Sie es wollten! Sie sind kein Autist. Sie stehen ja mittendrin in dieser Welt, nicht am Rande, wohin Sie Ihre Seele auch wenden, Sie können sie nicht abwenden. Wollen Sie hören, was ich denke?«
Wieder nickte ich. Warum fragte er immer? Hätte ich ihn angerufen, wenn ich nicht hören wollte, was er denkt? Los, Mann, erzähle, was du denkst!
»Sie sind einsam, ganz einfach einsam. Sie hatten seit München keine Frau mehr« – ha, dachte ich, wenn du wüsstest! – »haben hier keine Freundin, kennen sich nicht aus, sind neu in Wohnung, Umgebung, Arbeit. Das, was Sie nicht schlafen lässt, ist ein ganz normaler Durchhänger, weil alles um Sie herum neu und anstrengend ist. Wollen Sie meinen Rat hören?«
Wieder nickte ich.
Er fing an mit seinen Ratschlägen. So lief das also mit der Problemberatung. Ein kurzes Vorgespräch, um zu klären, worum es ging, und dann Ratschläge. In Kneipen sollte ich gehen, nach Frauen Ausschau halten – am besten im Wellenbad, dachte ich –, mich öffnen für neue Impulse, Dinge tun, die mir Spaß machen ...
»Ich habe noch ein Problem«, sagte ich, eigentlich nur, um ihn rauszubringen, weil er mir inzwischen auf den Geist ging mit seiner unverbindlichen Aufzählung seines Anti-Einsamkeits-Programmes.

»Ja bitte?«
»Da gibt es eine Familie in meinem Bekanntenkreis, eine Familie mit Kindern. Wenn ich dort bin und Fernsehen schaue, läuft in den Blocks dauernd Werbung für Kinderspielzeug. Schaue ich hier bei mir dieselben Sachen, habe ich andere Werbung.«
»Und?«, fragte er. »Das Problem?«
»Ja, ich meine ... bilde ich mir das ein, oder was? Es kann doch nicht jeder eine andere Werbung bekommen? Doch nicht im selben Programm?«
Er schüttelte verständnislos den Kopf. »Ja, aber warum denn nicht, Herr Both. Das ist doch sehr praktisch. Warum wollen Sie denn Werbung bekommen, für ein Produkt, das Sie nicht brauchen?«
»Aber in München ...«
»In München, in München. Sie sind nicht mehr in München. Das ist ja gerade das Problem. Dass Sie nicht loslassen können, was einmal war. Dass Sie immer an dem festhängen, was Sie nicht mehr bekommen können, und nicht offen sind für das Neue, das Schöne, das Jetztzeitige – verstehen Sie.«
»Aha«, sagte ich genervt, »das ist also das Problem. Hört sich nicht schlimm an, was? Da gibt es wahrscheinlich ja noch Rettung?«
»Sie werden zynisch, Herr Both, das nützt keinem, Ihnen am allerwenigsten. Lassen Sie uns die Sache zu Ende bringen. Ich habe Ihnen gesagt, was ich denke. Gehen Sie raus, suchen Sie sich eine Partnerin, es gibt tausende allein stehender Frauen in Wohnwiesen, die sich nach einem Kerl wie Ihnen sehnen. Ich schiebe Ihnen eine Liste von Vorschlägen durch, drucken Sie sich das aus, gucken Sie öfter mal drauf, Sie fin-

den viel Nützliches. Und wenn Sie wirklich Probleme haben, nicht nur mit der Werbung von Kinderspielzeug, rufen Sie mich einfach wieder an, ja?«
»Okay«, sagte ich, hob mein Glas, prostete ihm demonstrativ zu, »vielen Dank, Herr Doktor, leben Sie wohl.«
»Auf Wiedersehen, Herr Both«, sagte er, dann teewhyte er mich mit einem Tastendruck auf seinem Manual.

Thank You

erschien groß und fett auf meinem Schirm, dann wurde der Empfang einer Datei mit zweiundzwanzig Seiten gemeldet, Titel *Aufstehen gegen die Einsamkeit*. Ich ging das Inhaltsverzeichnis auf dem Bildschirm durch. Ein Abschnitt hieß: *Haben Sie ein Alkoholproblem?* Ich goss mir noch ein Glas Port ein und las den Abschnitt durch. Sehr lehrreich.
Ein anderer Abschnitt beschäftigte sich mit der Möglichkeit, einen Partner zu finden. *Gemeinsam allein ist nicht mehr allein!* war er übertitelt – ich war mir da nicht so sicher. Trotzdem ließ ich ihn mir ausdrucken, um ihn am nächsten Morgen mitnehmen zu können – es war unter anderem eine Liste der Single-Bars in Wohnwiesen.
Ich war noch nie in einer Single-Bar gewesen, hatte eigentlich auch keine große Lust auszugehen. Aber den ganzen Tag während der Arbeit musste ich, ob ich wollte oder nicht, an die Möglichkeit denken, dort heute Abend hinzugehen und mir eine Frau aufzugabeln, um gemeinsam mit ihr alleine sein zu können.
Ich war nie ein Vertreter von großen inneren Kämpfen. Was sein muss, muss sein, denke ich. Also ging ich nur schnell

nach Hause, zog mich um, dann fuhr ich mit dem NEAR in den Centerpunkt. Die Bar auf meinem Zettel hieß *Sgt. Peppers Lonely Hearts Club*, sie musste in einem der kleinen Gässchen im alten Teil des Centerpunktes sein. Ich fragte mich durch, war erstaunt, wie wenig Menschen wussten, wie die Straßen hier hießen, bis mir einfiel, dass hier ja niemand mehr wohnte.

Schließlich fand ich die Bar. Es war ein kleiner Kellereingang, der Name mit roten Leuchtbuchstaben geschwungen über der Tür, ein Leucht-Herzchen links, ein Leucht-Herzchen rechts. Es sah aus wie ein Puff.

Drinnen saßen drei Männer hinter ihrem Bier, jeder allein an einem der etwa zwanzig Tische, und starrten unverwandt zur Bar, wo ein Vierter sich in lahmer Konversation mit der Bardame abmühte.

»Ein Dunkles«, sagte ich, und als sie es mir ein paar Minuten später hinstellte: »Nicht viel los hier, was?«

»Da müssen Sie mal um Mitternacht kommen«, sagte sie etwas schnippisch und wandte sich wieder dem anderen zu.

In drei großen Zügen zog ich das Bier runter.

»Noch eins?«

»Danke, mir reicht's«, sagte ich, schob ihr meine π-Karte rüber. Sollte der blöde Rechner doch erfahren, dass ich in Single-Bars rumhing, vielleicht würde er meine Einsamkeitsskala ein bisschen hochsetzen oder die der ganzen Welt herunter oder alle Dunkelbiertrinker zu Singles machen, war mir doch egal.

Ich lief noch ein bisschen durch den Centerpunkt – überall paarweise Menschen beim Einkauf –, dachte an Sara, ihr Angebot. Was sie wohl gerade machte? Kurz dachte ich an Jens, könnte ihn ja eigentlich mal besuchen, anrufen zumindest. Der war jetzt sicher auch alleine, falls es ihm überhaupt schon aufgefallen war, dass seine Frau und seine Kinder nicht mehr bei ihm wohnten.

Plötzlich stand ich wieder vor dem alten Haus, vor dem ich schon mit Sara gestanden hatte. Ich erinnerte mich, sah hoch. Oben am Fenster war wieder das Gesicht der alten Frau. Sie sah runter. Sie war allein, definitiv. So sieht niemand aus dem Fenster, der nicht alleine ist.

Ich sah noch mal auf meinen Zettel. Irgendwo hier am Rande des Centers musste es einen Bowlingclub geben und dort spielten sie heute Abend Kennenlern-Bowlen – was immer das war.

Ich fragte mich durch. Es war eine Riesenhalle, sechsunddreißig Bahnen nebeneinander, davon rund ein dutzend in Betrieb. Die Lautstärke war zum Davonlaufen. Die Kugeln wummerten, die Bowlingmaschinen richteten mit Geschepper die Kegel auf, die Leute überschrien den Lärm und über allem quäkte noch Diskomusik ohne Unterlass.

Kennenlern-Bowlen wurde mir so erklärt: Man trug sich – kostenpflichtig natürlich – in eine Liste ein, daraus wurden immer drei Leute für eine Mannschaft ausgelost. Mit denen kugelte man ein Spiel lang, dann wanderte man zurück auf die Liste. Während ich bei einem Bierchen wartete, dass mein Name aufgerufen wurde, bekam ich mit, dass ich wohl hier der Einzige war, der nicht wenigstens die Hälfte aller Anwesenden kannte. Und der Einzige, der wohl relativ wenig Ahnung vom Bowlen hatte.

Dann war ich dran, ein Mann und eine Frau zusammen mit mir in der Gruppe, natürlich kannten sich die beiden. Ich

stellte mich vor, die beiden nickten, lächelten, sagten ihre Namen, aber wie sollte ich bei dem Lärm etwas verstehen? Die Frau fing an, räumte mit einem Wurf alle Kegel ab.
»Strike!«, schrie der Bowlingcomputer in den Raum.
Ich war der Nächste, kugelte voll daneben, dann kam der Mann und warf auch einen Strike. Meine beiden Partner lächelten tapfer, wenn ich meine Kugeln ungezielt an den Kegeln vorbeischleuderte.
»Wird schon noch!«, sagte mal der eine, mal die andere und beide warteten sie darauf, dass die Runde ein Ende nähme und ich im nächsten Durchgang einer anderen glücklichen Gruppe zugelost würde. Aber mir langte die eine Runde. Ich gab meine geliehenen Schuhe zurück, ließ mich von der Liste streichen, bezahlte ein Heidengeld für den Riesenspaß, der nach Meinung von Diplom-Therapeut Sanders geeignet war, Menschen zueinander zu bringen, trank mein Bier aus und ging.
Zu Hause drängte sich Jens wieder in meine Gedanken. Er würde nicht wissen, was Sara und ich getrieben hatten, ich musste mich nur ein bisschen verstellen, nur so tun, als wüsste ich nicht, dass sie weg war. Erst als ich die Nummer der Doblers wählte, wurde mir klar, dass ich eigentlich nicht Jens sprechen, sondern nur sicher wissen wollte, ob Sara wirklich gegangen war.
Niemand meldete sich. Ich sollte eine Nachricht hinterlassen, sagte die Maschine. Also war sie wirklich weg. *Hi, Jens!*, wollte ich schreiben, dann besann ich mich und schrieb:

Hi, ihr beiden! Wollte mich nur mal wieder melden und sehen, was ihr so treibt. Ruft mal zurück, wenn ihr Lust habt.

Dann rief ich meine Mutter an, ließ mir die neuesten Sorgen erzählen, während ich ein paar Happen zu Abend aß.
»Das wird schon wieder, Mama«, sagte ich wie immer oder: »Nun reg dich doch nicht auf, das geht anderen genauso.«
Nuala war nicht zu Hause. Ich schrieb in ihre Mailbox:

Gibt's dich noch?

Was gab es sonst zu fragen?
Ich sehnte mich plötzlich zurück in diese Tage, an denen die leeren Abende keine Macht über mich hatten, an denen ich so viel zu tun hatte, dass ich davon träumte, nach Hause zu gehen und dort ganz alleine auf meinem Sessel im abgedunkelten Zimmer zu sitzen und durch die Scheibe die Wolken vorbeiziehen zu sehen. Aber gerade in dieser Zeit war Nuala mir davongedriftet, also hatte wohl auch diese Zeit ihre Düsterkeiten.
Ich legte mich schlafen, dachte mir, wenn ich um Mitternacht aufwache oder noch nicht schlafe, gehe ich noch mal in diese Bar, wo ab Mitternacht der Bär los sein soll, aber wie zum Trotz schlief ich durch, bis mich morgens der PT mit seiner tiefen Männerstimme und den Worten »Hallo, Tubor, Sie wollten um 7 Uhr 15 geweckt werden, es ist so weit!« aus dem Schlaf riss.
Neuer Morgen nach tiefem Schlaf, Wiedergeburt unter der heißkalten Dusche, Auferstehung beim Frühstück. Als ich auf dem Weg zur NEAR-Station den Zettel mit den Single-Aktivitäten in meiner Jackentasche fühlte, zog ich ihn raus und riss ihn in kleine Stücke.

Mittags kam ich in der Kantine mit Brein ins Gespräch. Wir redeten über Frauen, zum ersten Mal, seit wir uns kannten. Er lebte mit einer Freundin zusammen, schon seit Jahren.
»Wir werden wohl zusammenbleiben und demnächst heiraten«, meinte er.
Sei dir da nicht so sicher, wollte ich sagen und schluckte es sofort runter.
Er war es, der mit der Idee von der Computer-Partnersuche kam. »Was glaubst du, was du bei einer Vermittlung bezahlst? Die machen auch nichts anderes, als ich machen kann, nur ist es bei mir umsonst und besser! Wir gucken gleich nachher mal, was dabei rauskommt.«
Als Erstes musste er sich meine Personalakte aus dem Computer holen. Er drehte seinen Bildschirm so, dass er von keinem anderen eingesehen wurde. Dann hackerte er sich durch mehrere Ebenen nach oben. Ich hatte so was bei Ro schon gesehen, die beiden gingen da ziemlich ähnlich vor, für mich war das alles unverständliches Zeug.
»So«, meinte er schließlich, »jetzt gilt's! Wie ist deine π-Nummer?«
»Sag bloß, die kriegst du nicht selber raus?«
Er sah mich mitleidig an, ich wusste, dass er sie rausbekommen würde, aber offensichtlich wollte er zumindest den Rest eines Anscheins von Datenschutz wahren, also sagte ich ihm die Nummer. Auf dem Schirm erschien meine Personalakte. Ich hatte in der letzten Zeit einige von der Sorte gesehen, schließlich spuckte uns der Computer diese Dinger bei groben Auffälligkeiten direkt vor die Füße. Aber sich selber da zu erleben, das Portrait von meiner π-Karte gespeichert, meine Daten ... Nur bei Vater stand immer noch *unbekannt*

als Eintrag, da wusste ich mal mehr als der allmächtige Computer.

Brein fühlte sich nicht wohl bei der Geschichte. Immer wieder sah er sich im Raum um, ob unser Treiben auch keinem der Kollegen auffiel. Ferber hatte er mit dem alten Trick ausgesperrt; zwar wussten die in den oberen Etagen, dass die meisten Jungs hier in der Lage waren, die Codes zu knacken, trotzdem war es ein Kündigungsgrund.

Ich schrieb Brein einen Zettel:
Weil wir gerade dabei sind – wo ist mein Persönlichkeitsprofil?
Gesperrt!, schrieb er drunter.
Haha, witzig, setzte ich darunter.
Er sah mich fragend an.
»Aufsperren!«, sagte ich.
Er tippte was ein, nach ein paar Sekunden kamen die Skalen zum Vorschein, die ich schon von anderen Akten her kannte. Leider hatten sie keine Namen und Bedeutungen für ein normales Menschengehirn. Es waren nur Vergleichsskalen zum Rest der Bevölkerung, und was nützte es mir, dass ich in der Skala 17.1 den Wert 104,36 hatte, in der Skala 17.2 aber den Wert 87,33? Dieser Rechner mit seiner internen Geheimnistuerei nahm mir die Chance, mich endlich einmal richtig kennen zu lernen.

Da muss doch noch mehr sein, schrieb ich auf unseren geheimen Konversationszettel. Ein Hin und Her mit dem Zettel begann.
Auswertungen, ja!, schrieb er.
Los, lass sehen! – Da komm ich nicht dran – Gib dir Mühe – Keine Chance, da geht nichts, nicht mal für mich –

Für wen denn? – Polizei, BKA, BND, kaum zu knacken der Code.

»Schade«, sagte ich, wäre mal lustig gewesen.

Er sah noch mal auf den Zettel, der inzwischen mit unseren eindeutigen und verfänglichen Notizen gefüllt war, nahm ihn und steckte ihn ein. Er traute nicht mal den Papierkörben. Dann legte er los, startete ein Suchprogramm, mit dem er eine Frau finden wollte, die mir möglichst gut entsprach.

»Im Vertrauen«, sagte er, »die meisten von uns haben ihre Partner so gefunden. Es funktioniert einfach besser als das normale Leben.«

Das Programm lief eine Weile, dann startete der Drucker. Er warf eine Liste mit zehn Namen und π-Nummern aus, *Christine Preinsberger,* las ich, *Lydia Brock, Leila Mydar, Johanna Wetz ...*

»Warte mal, da stimmt was nicht«, meinte Brein. »Guck dir mal die π-Nummer von dieser ersten, Preinsberger, an. Danach müsste die schon 65 sein. Dabei hat sie als Nummer eins die größte Übereinstimmung mit dir.«

»Kann doch sein, oder?«

Er schüttelte den Kopf. »Das gibt's gar nicht. Alte und junge Leute haben nie so große Übereinstimmungen, das wäre absolut merkwürdig.«

Er holte sich die Akte auf den Schirm, aber die π-Nummer stimmte. Christine Preinsberger war eine alte Frau, ihr Gesicht auf dem Bild kam mir sonderbar vertraut vor. Die anderen Frauen waren jünger, so zwischen 22 und 30.

»Guck, die da, die sieht doch toll aus, was!«

Es war die Nummer zwei, Lydia Brock, 24, ich schrieb mir zu ihrer Telefonnummer auch noch ihre Adresse auf. Dann fiel mein Blick auf die Adresse der alten Frau: Heimsgasse 4 in Wohnwiesen Centerpunkt. Plötzlich wusste ich, woher ich das Gesicht kannte. Ich hatte es zweimal hinter einer Gardine im dritten Stock gesehen.

Ich saß zu Hause, hatte nicht mal die innere Ruhe, mir ein solides Essen in die Mikrowelle zu schieben, riss mir eine Tüte mit Chips & Crisps auf. Zehn Namen und Telefonnummern auf dem Zettel vor mir. Lydia Brock, auf dem Heimweg hatte ich mir den Namen ein paar Mal leise vorgesagt, um ihn flüssig zu machen, damit es ein Name wie der eines Freundes wird, über den man nicht mehr nachdenken, den man nicht mehr durchbuchstabieren muss. Lydia Brock, Lydia Brock. Ich wollte sie auf keinen Fall anrufen, während ein interessanter Film lief, also sah ich die Programme der großen Kanäle durch, um sie bei nichts zu stören. Ich versuchte mir vorzustellen, was sie gerne anschaute. Schwierig, sie könnte ein Serienfan sein, dann dürfte ich vor 21 Uhr nicht anrufen. Und während der Nachrichten ohnehin nicht. Wenn sie mir ähnlich war, müsste sie doch auch das gucken, was mich interessierte. Was würde ich denn gucken? Wahrscheinlich MTV mit dem Kim Dadon Special. Kims Musik aus meiner Jugendzeit, das ging bis zehn nach neun. Aber sie war erst 24, sie kannte die Musik wahrscheinlich kaum. Egal – ich stellte meinen Date Reminder auf 21:10, Stichwort Lydia. Noch über eine Stunde bis dahin.
Warten quält. Gedanken, für die sonst die Zeit fehlt, drängen sich nach vorne in die erste Reihe. Nehmen dick und fett Platz, starren dich an. Du könntest sie leicht verscheuchen, einfach was Sinnvolles tun. Aber was ist schon sinnvoll,

wenn du doch nur auf etwas wartest? Ich nahm mir mein Portglas, besann mich, füllte es nur mit Sprudel. Bloß keinen Alkohol jetzt. Es war ohnehin schwierig genug. Jetzt bloß nicht die fremde Frau auch noch voll lallen.
Du bist auserwählt, könnte ich ihr sagen. Auserwählt aus rund einer Millionen Wohnwieser Frauen, um möglichst gut mit mir zu harmonieren. Vor dir nur eine Oma, die angeblich noch besser zu mir passen soll als du – nein, das würde ich ihr nicht erzählen. Also, aus rund einer Millionen Frauen, du auf Platz eins. Du bist wie ich, Lydia, ein bisschen Revoluzzer, ein bisschen feige, ein bisschen Säufer und ein bisschen Träumer. Deine Skalen sind meine Skalen. Du bist intelligent und einsam, ich weiß alles über dich. Aber wie fühlst du dich an, ich weiß nichts. Komm einfach her, ich hab dein Bild gesehen, du gefällst mir. Oder hast du schon einen Typ, bist gar nicht einsam, brauchst niemanden, am allerwenigsten mich?
Die Zeit wurde mir zu lang, ich musste mit jemandem sprechen. Weder Nuala noch Jens hatten zurückgerufen, also wählte ich sie wieder an, aber niemand meldete sich, bei keinem von beiden.

Jens, altes Haus, was ist los mit dir? Bist du so in der Arbeit ersoffen, dass du nicht mal mehr zurückrufen kannst?

schrieb ich ihm und bei Nuala:

Ich war's nur wieder!

Erst als alles schon abgesandt war, erinnerte ich mich daran, dass ich ja nicht wissen durfte, dass Sara weg war. Jens war ein heller Kopf, ich hoffte, er würde nicht seine Schlüsse ziehen. Aber ich würde Lydia haben, Lydia Brock. Ich will nichts von deiner Frau und ich will auch deine Kinder nicht, würde ich Jens sagen, ich habe jetzt selber eine.

Gegen halb neun verlor ich die Geduld. Wenn ihr das verfluchte Kim Dadon Special wichtiger war als mein Anruf, dann sollte sie mir doch gestohlen bleiben. Ich wählte ihre Nummer an, stellte gleich von vornherein auf Videokontakt. Auch sie antwortete gleich mit Video, nicht Audio und gleich wieder aufhängen, wie ich befürchtete hatte. Sie sah verwundert aus, ein wenig hilflos. Aber ein Lachen, irgendwo zwischen Selbstbewusstsein und Spott. Ihr Gesicht vor mir wie zum Anfassen, wilde Haare, dunkelblond gelockt, zum Hineinwühlen – und doch eine Millionenstadt dazwischen.

»Ja bitte?«, sagte sie, sah sich fragend in meinem Gesicht, dann in meinem Raum um.

Plötzlich änderte ich meine Taktik. So ging das nicht. Vor lauter Ehrlichkeit mit der Tür ins Haus, das klappte nicht. Bruchteile von Sekunden für Plan B. Alles anders.

»Oh, Entschuldigung!«, sagte ich. »Ist mir das schon wieder passiert. Anscheinend spinnt die Anwahl in meinem PT. Ich wollte eigentlich einen Kollegen von der Zeitung drankriegen. Tut mir Leid – hab ich Sie bei was gestört?« Dazu mein bestes Lächeln.

Sie zuckte die Schultern, ich sah, wie ihre Augen auf dem Manual den TY-Knopf suchten. Bloß mich nicht wegdrücken jetzt, hoffte ich.

»Moment noch«, sagte ich schnell, »was können wir denn machen, damit das nicht noch mal passiert?«

»Das werden wir wohl riskieren müssen«, sagte sie. Ein bisschen frech, fast einladend frech, gefiel mir gut. Plötzlich war sie weg,

Thank You

stand dick über dem Bildschirm.
Ich wartete zwei Minuten, dann wählte ich sie wieder an. Sie stand jetzt, hatte nur im Vorbeigehen den Anruf aufgenommen. Der Bildschirm zeigte sie von Taille bis Augenmitte. Ihr Körper frontal.
»Ah, Sie sind's wieder«, sagte sie und setzte sich, »Sie sollten Ihre Software überprüfen, sonst passiert das immer wieder.«
»Es gibt Schlimmeres, als bei Ihnen zu landen!« Zu zweideutig? Aber sie lachte. Wieder ging ihr Blick in Richtung TY-Knopf. Jetzt Smalltalk, schnell. Tausendmal praktiziert und doch nie parat, wenn man es braucht.
»Ich hoffe, Sie sind nicht enttäuscht«, sagte ich schnell.
»Enttäuscht, warum?«
»Na ja, vielleicht dachten Sie, ein guter Freund ruft an und lädt Sie zum Urlaub in die Karibik ein oder zumindest ins Kino.«
Sie lachte: »Jaja, so was Ähnliches.« Großes Lachen, weiße Zähne, kleine, winzige Lücke vorne.
»Ich kenn das«, sagte ich, »man sitzt zu Hause, ein Abend wie jeder. Nichts zu tun außer Glotze. Dann ein Anruf, unerwartet. Rettung!, denkt man, irgendein Freund, irgendetwas Aufregendes. Eine Millionen gewonnen oder so. Und

dann: Entschuldigung, aber ich glaube, meine Software spinnt.«
Ich hatte sie, sie sah mich an, dachte nicht daran aufzulegen.
»Oder hab ich Sie bei was gestört?«
»Ne, ne«, sagte sie, »Glotze, genau, wie Sie sagen.«
»Liegt doch eigentlich ganz bei uns, oder?«
»Was?«
»Na, ich lad Sie einfach wirklich ins Kino ein. Von mir aus auch eine Woche Karibik – wenn ich Sie jetzt eh schon gestört habe?«
Sie lachte, »wäre nett, ja«, zugleich schüttelte sie den Kopf.
»Oder wenigstens karibisch essen? So was gibt's bestimmt in der Stadt, ich krieg das raus.«
Wieder schüttelte sie den Kopf. »Geht leider nicht.«
»Geht nicht, meinen Sie?«
»Nein, geht nicht. Ich kann hier nicht einfach weg.«
Ah, ein Mann also. Brein hatte mich gewarnt. Es muss nicht sein, dass die Ladys ohne sind, hatte er gemeint. Es klappt oft, weil der Computer vom Einkauf her Single-Haushalte eigentlich erkennt, aber es muss nicht sein.
Irgendwas Unverbindliches sagen und raus aus der Geschichte.
»Bringen Sie Ihren Mann doch einfach mit.«
»Meinen Mann? Ne, ne, das verstehen Sie falsch. Das ist ein sehr kleiner Mann, acht Monate – ein Baby.«
»Und niemand, der mal drauf aufpassen könnte?«
»Niemand!«
»Und morgen?«
»Auch niemand!«
»Und sonst? Irgendwann mal? Wochenende oder so?«

Sie schüttelte den Kopf, ihr Lachen sah plötzlich traurig aus.
»Er ist so klein und nicht sehr gesund«, sagte sie, »vielleicht später mal, irgendwann.«
Noch einen draufsetzen, dachte ich. Einfach jetzt den Vorschlag machen, mit einer Kokosnuss und zwei Schalen Reis vorbeizukommen und die Karibik zu ihr zu verlegen. Aber dieses Baby bremste mich plötzlich. Irgendwo gab es dazu einen Mann, irgendwo gab es Probleme. Düsteres, Dunkles, Anspüche, Wünsche.
»Wie heißen Sie«, fragte sie plötzlich in meine Gedanken.
»Wie?«
»Ihren Namen, ich wüsste gern Ihren Namen!«
»Tubor Both«, sagte ich.
Sie nickte, schwieg.
Dann: »Und Sie? Wollen Sie gar nicht wissen, wie ich heiße?«
Zeit für die Wahrheit, dachte ich.
»Ich weiß, wie Sie heißen – Lydia Brock.«
»Woher wissen Sie das?«
»Ich weiß es halt, ich erzähl's Ihnen später mal, irgendwann.«
»Dazu müssten Sie mich noch mal anrufen«, sagte sie.
»Oder Sie mich!«
»Ja«, sagte sie, »ich denk drüber nach. Vielleicht finde ich mal jemand für den Kleinen. Karibisch, sagten Sie, oder?«
»Karibisch, ja, ich hör mich schon mal um.«
»Karibisch mit allem«, sagte sie, »irgendwann.«
»Mit allem, versprochen. Irgendwann.«
Plötzlich war sie weg. Ich hatte ihre Hand gar nicht zum Knopf gehen sehen.

Thank You

stand groß und fett quer über dem Schirm. Ich goss mir einen Port ein. Was war mit mir los? Warum suchte mir dieser verdammte Rechner so merkwürdige Menschen aus? Eine Oma mit achtundsechzig und eine Frau mit frischem Säugling.
Mir war erst mal die Lust vergangen, Breins Liste weiter durchzutelefonieren, ich versuchte, auf meine normale Abendschiene zu kommen, sprich Port und Fernsehen und ein wenig Surfen im Netz, aber natürlich ging mir diese Frau nicht aus dem Kopf. Der Vorzug von elektronischen Hirnen ist, dass sie das denken, was sie denken sollen. Aber vielleicht, so überlegte ich, haben assoziative Systeme wie MUSIC auch ihre Probleme mit ungewollten Gedanken. Vielleicht schießt dann dem Rechner auch dauernd etwas quer, was er in dem Augenblick gar nicht im Prozessor haben will. Schwierige Sache, aber irgendwann werden sie es doch wohl schaffen, unser Hirn nachzuahmen – mit allen Vorzügen des menschlichen Hirns und allen Nachteilen.
Der Unterschied, so hatte der alte Atheist Ro mal formuliert, der grundsätzliche Unterschied zwischen dem menschlichen Hirn und einem Computerhirn bestände darin, dass das menschliche Hirn elektrochemisch und das Elektronenhirn elektromagnetisch arbeite, und nicht etwa darin, dass es für das Menschenhirn einen Gott gäbe und für das Computerhirn keinen. Ich hatte das damals bezweifelt, aus einer Weltsicht heraus, die seiner Gottlosigkeit noch entgegenkam. Ich war nämlich sogar umgekehrt der Ansicht, dass es für das Computerhirn einen Gott gibt, nämlich den Menschen, der

es geschaffen hatte, wohingegen ich dasselbe beim Menschenhirn bezweifelte.
Könnte man den Einfluss dreier Gläser Portwein auf ein Menschenhirn in einem Computerhirn simulieren? Alkoholfeinde würden nun sagen, einfach den Prozessortakt verlangsamen, aber das ist es nicht, nicht nur. Ich musste grinsen. Wirklich eine große Aufgabe oder eine nette Forschung für eine Doktorarbeit: Wie verhält sich ein angesoffener Computer und – ab wann wird er süchtig?
Gegen 23 Uhr, viel später, als kultivierte Menschen überhaupt noch zu telefonieren wagen, rief ich per Videokontakt die alte Frau hinter den Gardinen im Centerpunkt an.
Sie meldete sich sofort, sah sich erstaunt erst mich, dann meinen Raum an und meinte dann, ohne dass ich ein Wort gesagt hatte: »Guten Abend junger Mann, Sie haben sich verwählt – überprüfen Sie am besten Ihre Telefonsoftware!«
Ich versuchte, mich dumm zu stellen. »Meine Telefonsoftware? Glauben Sie denn, dass mein PT einfach eine falsche Nummer wählt?«
Sie nickte ungeduldig. »Was glauben Sie denn? Wen wollten Sie denn anrufen, doch wohl nicht mich, oder? Mich ruft nämlich niemand an, nicht um diese Zeit!«
»Nein, Entschuldigung, Sie haben Recht. Ich wollte eigentlich meine Mutter anrufen.«
»Na sehen Sie, die Mama. Ihre Mama hat aber nicht diesen Anschluss, denn diesen Anschluss habe ich, und zwar schon seit dreißig Jahren. Also hat sich Ihr PT geirrt. Und da sich PTs im Allgemeinen nicht irren, nennt man das einen Softwarefehler, auch wenn es meistens keiner ist, sondern nur Schusseligkeit desjenigen, der die Nummern eingibt, oder

desjenigen, der die Nummer aussucht. Aber Softwarefehler klingt besser, weil wir Menschen dann so dastehen, als wären die Rechner schusselig und nicht wir.«
Sie quasselte noch eine ganze Weile so weiter, hatte wohl schon längere Zeit nicht mehr die Gelegenheit gehabt, mit jemandem zu reden. Aber es war irgendwie witzig. Sie hatte diese zynisch-sarkastische Art, über Gott und die Welt herzuziehen, die ihr selbst offensichtlich Erleichterung brachte, ohne dass sie merkte, wie unterhaltend es für die anderen war.
»Warum gehen Sie eigentlich gleich auf Videokontakt, junger Mann, Sie wissen anscheinend nicht, was sich gehört. Stellen Sie sich vor, Sie erwischen mich hier im schepps sitzenden Nachthemd. Wissen Sie überhaupt, wie spät es ist?«
Nachdem sie sich noch eine Weile darüber ausgelasen hatte, dass meine Mama anscheinend Schlafstörungen haben musste – im Gegenteil, ich denke, sie hatte Wachstörungen und schlief sich eigentlich durch ihr Leben – und dass sie selber praktisch überhaupt nicht mehr schlafen konnte, wollte sie plötzlich auflegen.
»Ich teewhye Sie jetzt, wie man so schön modern für auflegen sagt, junger Mann, leben Sie wohl, die Nacht mit Ihnen war nett!«
Ihre Rechte, in die sie bisher zeitweise ihren Kopf gelegt hatte, fuhr langsam nach unten.
»Moment, Frau Preinsberger«, sagte ich, ich fand das Ganze ziemlich amüsant, eine bessere Mitternachtsunterhaltung jedenfalls als die üblichen Shows im Fernsehen.
Als ich ihren Namen sagte, den ich ja eigentlich nicht wissen konnte, sah sie auf. Zum ersten Mal guckte sie mich an,

guckte mich so an, wie man sich per Videokontakt anguckt, also haarscharf vorbei, denn sie besah mich ja im Monitor und ich sah sie aus dem darüber liegenden Kamerablickwinkel.
Sie schwieg, dachte nach. Ihre Augen wurden klein und scharf, sie hatte etwas von einem Adler an sich, kurz bevor er zustieß.
»Lassen Sie mich raten«, sagte sie langsam, fast drohend. »BKA?«
Ich schüttelte den Kopf.
»BND?«
Ich grinste, »Nein, auch nicht!«
»Aber irgendwas in der Richtung, oder?«
»Ganz falsch«, sagte ich lachend, wollte alles erklären. Warum nicht die Wahrheit sagen, sie machte den Eindruck, als ob sie damit umgehen könnte.
»Nein, nein, warten Sie noch«, unterbrach sie mich schnell.
Wieder dachte sie nach. »DaZe!«, sagte sie dann.
»Treffer«, sagte ich, »die Sache ist die...«
Wieder unterbrach sie mich. »Nein, nein, nichts erklären. Sie werden doch unser Spielchen nicht verderben, Herr Kollege. Bleiben Sie, schauen Sie, staunen Sie.«
Sie stand langsam auf, ging mühsam unter Festhalten an der Tischkante zu einem im rechten Winkel stehenden Tisch. Dort standen zwei Monitore und etliche Tastaturen herum, überall lagen Mäuse, Disketten, CD-ROM, Bänder, Handbücher. Verdammt, ich kannte dieses Durcheinander. Es sah aus wie bei Onkel Ro.
Die Kamera des Videokontakts hatte sie beim Aufstehen verfolgt und war mitgeschwenkt. Ich hatte von diesem Feature

gelesen, es war nur in den allerneuesten PTs eingebaut. Langsam wurde es mir unheimlich. Schnell rausschalten, dachte ich, verschwinden, bevor etwas passiert. Aber was sie veranstaltete, war zu faszinierend, ich konnte den Kontakt einfach nicht beenden.
Sie hämmerte auf einem ihrer Manuale rum, beide Schirme waren in Betrieb, ihre Augen sprangen von links nach rechts, von rechts nach links.
»Da haben wir es ja«, sagte sie nach ein paar Minuten, »Brein Loderer. Sie sind Brein Loderer.«
Ich schüttelte den Kopf.
»Aber Sie hatten heute meine Akte auf dem Schirm, 14 Uhr 11, im DaZe. Lügen Sie mich nicht an, Brein.«
»Stimmt schon«, sagte ich, »Brein hatte Ihre Akte auf dem Schirm, aber ich bin Tubor Both.«
»Tubor Both«, wiederholte sie leise, »mit Te-Ha?«, und hackte meinen Namen sofort in ihren Computer.
»Ah, hier. Tubor Both. Sie sind mit diesem Herrn Loderer in derselben Abteilung. Ja, was ist denn das? MUSIC-Controlling! Sie sind einer unserer Herren MUSICer, das ist ja spannend. Bin ich aufgefallen? Hat er mich wieder ausgespuckt? Das würde mich nicht wundern, wäre nicht das erste Mal. Kommen Sie, erzählen Sie es mir.«
Hätte ich Onkel Ro nicht gekannt, ich hätte nicht für möglich gehalten, was die Frau da gerade abgezogen hatte. Aber so war mir klar, dass sie mich in der Hand hatte. Sie würde nicht nur rausbekommen, auf welchem Bildschirm ihre Personalakte erschienen war, sondern auch, welches Programm sie da hingebracht hatte. Offensichtlich kannte sie alle Tricks.

Ich hatte oft mit Brein darüber diskutiert, wer eigentlich der Boss im DaZe war, ob es überhaupt einen gäbe, der alle Codes kannte und überall hindurfte. Vielleicht, so schoss es mir durch den Kopf, vielleicht hatte ich versehentlich den Boss gefunden. Aber Brein hatte ja auf dem Zettel den Namen Preinsberger gelesen. Wenn sie irgendwie ins DaZe reingehörte, hätte er mir doch nie ihren Namen gegeben. Oder hatte Brein mir eine Falle gestellt? Kleine Rache für wochenlanges dummes Fragen? Ich musste die Karten auf den Tisch legen.

»Kommen Sie«, drängelte sie, »Videokontakt ist teuer und es geht auf Ihre Rechnung. Erzählen Sie mir, wodurch ich aufgefallen bin.«

»Durch gar nichts«, sagte ich vorsichtig. »Sie sind nicht aufgefallen. Sie sind ausgewählt worden. Wir haben ein Suchprogramm laufen lassen.«

»Ein Suchprogramm. Nach wem haben Sie denn gesucht?«

»Nach einer Frau für mich«, sagte ich leise.

Sie fing an zu lachen, lachte, dass sie sich bis in die Knochen schüttelte. »Sehr schmeichelhaft, was haben Sie denn als Kriterien eingegeben?«, prustete sie, »Alt, faltig und senil oder was?«

»Nein«, sagte ich, »es war merkwürdig. Wir haben nach größter Wahrscheinlichkeit für stabile Partnerschaft gesucht. Dieses Programm arbeitet mit Persönlichkeitsskalen und es gibt da offensichtlich Kriterien, die in einer Partnerschaft ...«

»Sie brauchen mir MUSIC nicht zu erklären, junger Mann«, unterbrach sie mich grinsend, »ich habe es erfunden!«

Sie hatte MUSIC erfunden? Ich musste erst mal nach Luft schnappen.

Sie amüsierte sich über meine Verwunderung. Das war es also? Sie war nicht der Boss, sondern der Schöpfer – die Schöpferin.
»Was ist, hat es Ihnen die Sprache verschlagen? Erzählen Sie weiter.«
»Sie haben MUSIC erfunden?«, fragte ich, noch immer schockiert.
»Sagen wir richtiger miterfunden. Aber erzählen zuerst Sie, dann überlege ich mir, ob ich Ihnen auch etwas erzähle.«
»Na ja, es kamen bei der Suche einige junge Frauen raus, die ganz gut zu passen scheinen. Eine zumindest, die hab ich nämlich schon angerufen. Und dann Sie. Sie kamen auch raus. Brein hat's auch nicht verstanden.«
»Kann er auch nicht«, sagte sie und grinste, aber sie erklärte nichts mehr.
»Warum?«, fragte ich.
»Es muss Geheimnisse geben, junger Mann. Wie war Ihr Name? Tubor, richtig. Mein Gott, früher hießen die Typen Jürgen oder Thomas oder, wenn's mal ganz crazy sein sollte, Helge. Tubor hießen früher nur die Waschmittel, glaube ich.«
»Stimmt genau«, sagte ich ungeduldig, »meine Mutter hatte einen Waschzwang und hat mich nach ihrem Lieblingswaschmittel benannt. Erzählen Sie mir jetzt auch was von sich?«
»Wohl kaum«, sagte sie. »Der PT ist wohl kaum der richtige Ort, um solche Sachen zu bereden. Aber wenn Sie neugierig sind, dann kommen Sie mich doch mal besuchen, Tubor. Sie wissen doch, wo der Centerpunkt ist, oder?«
»Ich weiß sogar den Vorhang, hinter dem Sie wohnen«, sagte

ich. »Sie müssen doch fast der einzige Mensch sein, der dort wohnt, oder?«
»Der einzige«, sagte sie. »Kommen Sie mich besuchen?«
»Wann?«
»Wann Sie wollen, Tubor, ich bin immer zu Hause.«
»Morgen nach der Arbeit?«
»Wenn Sie wollen?«
»Okay«, sagte ich, »morgen dann.«
»Ich freue mich, Tubor«, sagte sie leise. »Ich freue mich wirklich. Ich bekomme fast nie Besuch, müssen Sie wissen.«

Ich hatte mit allem gerechnet an diesem Nachmittag, nur nicht mit Kaffee und Kuchen. Sie strahlte mich, seit ich gekommen war, mit ihren wachen, jungen Augen an und ich konnte in ihrem Gesicht sehen, dass sie einmal eine sehr interessante Frau gewesen war. Jetzt war sie alt, sehr alt. Viel älter, als die 68 Jahre vermuten ließen, die in ihrer Akte standen. Vor allem, wenn sie aufstand und mühsam in der Wohnung herumging, machte sie auf mich eher den Eindruck einer 85-jährigen Greisin.
»Ich habe meine Beine immer vernachlässigt«, sagte sie, »ich war immer ein Kopfmensch. Ich wollte immer meine Ruhe, Zeit für mich, Zeit für Gedanken und tiefe, langsame Überlegungen. Das habe ich jetzt – mehr, als mir lieb ist.«
Ich ging zum Fenster. Ein hoher Stuhl stand da, ein Kissen lag auf der Fensterbank. Das war ihr Platz. Sie konnte die Gardine zur Seite schieben und hinuntersehen auf den Rest der Welt. Feierabendstimmung im Centerpunkt, wahrscheinlich war es die gemütlichste Einkaufsmeile der Welt. Kein Mensch, der es eilig hatte und dringend noch etwas brauchte,

kam hierher, das konnte man alles viel besser in den Satelliten-Malls der Stadtteile erledigen. Im Centerpunkt wurde geschlendert und Luxus genossen – jedenfalls von denen, die es sich noch leisten konnten.

»Wie kommen Sie hierher?«, fragte ich sie, »Hier in die Stadt, hier herauf in den dritten Stock in einem Geisterstadtteil?«

»Nicht ich bin hierher gekommen, die Geister kamen zu mir«, antwortete sie. »Sehen Sie, junger Mann, das war mal eine kleine Stadt hier um mich herum. Mit einem Bäcker da unten, einem Metzger um die Ecke und hier, in diesem Haus unten, einem Fotogeschäft mit einem Sohn, den ich immer dringend heiraten wollte. Wollen Sie die ganze Geschichte hören?«

»Klar«, sagte ich, »immer los!«

»Können Sie mit den Buchstaben DDR etwas anfangen?«

Ja, konnte ich, hatte ich schon mal gehört. Schulunterricht, Gegenwartsgeschichte. Es gab einst zwei Deutschlands, angeblich eine reale Mauer dazwischen. Und ein Teil Berlins war eine Insel mit einer Mauer außen herum.

Sie lebte damals in dieser DDR, erzählte sie. Erzählte allerlei Sachen, was sie alles nicht hatten, was die im anderen Deutschland mit der Abkürzung BRD alles hatten. Trotzdem ging's ihr ganz gut. Sie wuchs in Berlin auf, also dem Teil, den sie Ostberlin nannten und der zum Glück keine Mauer außen rum hatte. Sie wurde Mathematikerin. Am Ende ihres Studiums kamen wohl so etwas wie die ersten Computer auf. Sie interessierte sich dafür und wurde, wie sie behauptete, eine der führenden Computerspezialistinnen der sozialistischen Welt, also der Welt, die keine Mauer um Berlin hatte.

Die Russen hatten noch irgendetwas damit zu tun, also wohnte sie eine Weile in Moskau. Sie redete mir ein paar Sätze fließend auf Russisch vor, man konnte ihr das mit Moskau glauben.
Dort in Moskau und entsprechend auch in Berlin gab es ein Zentrum, in dem sie jeweils die neuen Computer aus dem Westen »bekamen« und sie ausprobierten. Es war wohl alles geheim. Es gab wenig Handbücher oder Maschinensprachenlistings, also mussten sie einfach probieren, was die Rechner konnten.
»Warum?«, fragte ich.
»Wir bauten Sie nach«, sagte sie. »Es war, vereinfacht gesagt, Spionage.«
Weil sie damit für den Staat und für den Geheimdienst arbeitete, sollte sie möglichst wenig Kontakte haben. Zu dieser Zeit zog sie in diese Wohnung hier in einem Städtchen nahe Berlin, das damals noch einfach »Wiesen« hieß.
Sie war damals schon über dreißig. Unten im Haus gab es ein Fotogeschäft, das einem älteren Herrn gehörte. Der hatte einen Sohn, der war auch über dreißig und auch einsam. Also ging sie auf ihrem Weg nach oben ab und zu im ersten Stock vorbei und holte sich dort das, was sie außer ihren Computern noch zum Leben brauchte. Es war ein Kontakt, der nicht auffiel, und niemand störte sich daran.
Die Computer wurden immer schlauer und Christine Preinsberger über die Jahre immer wichtiger. Irgendwann sprachen Leute bei ihr vor und fragten, ob es nicht möglich wäre, die Computer zur Überwachung von Menschen einzusetzen. Natürlich war das möglich, sagte sie den Männern, aber vielleicht war es nicht besonders fein; doch das sagte sie

den Männern nicht. Also bekam sie den Auftrag zur Entwicklung eines solchen Systems. Etwas, worüber sie sich tiefe und langsame Überlegungen machen konnte, das lag ihr. Ihrem Freund aus dem ersten Stock erzählte sie, woran sie gerade arbeitete. Der fand das gar nicht witzig und hörte auf, ihr Freund zu sein. Ein halbes Jahr später war er weg, zunächst wusste niemand, wo er war, dann wurde klar, dass er sich über Berlin in den Westen abgesetzt hatte.

So praktisch es auch gewesen war mit dem ersten und dritten Stock, ihren Auftraggebern waren ihre Kontakte natürlich doch nicht unbekannt geblieben. Männer von der Staatssicherheit, Stasi genannt, holten sie ab und lochten sie ein paar Tage ein. Sie redete sich raus, dass der Kontakt hauptsächlich sexueller Natur gewesen sei, aber ihre Arbeit war trotzdem weg. Das war 1988. Sie war über vierzig und stand plötzlich vor dem Nichts. Keine Menschen mehr, keine Arbeit mehr. Der Vater ihres Exfreundes unten im Haus ließ sie ab und zu im Geschäft aushelfen, verkaufen, putzen, dann wurde ihr ein Job in einer Näherei zugewiesen.

Zwei Jahre später gab es die DDR nicht mehr. Die Männer, die früher bei der Stasi gearbeitet hatten, sah man jetzt als Versicherungsvertreter und Autoverkäufer. Das kleine Fotogeschäft ging pleite und aus Berlin kam ein Brief von einem großen Fotogeschäft, das ihr Exfreund dort aufgebaut hatte. Am wichtigsten für sie: Computerexpertinnen durften wieder Computerexpertinnen sein. Sie versuchte, im neuen Berlin Arbeit zu finden, aber man lachte über ihre veralteten Ost-Kenntnisse. Also vergrub sie sich ein Jahr lang mit allem Material, was sie nun frei bekommen konnte, lernte wie eine Studentin und versuchte es mit ihrem neuen Wissen noch

einmal. Sie bekam einen Job in einer Bank, EDV-Abteilung. Binnen kurzer Zeit wurde den Bankern klar, dass sie nicht irgendeine angelernte, umgeschulte Monitormaus war, sondern wirklich Ahnung hatte. Also landete sie in der Entwicklungsabteilung für neue Banksysteme. Ihre Hauptaufgabe war zunächst, Systeme anderer Banken zu erkunden.
»Man nannte das Industriespionage und irgendwie war ich wieder da gelandet, wo ich hingehörte«, sagte sie.
Und wieder tauchten Männer bei ihr auf. Besser gekleidet und höflicher, aber mit einem ganz ähnlichen Anliegen. Sie wollten wissen, ob es möglich wäre, ein Computersystem so zu programmieren, dass es kritische Bankkunden erkennen könne, bevor die Bank selber es merke. Das klang einfach, nur war bisher der Versuch gescheitert, anhand gewisser Faktoren früh- und rechtzeitig herauszufinden, welche Kunden unsichere Kandidaten waren. Also entwickelte Christine Preinsberger ein System. Sie speicherte einfach alle Daten, die von einem Kunden anfielen, wo er wann wie viel bezahlt hatte, welche Überweisungen, Daueraufträge und so weiter sich auf dem Konto bewegten. Sie speicherte das von der Gesamtheit der Kunden und gab dann über einen gewissen Zeitraum die Kandidaten ein, die der Bank Kummer machten.
»Der Trick war«, sagte sie, »die Daten mehrfach zu verwenden, in einer Art rückgekoppeltem System, das sich nur der statistischen Wahrscheinlichkeiten bediente.«
»MUSIC!«, dämmerte es mir.
»Noch lange nicht MUSIC«, erwiderte sie, »aber, ganz richtig, die Grundidee zu MUSIC. Es funktionierte zunächst überhaupt nicht. Das Programm spuckte munter Kandidaten aus,

die aber bei näherer Überprüfung genauso sauber oder unsauber waren, als hätten wir sie per Los aus der Gesamtheit der Kunden gezogen. Dann merkten wir langsam, dass solche Programme eine lange Lernphase haben. Allmählich änderte sich das Verhältnis. Wenn wohl beleumundete Geschäftsleute als Wackelkandidaten ausgegeben wurden, passierte es bei der Überprüfung der wahren Verhältnisse immer häufiger, dass sie wirklich pleite waren.«
Ein paar spektakuläre Fälle waren darunter, unter anderem eine aufstrebende Fotokette in Berlin, genau die, die ihrem Exfreund gehörte. Ihm wurden die Kredite gesperrt, die ganze Kette ging pleite. Ohne es zu wollen, hatte sie seine Existenz vernichtet, so wie er Jahre zuvor, ohne es zu wollen, ihre vernichtet hatte.
»Wir waren quitt«, erzählte sie traurig. »Er wusste natürlich nicht, dass ich hinter der Sache steckte. Wir trafen uns ein paar Mal, als sein Vater noch lebte, hier im Haus und er schilderte mir sein Unglück. Und in einem dieser Gespräche wurde mir etwas klar. Mir wurde klar, dass mir mein ganzes Leben lang der Mut gefehlt hatte, Nein zu sagen. Ich hätte Fred, so hieß er, heiraten sollen. Das hätte mich damals meinen Job gekostet, aber den habe ich auch so verloren, verstehen Sie, junger Mann? Ein paar Jahre später, als ich wieder mal mit dunklen Männern an einem Tisch saß, die etwas von mir wollten, da habe ich mir angehört, was sie vorschlugen, und dann habe ich Nein gesagt. Es war ganz einfach.
Einfach 'Nein, das mache ich nicht!'
Ein Jahr später wurde ich in Pension geschickt. Die ersten Jahre kam Fred mich ab und zu besuchen. Er hatte Frau und Kinder in Berlin, aber er war unglücklich. Also kam er zu

mir, aber ich war ja auch nicht gerade glücklich. Dann starb er, seitdem bin ich allein.«
»Und was wollten die Männer von ihnen, denen sie Nein gesagt haben?«, fragte ich.
»Sie gehörten zu denen, die um mich herum Wohnwiesen aufgebaut haben. Sie wollten, dass ich für sie arbeite. Sie wollten mein System aus der Bank auf alle Menschen und alle π-Aktionen anwenden.«
»Und?«
»Was und? Ich habe Nein gesagt!«
»Aber es gibt dieses System!«
»Ja natürlich gibt es das System. Glauben Sie, ich bin einmalig? Glauben Sie, niemand anders könnte das tun, was ich getan habe? Sie haben sich einfach jemand anderen gesucht. Und ich bin zur alten Hackerfrau geworden, schaffe mir von meiner Pension jeweils die neuesten Rechner an und gucke ihnen zu, was sie machen.«
»Und die Codes?«
»Junger Mann! Wenn man so viel Zeit wie ich mit Computern verbracht hat und den ganzen Tag probieren kann, sind Codes kein großes Problem.«
Wir hatten keinen Kaffee mehr und ich bot mich an, noch einen zu machen.
»Ach, lassen Sie nur«, sagte sie, »für eine alte Frau ist zu viel Kaffee ohnehin nicht gut.«
Sie ließ mich einen Schrank in der Küche öffnen, dort standen ein paar Flaschen mit Alkoholika.
»Lassen Sie uns davon etwas trinken, junger Mann, das bekommt mir besser. Für mich einen Port.«
»Einen Port?«, fragte ich. »Sind Sie sicher?«

»Ich trinke immer Port, junger Mann, aber Sie können sich gerne etwas anderes nehmen.«
Ich schüttelte den Kopf. Nein, Port war okay. Und ich fragte mich für einen Augenblick, ob Lydia Brock auch Port trank.
Als ich zurückkam, war meine Gastgeberin in den Nebenraum gehumpelt und hatte ihre Rechner angeschaltet. Geneigt, fast in sich zusammengesunken, saß sie vor den Bildschirmen, wollte mir irgendwas zeigen.
»Kennen Sie eigentlich Ro?«, fragte ich, »Roman Both?«
»Nein, kenne ich nicht. Warum, müsste ich?«
»Nein, nein, ich dachte nur gerade. Ihr ähnelt euch irgendwie, hättet euch gut verstanden.«
»Zu spät«, sagte sie, dann hackte sie weiter auf ihre Tasten ein.
Ich stand daneben, sah verwundert dem Auftauchen und Verschwinden irgendwelcher Programmfetzen auf dem Bildschirm zu, hatte wieder mal den Eindruck, jemand rennt mit einer Machete vor mir her durch ein Land, in dem ich nicht mal einen Schritt tun könnte, ohne mich zu verheddern. Ein Gefühl, das ich von Ro kannte oder auch von Brein.
Es war die Angst, mit einem Mal nicht mehr dabei zu sein. Nicht mehr dazuzugehören, nichts mehr zu verstehen in dieser fremden Maschinenwelt. Ein Gefühl, das mich manchmal sogar überfiel, wenn ich nur inmitten glücklicher Menschen einkaufen ging oder wenn ich in einer der NEAR-Kabinen saß, mit leichter Unruhe das Pfeifen der schnellen Fahrt über mich ergehen ließ und andere, mir gegenüber Sitzende beobachtete, für die solche Fahrten offenbar alltägliche nicht beachtenswerte Alltagsgeschichten waren.

»Wir wollen doch noch etwas Spaß haben, junger Mann, oder?«
Wäre es Lydia Brock gewesen, 24, dunkelblond, ich hätte gewusst, was sie meint. Aber so – Christine Preinsberger, 68, stillgelegte Spionin?
»Mein Gott, nicht, was Sie denken, das ist längst vorbei.«
Sie sprach mit mir über die Schulter, ohne sich wirklich umzudrehen. Ich kannte diese verdammte Art des Sprechens und Gedankenlesens von Ro, sie hatte mich schon als Kind genervt.
»Ich zeige Ihnen mal, woran ich im Moment arbeite.«
»Arbeiten Sie noch? Ich dachte, Sie leben in Pension. Für wen arbeiten Sie denn, Frau Preinsberger?«
»Für das ewige Leben – sobald ich aufhöre, falle ich tot um. Setzen Sie sich dorthin. Nehmen Sie den Cyberhelm, die Handschuhe. Sie kennen das, oder?«
Klar kannte ich das. In München hatten wir uns ja selber so eine Ausrüstung angeschafft, Nuala musste alles noch rumliegen haben. Vielleicht sollte ich mal fragen, ob Sie es mir schickt. Sie würde kein Cyberkit in Irland brauchen.
Ich zog den Helm über, richtete die Augenmonitore aus.
»Etwas anderes, junger Mann«, sagte sie plötzlich, »bitte nennen Sie mich Chris, okay? Ich bin einfach daran gewöhnt, niemand nannte mich je anders. Selbst bei der Stasi hieß ich Tante Chris. Nun hat es seit Jahren niemand mehr zu mir gesagt. Es fehlt mir ein bisschen.«
»Chris – klingt wie ein Jungenname.«
»Ich zeig Ihnen nachher mal ein Bild von mir, als ich fünfundzwanzig war. Es klang nicht nur wie ein Jungenname, ich sah auch aus wie ein Junge. Aber jetzt zurren Sie mal den

Helm richtig fest, ich will noch ein bisschen mit meinen neuesten Sachen angeben. Haben Sie's?«
Ich schlüpfte in die Handschuhe, nickte. Plötzlich war ich in einer Straße, Leute um mich herum. Hörte Gespräche. Jemand kam von schräg hinten, tippte mich an.
»Sie müssen da vorne links in die kleine Gasse. Zweites Haus rechts!«
Ich kannte die Stimme, drehte mich um. Es war der große Görs aus der Fernsehshow, die Stimme wackelig vom Alkohol. Ich musste laut auflachen. Chris saß neben mir, strahlte stolz und freute sich wie ein Kind, sah wohl, was ich im Helm sah, auf ihrem Monitor.
»Gute Nummer, was?«, rief sie laut, damit ich es trotz der Nebengeräusche aus meinem Kopfhörer verstehen konnte.
Ich lief los, bog in die kleine Gasse ein, die der Görs mir gewiesen hatte. Plötzlich erkannte ich sie, es war die Straße, in der Christine Preinsberger wohnte. Natürlich, es war ihr Haus. Ich ging nah an die Klingel, hier, dritter Stock, tatsächlich, Preinsberger auf dem altmodischen Klingelschild. Ich läutete. Nach ein paar Sekunden ging die Tür auf, alles war, wie's war, die Treppe, die Tür in den unteren Laden. Langsam ging ich hoch, die Geräusche des Einkaufsparadieses Centerpunkt blieben hinter mir. Oben war die Tür nur angelehnt, ich drückte sie auf. Dort, mitten im Raum, vor einer Wand von Monitoren, saß Chris, drehte sich langsam zu mir um.
»Guten Abend«, sagte sie mit ihrer originalen Stimme. Sie sah auf die Uhr. »Es ist schon acht vor zehn, Sie kommen spät – aber immerhin, Sie kommen.«
Dann wurde es dunkel, still. Ich nahm den Helm ab.

Die wirkliche Chris grinste mich erwartungsvoll an. »Guten Abend«, sagte sie, diesmal in der Realität, »es ist schon acht vor zehn! Na«, fragte sie dann, »beeindruckt?«
»Allerdings! Was war das?«
»Ach, Spielerei. Es war das Ende eines VR-Spieles. Der Spieler muss den Schöpfer des Spieles suchen, tausend Abenteuer und am Schluss landet er hier bei mir in der Wohnung. Es ist noch nicht fertig, es war nur der Schluss, den habe ich zuerst generiert.«
»Und das Besondere sind die Personen, oder?«
»Nicht nur. Das Besondere ist, dass ich die VR-Bilder unserer Realwelt und die Images von Realpersonen benutze. Ich kann sie abscannen – mich, Sie, ehemalige Kollegen oder irgendwelche Heinis aus dem Fernsehen –, da unten reinsetzen, dann laufen sie dort rum und geben gute Ratschläge. Ich brauche sie nicht mal abzufilmen. Ich zapfe einfach den Da-Ze-Rechner an, nehme irgendeine Person und bastle irgendein Gesicht aus einer Personalakte drauf, sample aus der Akte den Klang der Stimme dazu. Ganz Wohnwiesen ist ohnehin als Virtual Reality im Speicher, das benutze ich einfach und baue es bei mir ein. Ich kann also – im Prinzip – jede Person hier rumlaufen lassen, ihr begegnen lassen, wen ich will. Meine Menschlein fahren mit dem NEAR, durchsuchen Wohnungen, spielen den Jäger oder Gejagten – und das alles in ihrer eigenen Umgebung.«
Sie schien so stolz, so unendlich stolz.
»Irgendwie beängstigend, finden Sie nicht, Chris?«
Sie lachte. »Ich wusste, dass Sie das sagen. Aber Angst ist relativ, junger Mann. Wissen Sie, was ich beängstigend finde? Irgendwo am Strand zu sitzen, alleine, vor einem das un-

durchschaubare, unendliche Wasser, hinter einem das Land, man weiß nicht recht, was man tun soll, hat keine Datenleitung, keinen PT, keinen Computer und soll sich unter Androhung von Einsamkeit, völliger Entspannung und Stille erholen. Das finde ich beängstigend. Spiele sind nie wirklich beängstigend. Was Angst macht, ist die Wirklichkeit.«
»Das glauben Sie nicht wirklich, oder?«, fragte ich. »Der Anblick der Natur kann doch keinem Angst machen.«
»Nein, nein«, sagte sie schnell, »das war vielleicht nur ein Scherz. Ich meine eher hier die Welt, das echte Wohnwiesen, euer DaZe, MUSIC – das macht Angst. Wisst ihr denn noch, was MUSIC über uns weiß? Das verselbständigt sich doch jeden Tag. Ich nehme doch mal an, Sie wissen, dass MUSIC keine Musik macht, oder?«
»Ja, inzwischen weiß ich es. MUSIC sammelt Daten, erstellt daraus Persönlichkeitsprofile, sehr genaue, trifft Vorhersagen, wenn signifikante Abweichungen auftreten. Und Politik und Wirtschaft können sich an diesen Daten orientieren.«
Sie sah mich verwundert an: »Sie wissen ja doch nichts! Natürlich sammelt MUSIC Daten und trifft Voraussagen, aber das, was Sie da umreißen, das ist MUSIC vor fünf Jahren, eine der Varianten mit Versionsnummer 2. Das hat mein Bankenprogramm schon fast gekonnt. Inzwischen beschränkt man sich doch längst nicht mehr darauf, irgendwelche unsicheren Kandidaten herauszufiltern. MUSIC von heute, also die Fünfer-Version, arbeitet mit Rückkopplung zu jedem Einzelnen. Es sucht zum Beispiel die Werbung für Ihren PT aus, haben Sie das noch nicht gemerkt?
»Vermutet, ja. Man guckt so selten in fremde PTs.«

»Wissen Sie, was das heißt? Das heißt, dass Ihr gesamtes Konsumverhalten, das Konsumverhalten aller Einwohner gesteuert wird. Das sollen Sie kaufen, das sollen Sie nicht kaufen. Aber nicht nur das. MUSIC sucht Ihnen die Wohnung aus, steckt Sie dahin, wo Sie hinpassen, sucht Ihnen den Job aus. Macht Ihnen Vorschläge, wo Sie hingehen können, um die Menschen zu treffen, die zu Ihnen passen. Es macht Vorhersagen für die Gemeinschaft, natürlich. Aber MUSIC macht inzwischen noch mehr. MUSIC 5.11, die neueste Variante, gibt aus, wie viele und wo wir welche Wohnungen und Supermärkte brauchen. Wohin die Kinos, wie viele Plätze im Knast, wie viele öffentliche Toiletten und wie viele Spuren auf der neuen Umgehungsstraße. Es lenkt Verkehrsströme, Energieversorgung, es entwirft die Trassen für NEAR und Autoverkehr, es steuert die öffentliche Meinung, es regelt die Steuersätze und bestimmt die Staatsausgaben. MUSIC Version 5.11 regiert!«

»Das ist es, was Onkel Ro gesagt hat – ein Computer würde regieren. Compukratie, eine Staatsform, in der ein schuldunfähiger Rechner politische Verantwortung übernehmen muss, so hat er es gesagt.«

»Kluger Mann, Ihr Onkel. Ich werde ihn bei Gelegenheit mal anpiepsen und aushorchen. Compukratie, so nennen sie es, ja. Der Unterschied zu Politikern: Man kann MUSIC nicht abwählen. Und selbst wenn. Jedem geht es ja so wahnsinnig gut. Jeder hat doch, was er braucht, warum sollte man es abwählen? Aber keiner weiß, wohin die Fahrt geht. Was, wenn es uns alle ins Unheil stürzt?«

»Sagt Ro auch!«

»Ja und, was tut er, Ihr schlauer Onkel Ro?«

Ich zuckte die Schultern. »Man kann doch nichts tun, oder? Was tun Sie denn?«

Sie stand auf. »Es ist spät, junger Mann, wir brauchen beide etwas Ruhe. Besuchen Sie mich wieder, ich kann Ihnen noch vieles zeigen, ja?«

Als ich die alte, hölzerne Treppe hinunterstieg, blieb sie oben an der Tür stehen. »Ich habe den Abend sehr genossen, junger Mann«, rief sie hinter mir her, »bis bald!«

Aber ich hatte nicht ernsthaft vor, die Alte noch einmal zu besuchen.

Ein gutes Stück des Weges lief ich heim, wollte mich plötzlich nicht mehr in diesen pfeifenden, unbemannten NEAR-Kabinen dem Computer ausliefern, der angeblich alles über mich wusste.

»Bildschirm-Vereinsamung« und »seelische Weltabgewandtheit« fielen mir wieder ein. Erst Ro, dann Christine Preinsberger – Chris. So sahen sie aus, die seelisch Weltabgewandten. Oder war ich auch einer? Nur weil ich weniger von Computern wusste, hieß das noch nicht zwangsläufig, dass ich nicht auch abgewandt war von dieser Welt. Welcher Welt? Wer war ihr denn noch zugewandt? Nuala vielleicht, zugewandt zumindest ihren grünen Hügeln, oder Sara, zugewandt ihren Kindern. Aber wo blieben Jens und Brein und mein Vater in diesem Bild, wo meine Mutter, wo ich? Wir waren abgewandt ohne Bildschirm, hatten nicht mal, was Chris und Ro hatten. Eine Leidenschaft, einen Sinn. Bei allem Wahnsinn hinter seiner Stirn, erschien mir Ro nie unglücklich. Er war aus demselben Garn gestrickt wie meine Mutter, aber wann immer sich die Frage nach Leben oder

Glück stellte, immer dann, wenn meine Mutter jammernd den Kopf in den Sand steckte, steckte er seinen Kopf in seine Programme – und war auf irgendeine, allen anderen unverständliche Weise zufrieden. Und diese Chris, offensichtlich eine ganz ähnliche Nummer, mit mehr Erfolg vielleicht – vorausgesetzt, ihre Storys stimmten.

Ich war inzwischen aus dem Centerpunkt raus, stand in einem Park, dem sogenannten ersten Grünring. Er lief rund um die Mitte von Wohnwiesen, oder, wie ich heute gelernt hatte, rund um das alte Wiesen. Unter ihm verlief die ringförmige Autobahn. Ich konnte dumpf das Dröhnen und Grummeln der Autos und Lastwagen unter mir hören. Alles so perfekt. Ich hatte den Park schon oft vom Gang meines Single-Vierers aus gesehn, war aber noch nie hier gewesen, wunderte mich, dass er so leer war.

Parks in der Nacht. Einmal war ich mit Nuala nachts in einen Park eingestiegen, richtig Räuberleiter über das gusseiserne Gitter. Es war Vollmond und die Hormone zwickten. Nuala wollte Liebe im Freien. Natürlich erwischten sie uns, wir waren beide nicht geübt in Einbruchgeschäften. Es brachte uns eine Personenkontrolle ein, sie drohten eine Anzeige an, aber es kam nie was.

Ich lief weiter, dann kam ich an einen Zaun, hörte Stimmen. Ich war drinnen, die waren draußen, wie konnte das sein? Ich lief innen am Zaun entlang. Immer wieder sah ich Leute auf der anderen Seite im Gras liegen, dachte an Vollmond und Hormone, bis mir plötzlich klar wurde, dass die Leute dort schliefen. Durch die Büsche konnte ich eine Straße erkennen, Häuser, sogar das leuchtend gelbe Symbol einer NEAR-Station – alles hinter dem Zaun.

Dann kam ich an ein Tor. Auf der anderen Seite lagen mindestens zwanzig dunkle Körper unter den Büschen, leises Gemurmel, Knacken von Ästen. Mir wurde unheimlich. Dann sah ich das schummerig beleuchtete Kästchen neben dem Tor. »Personenkontrolle Nachtauslass« stand da. »Keine Rückkehr möglich!«
Ich steckte meine Karte in den Schlitz, der Türöffner summte. Ich drückte das Tor auf, trat durch das Drehkreuz und war draußen.
Das Geräusch hatte ein paar der Schlafbündel geweckt, einige richteten sich auf.
»Wo kommst du denn her, Mann?«, fragte eine Stimme.
Ich hatte Angst, es waren so viele.
»Vom Mond!«, rief ich und lief schnell in die Richtung der NEAR-Station, die ich zuvor entdeckt hatte. Niemand folgte mir. Erst als sich die Kabine mit sanftem Pfeifen in Bewegung setzte, fühlte ich mich wieder sicher.
Was Angst macht, ist die Wirklichkeit, fiel mir ein.

Ein paar Tage später hatte ich Gelegenheit, mit Brein zu reden. Wir saßen in der Kantine, Lärm um uns herum, die Wahrscheinlichkeit, dass man uns hier mit Mikrofonen abhören konnte, erschien mir gering.
»Denkst du«, fragte ich, »dass wir MUSIC noch unter Kontrolle haben?«
Er schwieg.
»Ich meine – du sagst doch selbst, dass es dauernd schlauer wird, dazulernt. Denkst du nicht auch, dass wir irgendwann einmal gar nicht mehr eingreifen können, den Entscheidungen ausgeliefert sind? Oder dass es vielleicht schon so weit

ist? Vielleicht schon lange? Dass wir vielleicht deswegen so wenig zu tun haben, weil wir gar nichts mehr tun können?«
Er sah von seiner Suppe auf, sah mich lange an, schüttelte den Kopf.
»Geht das schon wieder los?«, fragte er. »Hat sich noch immer keine Frau für dich gefunden?«
Von Brein war keine Hilfe zu erwarten, das wurde mir in diesem Augenblick klar. Aber wer sollte helfen? Ro vielleicht. Er könnte mir alles erklären, aber ich würde es nicht verstehen. Es blieb nur eine, Chris. Sie könnte es erklären.
Oder Lydia Brock. Wahrscheinlich könnte sie nichts erklären, aber sie könnte mich vielleicht dazu bringen, nie mehr zu fragen.

-

Entschuldigen Sie, François, ich habe Ihre Frage nicht verstanden. Ich meine, ich habe Sie gehört, natürlich, aber ich verstehe nicht. Sie wollen wissen, ob ich glaube, dass es ein Zufall war, dass ich Chris getroffen habe? Die Frage klingt etwas esoterisch. So in der Art, ich glaube nicht an Zufälle, es war Bestimmung oder so. Oder meinen Sie, dass ich Chris in die Hände gespielt wurde? Dass sozusagen jemand ganz bewusst daran gedreht hat, mir bei dieser Partnersuche Chris mit auszudrucken? Denken Sie an Brein, oder wen? Ich muss Ihnen gestehen, bei all den Überlegungen, und ich hatte ja wahrlich genug Zeit, ist mir dieser Gedanke noch nie gekommen. Brein hätte Chris und mich absichtlich zusammengebracht? Seine Art von Untergrundkampf, oder wie?

-

Es muss nicht Brein gewesen sein? Da komme ich nicht mit, François, auch wenn es mich vielleicht entlasten würde. Aber

Sie versuchen, mich als willenloses Werkzeug hinzustellen. Als den Dummen, der im Auftrag anderer die Dreckarbeit gemacht hat. Ich habe nie darüber nachgedacht, aber bitte. Sie werden es mir sagen, damit ich mir meine Gedanken mache, und ich werde sie mir machen. Ganz wie Sie wollen. Nur glaube ich nicht daran. Es würde mich auf die Größe einer Maus reduzieren. Da bin ich lieber der Elefant im Porzellanladen. So sehe ich es nämlich. Einfach zu träge und dumm in etwas hineingestolpert, so sehe ich es inzwischen. Vielleicht will ich es auch so sehen.

SECHSTER TAG

Vielen Dank, François, Ihr Päckchen ist angekommen. Gestern Abend noch, ja, kaum dass ich zurück in meine Zelle gebracht worden war. Wissen Sie, das war mir das Schlimmste, dass man diese Einzelhaft so eindeutig und schamlos als Folter angelegt hat. Warum gab man mir nichts zu lesen? Warum nahm man mir das Bild meiner Frau und meiner Kinder weg? Ich bin froh, dass Sie sich darum gekümmert haben. Ich danke Ihnen. Haben Sie das Bild gesehen? Ja, sicher, ich nehme es doch an. Das ist meine Frau, aber Sie wissen das, nicht wahr? Und vielen Dank für die Bücher. Eines habe ich heute Nacht noch gelesen. Es ist wie Wasser in der Wüste, wieder ein Buch lesen zu können. Warum tun Sie das für mich? Muss ich misstrauisch sein? In den ganzen letzten Jahren als Vladimir Rebetzko habe ich verdammt gelernt, misstrauisch zu sein. Ich glaube, ich traue niemandem mehr. Ich sage Ihnen offen, was mir im Kopf rumgeht. Eine Stimme sagt zu mir, traue diesem Mann nicht. Er heißt nicht François und er ist nicht dein Freund. Er horcht dich aus und ist autorisiert, dir das zunächst verengte Leben wieder etwas weiter zu machen. Und aus Dankbarkeit erzählst du ihm alles, was er hören möchte, ob es wahr ist oder nicht. Und die andere Stimme sagt, scheißegal, nimm seine Freundlichkeit, nimm seine Bücher, erzähle ihm alles, denn niemand hat noch etwas zu verlieren. Nimm ihn als Euro-Investigator, der die

Vorschriften anwendet und deine ungesetzlichen Haftbedingungen erleichtert. Die Stimmen streiten sich und finden kein Ende. Und eine dritte Stimme schreit Ruhe, lasst den Streit. Und so geht es den ganzen Tag und die ganze Nacht. Aber Sie sollten wissen, François, ich bin Ihnen nicht böse. Selbst im schlimmsten Fall nicht. Ich genieße die Stunden hier, genieße das Erzählen. Im Grunde ist mir der Rest egal, wirklich.
Ich erzähle Ihnen endlich von Chris, das ist es doch, was Sie hören wollen, oder?

Ich ging häufiger zu Chris. Machte mir vor, es wäre ein sozialer Akt, ein Versuch, die alte Frau wieder mit dem Leben zu versöhnen, vielleicht auch, ihr aus dem Verschlag da oben herauszuhelfen. Erklärte mir auf dem Heimweg, an ihr etwas gutmachen zu müssen, was ich bei meiner eigenen Mutter nicht schaffte.
Ich brachte ihr Kuchen mit, führte sie sogar zweimal zum Essen aus, wobei ihre schlimmen Beine das Ganze zu einer fürchterlichen Strapaze ausarten ließen. Ich wollte daran glauben, dass ich es um ihretwillen tat, und wusste doch, dass alles wegen mir geschah.
»Tubor«, sagte sie einmal, als wir wieder mal bei Kaffee und Kuchen saßen und an ihrem Spiel herumbastelten, »ich bin eine alte, einsame Spionin und ich hatte mich längst damit abgefunden, als alte, einsame Spionin zu sterben. Du musst das nicht machen, wenn du nicht willst.«
Aber ich wollte. Es nahm mir die einsamen Abende allein in meinem Verschlag, das dumpfe, verzweifelte Pochern der Musik durch die Wand, an der mein Bett stand. Es nahm mir

die Erinnerung an Nuala und Sara und es brachte Spaß in die dröge Routine aus MUSIC-Zahlenkolonnen, NEAR-Fahren, Portwein-Trinken und billigen, üblen Fernsehserien.

Ja, es brachte tatsächlich Spaß. Ich hatte meine Begeisterung für das Hyperreality-Spiel entdeckt. Hyperreality, so nannten wir es. Ich hatte keine Ahnung vom Programmieren, aber ich hatte Fantasie. Ich entwarf Szenarien, Aufgaben, Persönlichkeiten. Wenn ich spätabends nach Hause fuhr – wenn überhaupt, manchmal streckte ich mich auch unter einer Wolldecke auf Chris' Sofa aus –, legte sie erst richtig los. Sie schlief praktisch nicht. Sie nutzte die acht, zehn Stunden meiner Abwesenheit, um das zu programmieren, was wir am Abend vorher ausgesponnen hatten.

Einmal erfanden wir einen Gangster, einen gefährlichen, kalten, unberechenbaren Killer in der Hülle eines gutmütigen, kinderlieben Onkels. Wir gaben ihm das Äußere und die Stimme eines ehemaligen Bundeskanzlers, den wir aus allerlei Archivbildern und alten Fernsehausschnitten zusammenbastelten. Als ich am nächsten Tag von der Arbeit kam, hatte Chris die Figur fast fertig.

Ich machte einen Probelauf. Der Dicke tauchte plötzlich hinter einer Häuserecke auf und versperrte mir den Weg. Langsam zog er eine großkalibrige Waffe.

»Ich bin der Meinung, mein Freund«, blubberte er mich an, »und das habe ich schon des Öfteren und gerade auch vor meinen Freunden und Gesinnungsgenossen wiederholt, dass Ihr Weg, wo immer er auch hinführen sollte, zwischen diesen beiden steinernen und, darauf möchte ich besonders und vor allem hinweisen, stummen Zeugen in diesem historischen Moment ein jähes und unwiderrufliches Ende finden wird.«

Dann schoss er. Allerdings schoss er genauso langsam, wie er redete. Das gab jedem Spieler die faire Chance, ihm zu entkommen.

Wenn wir keine neuen Figuren kreierten, arbeiteten wir daran, das DaZe zu imitieren. Ein Großteil des Spieles, das Finale, sollte im DaZe stattfinden, Auge in Auge mit dem Großrechner, so hatte sich Chris die Sache überlegt. Sie konnte ohne Probleme die Baupläne aus geheimen Archiven abrufen, aber es gab doch immer wieder Details, die in den Plänen nicht verzeichnet waren und die ich für sie herausfand.

»Du musst mal wieder ein wenig für mich spionieren«, sagte sie dann und schrieb mir auf, was sie wissen wollte. Mal war es ein Sicherungskasten, von dem sie wissen wollte, welche Schaltkreise er bediente, dann die Farbe eines Fußbodenbelags oder die Belegungssituation eines Monitorsaales. Einmal grub sie aus dem Rechner die aktuellen Kantinendaten aus, was uns ermöglichte, jeweils das auf unserer virtuellen Speisekarte stehen zu haben, was es tatsächlich an diesem Tag im DaZe zu essen gab.

Und ich lief Testrunden. Wanderte manchmal während meiner Arbeitszeit durch das DaZe, zumindest im für mich zugänglichen Bereich, notierte mir die Besonderheiten, unternahm dann am Abend dieselben Spaziergänge mit dem VR-Helm auf dem Kopf und sah nach, ob alles genauso funktionierte.

Über MUSIC sprachen wir nur noch selten, es blieb einfach keine Zeit. Erinnert wurde ich immer nur dann daran, wenn Chris sich sofort nach meinem Eintreffen in den DaZe-Rechner hineinschmuggelte, um dort die Daten meiner

NEAR-Fahrt zu löschen. Sie tat das jedes Mal bei meiner Ankunft und wenn ich wieder von ihr wegfuhr.
»Niemand braucht zu wissen, dass du dauernd hier bei mir rumhängst«, sagte sie. »Wenn dieses Programm das spitz bekommt, wirft es dich als absonderlich aus – schon wegen des Altersunterschiedes. Und das muss nicht sein.«
Sie konnte übrigens, das hatte sie mir längst gebeichtet, auch ihre eigenen Personendaten manipulieren. Sie dichtete sich Konsum an, den sie nicht hatte, und ließ sich mit dem NEAR in der Gegend herumfahren. Sie machte sich durchschnittlicher und konsumjünger, als sie war. Und deswegen, so sagte sie, hatte der Computer sie ausgespuckt, als ich mit ihm auf Frauensuche gegangen war. Sie hatte zufällig ein Persönlichkeitsbild von sich generiert, das meiner Traumfrau entsprach.
Manchmal dachte ich an Lydia Brock, meiner, falls nicht auch manipulierten, wirklichen Traumfrau. Sie hatte versprochen, sich wieder zu melden, aber lange Zeit hörte ich nichts mehr von ihr. Dann fand ich eine Nachricht, als ich einmal spätabends von Chris heimkam.

Hallo Tubor, Sie waren nicht da!
Ich habe Sie noch nicht vergessen, ich denke noch an Hawaii.
Nur habe ich im Moment nie Zeit. Aber ich denke noch dran.
Lydia Brock

Es war eine schöne Nachricht und ich genoss sie für ein paar Stunden. Ich entnahm daraus, dass sie sich wieder melden würde, sobald sie mehr Zeit hätte. Auch ich hatte ja im Moment wenig Zeit, das passte gut.

Etwa eine Woche nach dieser Nachricht fand ich eine andere Notiz auf dem PT, als ich spätabends heimkam. Sie sollte mein Leben ändern und das Leben vieler anderer Menschen, auch wenn ich das damals noch nicht wusste. Sie stammte von Sara aus München und war mit Videospeicherung hinterlegt worden. Ich sah Saras Gesicht, aufgelöst in Verzweiflung.
»Tubor, bitte, bitte, wo steckst du? Ruf mich an, ja? Bitte!«
Es war drei Uhr nachts und ich entschloss mich, sie nicht zu wecken. Am nächsten Morgen fiel mir die Sache erst wieder ein, als ich schon auf dem Weg zur Arbeit war. Ich dachte den ganzen Tag daran, hatte aber mit Chris ausgemacht, direkt zu ihr zu kommen. Von Chris aus wollte ich nicht anrufen, ich hatte den Eindruck, was immer es war, Chris müsste es nicht wissen. Deswegen kam ich erst rund einen Tag später, am nächsten Abend kurz nach elf, dazu, Sara anzuwählen.
Saras Gesicht tauchte auf, sie sah noch immer verheult aus.
»Tubor, endlich«, sagte sie. »Jens ist tot. Er hat sich das Leben genommen. Vor vierzehn Tagen schon. Aber sie haben ihn jetzt erst gefunden.« Sie konnte nicht weiterreden, brach zusammen und schluchzte nur noch. Dann schaltete sie den Videokontakt ab.
»Ich will nicht, dass du mich so siehst, Tubor«, sagte sie nach einer Weile. »Ich komme zu dir. Ich muss dorthin und weiß nicht, wo ich sonst bleiben soll. Ist das in Ordnung?«
»Ja, wird schon gehen. Komm erst mal her«, sagte ich. Wohl war mir nicht dabei. Sie wollte schon am nächsten Tag bei mir sein. Ich nahm drei Tage Urlaub, hatte sowieso immer zu viel davon. Was macht ein Single mit fünfunddreißig Tagen Urlaub?

Sie setzte sich still auf mein Sofa, sah mich mit seltsam leeren Augen an.
»Ein Arzt hat mir für die Zugfahrt einen Tranqui gegeben«, sagte sie leise und langsam.
»Gut, schlaf dich erst mal aus.«
»Ich muss ihn nicht anschauen, hat mir der Mann vom Beerdigungsinstitut gesagt. Er sieht nicht mehr schön aus, hat er gesagt. Glaubst du, dass es Leichen gibt, die schön aussehen?«
»Willst du was essen?«
»In der Wohnung liegt ein Brief für mich, hat die Polizei gesagt, ein Abschiedsbrief. Sie haben ihn mir schon vorgelesen. Ich bekomme ihn morgen.«
Ich schob ihr ein Glas Saft hin, sie trank es in einem Zug. Dann drückte ich sie, wie sie war, aufs Sofa zurück und deckte sie ein bisschen zu. Sie schlief sofort ein. Ich vermute, sie hatte mehr als nur einen von diesen Tranquis genommen.
Am nächsten Morgen war sie einigermaßen bei sich. Sie hatte einen frühen Termin mit der Polizei vereinbart, die Wohnung war offiziell geöffnet und danach versiegelt worden. Es lief alles sehr förmlich. Wir trafen uns vor dem Haus mit einem Vertreter der Polizei und der Wohnungsvermietungsgesellschaft. Sara musste unterschreiben, dass die Wohnungsöffnung in Ordnung war, dass nichts fehlte und so weiter. Als der Papierkram erledigt war, gingen die beiden. Wir hörten die Tür ins Schloss fallen und waren plötzlich allein in dem toten Haus. Ich spürte die Panik über Sara kommen, nahm sie, führte sie raus auf die Terrasse. Die Gartenmöbel standen noch da. Ich rückte zwei Stühle hin. Seit sie da war, hatten wir noch keine fünf Sätze miteinander geredet.

»Was ist passiert?«
»Es ist alles meine Schuld«, fing sie an.
Ich widersprach sofort. Für mich ist es nie die Schuld eines anderen, wenn jemand sich entscheidet, aus dem Leben zu gehen.
»Aber er war krank«, sagte sie. »Er war völlig überarbeitet, konnte nicht mehr schlafen. Wir haben zweimal telefoniert in der Zeit. Er hat mich so angebettelt zurückzukommen. Er hat das leere Haus nicht vertragen.«
»Du auch nicht!«, warf ich ein.
»Was?«
»Du auch nicht! Du warst doch hier auch dauernd alleine mit den Kindern, deswegen bist du doch weg – hast du das vergessen?«
Sie schüttelte den Kopf. »Ich bin schuld!«, sagte sie wieder.
Es gab da nicht viel zu trösten oder zu erklären. Vielleicht gab es für sie im Moment keine andere Möglichkeit, es zu sehen. Ich nahm ihre Hand, Trost braucht keine Rechtfertigung.
Nach einer Weile stand sie auf.
»Ich hole jetzt den Brief«, sagte sie.
Er hatte irgendeine Art von Gift genommen, anscheinend hatte er den Brief geschrieben, als das Mittel schon wirkte, die letzten Worte waren fast nicht mehr zu lesen.

Ich gehe freiwillig aus dem Leben. Ich habe meine Kinder, meine Frau und meine Arbeit verloren, es hält mich nichts mehr. Ich bin zu alt für einen neuen Anfang. Ich habe Angst. Sara, Rem, Leona Sara Sara

Sara las die Zeilen immer wieder, bis ich ihr den Zettel wegnahm und ihn zurück ins Kuvert steckte.
»Wusstest du das?«
»Sie haben ihn mir schon vorgelesen!«
»Vorher meine ich, das mit der Arbeit?«
Sie hatte es nicht gewusst. Jens war ein Idiot. Sara geht, weil sie neben seiner Arbeit keinen Platz mehr hat, er verliert die Arbeit und bringt sich um. Er war wirklich ein Idiot, aber was nützte das jetzt noch? Ich fragte mich, ob er schon tot war, als ich versucht hatte, ihn zu erreichen.
»Was wird jetzt?«, fragte sie. »Was wird mit der Wohnung, was muss ich machen? Hilfst du mir?«
»Lass uns heimgehen«, sagte ich, »heute schaffen wir eh nichts. Ich habe drei Tage frei genommen. Sind deine Kinder versorgt?«
Sie nickte. Wir waren mit dem NEAR gekommen, der Wagen stand in der Garage, aber Sara wollte ihn nicht anrühren, sie wollte laufen.
Ich hatte das schon einmal gemacht, vor langer Zeit, war im Flughafengelände geschnappt worden. Wir würden außen herum müssen. Egal, sie wollte laufen.
Es war Nachmittag, als wir endlich bei mir ankamen. Sie hatte irgendwann angefangen zu reden, und dann redete und redete sie, über ihre Ehe, ihre Kinder, ihr Leben. Über Jens, wie sie sich kennen gelernt hatten, wie es vor den Kindern gewesen war.
Als wir in die Straße zu der Mall unter den Glaskuppeln einbogen, lachte sie das erste Mal ein wenig.
»Lass uns etwas essen gehen«, sagte sie, »ich bin hungrig.«
Wir nutzten die nächsten Tage, um einiges aus dem Haus in

das Auto zu packen. Größere Sachen markierte sie mit Aufklebern, eine Spedition würde sie abholen. Den Rest sollte ich verkaufen, verschenken, ihr war es egal.
Wir berührten uns nicht in diesen drei Tagen.
Dann standen wir in der Tiefgarage unter meinem Haus, der Wagen voll bepackt, Sara hatte gerade noch Platz hinter dem Steuer.
»Du bist sicher, du kannst die weite Strecke fahren?«, fragte ich.
»Ich bin sicher«, antwortete sie und: »Bis irgendwann!«
Dann war sie weg. Jens war ein Idiot, ich war auch einer. Warum ließ ich sie gehen? Warum ließ ich Nuala gehen? In dieser Stadt waren die Menschen wie müde Magnete, sie hatten keine Anziehungskraft mehr füreinander. Wenn einer wegrutschte, konnte der andere ihn nicht halten.
Als ich oben meine nummerierte dunkelblaue Tür aufsperrte, die vertraute tiefe Computerstimme mit der Uhrzeit, das dumpfe Pochen der Musik aus der Nachbarwohnung, wartete ein großes schwarzes Loch auf mich. Ich starrte hinein und dann sprang ich. Ich schrieb auf einen Zettel Worte:

magnete freundschaft gemeinschaft bündnis kameradschaft liebe geschwister eltern kinder kollegen bekanntschaft vereine bindungen verpflichtungen ehe verlobung müdigkeit weltabgewandtheit vereinsamung gesellschaft solidarität allianz freunde bekannte verwandte geliebte beziehung partnerschaft

Ich klebte den Zettel an einen Küchenschrank, aber er war zu klein. Ich nahm einen großen Bogen, einen schwarzen, dicken Filzer und schrieb alle Wörter noch einmal und ein paar, die mir noch dazu einfielen:

bedürfnis lust verlangen

Ich hängte ihn so auf, so dass ich die Worte von jeder Ecke meines schwarzen Loches aus lesen konnte, dann rief ich Lydia Brock an.
»Nein«, sagte sie, »heute auch nicht. Mir geht es nicht besonders. Kein Hawaii heute.«
»Vielleicht geht es dir besser mit Hawaii«, sagte ich, sagte du zu ihr, weil ich den großen Papierbogen mit den vielen Wörtern vor Augen hatte. »Vielleicht fehlt dir nur Hawaii.«
Sie schüttelte den Kopf.
»Nein, ein andermal vielleicht, danke Ihnen sehr.
Sie sagte ›Sie‹ zu mir, noch immer. Und sie wollte nicht wissen, woher ich ihren Namen wusste.

Ich rief Chris an.
»Du musst kommen«, sagte sie, »unbedingt. Es gibt Tolles zu sehen.«
»Gleich?«
»Gleich!«
Da war es wieder, das Leben. Und wenn es auch nur die Begeisterung für unser Spiel war, unser Projekt. Aber es schien mir wie Leben.
Chris hatte die Zeit genutzt, um das Spiel, wie sie es nannte, spielfertig zu machen. Ein Programm wird nie fertig, sagte sie immer, es kommt nur irgendwann in den Status, dass man es benutzen kann. Aber das ist der Anfang.

»Los, Tubor«, drängte sie, »guck's dir an. Das ganze DaZe ist fertig. Du kannst drin rumlaufen und Unsinn machen, wenn du willst!«

Aber mir war nicht nach Spielen. Ich erzählte ihr von Jens, erzählte ihr, warum ich die letzten paar Tage nicht bei ihr gewesen war.

Es erschreckte sie, sie nickte aufgeregt. Sie holte die Soziologie-Statistiken für Wohnwiesen auf den Schirm. Die jährliche Selbstmordrate bei Erwachsenen lag hier bei etwa 0,1 Prozent. Das klang nach wenig, bedeutete aber, dass von tausend Erwachsenen jedes Jahr einer sich umbrachte, dass in zehn Jahren von hundert einer sich umbrachte oder dass, auf einen Erwachsenen-Lebensabschnitt von fünfzig Jahren gesehen, die Chance, in dieser Stadt durch Selbstmord zu sterben, bei 1:20 lag.

»Ich könnte dir auf Anhieb zehn, zwanzig Leute sagen, mit denen ich mal zusammengearbeitet habe, die ihr Leben so beendet haben«, meinte Chris. »Übrigens alles Männer. Dies ist die Stadt der Männerselbstmorde. Die Frauen gehen, die Männer sterben – wie im Krieg. Es ist immer das Gleiche.«

Ich sah sie an, sie war aufgeregt, aufgewühlt. Dieser Selbstmord war ein Punkt, der sie nicht so kühl ließ wie alle anderen Sachen, die sie mir sonst erzählt hatte. Spionage, DDR-Zusammenbruch, Entlassung aus dem Job, das alles hatte sie emotionslos erzählt, cool, als sei es die Geschichte von jemand anderem. Jetzt aber war sie aufgelöst.

»Was ist mit dir, Chris?«, fragte ich. »Du kanntest Jens doch gar nicht, oder?«

Sie schüttelte den Kopf. »Jens nicht, nein. Aber Fred. Du weißt schon, der vom ersten Stock, Fotoladen. Später Foto-

kette in West-Berlin, dann die Pleite. Frau und Kinder. Ich habe dir erzählt, dass er gestorben ist – aber er hat sich aufgehängt. Und ein paar Jahre zuvor, in der Bank in Berlin; ich habe dir nicht von ihm erzählt. Er hieß Otto. Sie haben ihn eines Morgens im Winter aus der Spree gefischt. Alle dachten, es sei ein Unfall gewesen, aber ich fand Tage später seinen Abschiedsbrief in meinem Schreibtisch. Es ist wie im Krieg.«
Sie hatte offensichtlich viel über die Selbstmorde nachgedacht, ein Lebensthema.
»Es ist so, denke ich«, sagte sie. »Die Bequemlichkeit und das Misstrauen gegenüber der fremden Welt und anderen Menschen schaffen bei vielen – ich nehme mich da nicht aus, weiß Gott nicht – eine Tendenz, lieber alles in den eigenen vier Wänden und mit sich selbst ausmachen zu wollen. Das war, denke ich, immer so. Es gab wohl immer Menschen, die sich am liebsten verkrümelt hätten. Nur war es noch nie so einfach. Man musste arbeiten, einkaufen, in die Kirche gehen, quer durchs Dorf. Es gab täglich automatische Berührungspunkte mit der Welt. Diese schöne neue Welt heute, in der alles möglich und erreichbar ist, hat diese Automatismen durchbrochen. Man muss nicht mehr raus, man kann alles per Katalog bestellen und sich alles bringen lassen. Man muss nicht mehr telefonieren, man kann auch Mails hinterlassen. Man muss niemanden mehr sehen, man kann sich zu Hause amüsieren. Man muss sich nicht mehr streiten, man kann sich wegschalten. Man muss sich nicht mehr alleine langweilen, es gibt tausend Möglichkeiten, unters Volk zu gehen, ohne einen Fuß vor die Tür zu setzen. Das ist alles wunderbar und bequem, bis es zu irgendeiner Krise kommt,

Partner läuft weg, Arbeit wird gekündigt. Und plötzlich ist da dieser leere Raum in uns und um uns herum, dieses emotionale Vakuum, und im Krisenfall stürzt jeder hinein in dieses Vakuum.«
Sie zuckte die Schultern.
»Ich war da oft, mir macht es nichts aus. Ich kann leben in der Leere. Aber anderen macht es was aus. Sie stürzen eine Weile und warten auf Hilfe, und wenn die nicht kommt, machen sie Schluss – was ist los mit dir?«
Ich hatte plötzlich angefangen zu weinen, weiß die Hölle. Da monologisierte diese Frau, die so wirkte, als ob sie ihr ganzes Leben nichts gefühlt hatte, über emotionales Vakuum. Und Nuala kam plötzlich hoch, dieses Loch, das sie hinterlassen hatte, und Jens. Kein richtiger Freund, gut. Aber musste das so zu Ende gehen? Warum hatte der Idiot mich nicht angerufen? Drei Mails von mir waren auf seinem PT. Konnte er nicht anrufen und sagen: Tubor, ich bin einsam, lass uns ein Bier trinken gehen. Oder vorbeikommen und mir eins in die Fresse hauen, weil ich mit seiner Frau gepennt hab. Wäre immer noch eine bessere Lösung gewesen als das. Da vergiftet er sich und legt sich in die Wohnung, bis die Haut von den Knochen runterstinkt. Macht sich kaputt und Sara und die Kinder dazu.
Chris' Bildschirme flimmerten mich an. Das ist das einzige Lebenszucken unserer Gesellschaft, schoss es mir durch den Kopf. Alle hängen sie am Computertropf. Erfolg und Glück und Wichtigkeit tröpfeln flimmernd in die Augen, aber es sind nur Instant-Lösungen, sie tun kurz gut und dann lösen sie sich in nichts auf.
»Hör auf«, sagte Chris streng, »ich hasse Heulerei.«

»Schon vorbei«, sagte ich matt. »Zu wenig Schlaf die letzten Tage. Die Nerven flattern ein bisschen.«
»Komm her«, meinte sie. »Ich habe was für dich. Du bist genau in der richtigen Stimmung. Setz dich hier hin, zieh dir den Helm an, die Handschuhe. Deine Aufgabe – lege den Computer lahm. Den Computer, der die Schuld trägt an all diesem.«
Plötzlich finde ich mich in Chris' virtueller Wohnung wieder, Chris sitzt dort, wendet mir den Rücken zu, hackt in einem Computer rum – wie immer.
Eine dunkle, bedrohliche Stimme aus dem Off leitet das Spiel ein. »Ein Computer hat die Weltherrschaft übernommen. Von einem Datenzentrum aus regiert er die Menschheit, wacht über Wohl und Wehe seiner Untertanen und bestimmt ihr Schicksal. Wer sich widersetzt, wird an den Rand seiner Existenz gedrückt, bis er selber in den Abgrund springt. Der Kreis der Widersacher wird täglich kleiner. Nur eine Frau kämpft noch einen verzweifelten und einsamen Kampf gegen den Datengiganten. Zu ihr habe ich dich geführt.«
Da dreht Chris sich um, sieht mich an. Sie wirkt, größer, jünger, aufrechter als im richtigen Leben. Sie scheint die Macht einer Zauberin zu haben. Mit großen, stechenden Augen fixiert sie mich.
»Willkommen«, sagt sie mit hallender, befehlender Stimme. »Hier ist deine Aufgabe, mein Freund! Befreie diese Welt von der Macht des Computers! Und nun geh!«
Ich stehe auf, haste die steile Holztreppe hinunter, finde mich auf der Straße im Centerpunkt wieder. Es ist mir klar, dass ich ins DaZe muss, aber vorher sind noch einige Aufga-

ben zu lösen. Ich brauche eine neue Identität, brauche eine zu dieser Identität passende π-Karte. Dann mache ich den ersten Versuch, ins DaZe einzudringen, aber mit dieser Karte – ich heiße Vladimir Rebetzko, geboren 1984 in der Tschechoslowakei – ist kein Vorbeikommen am Eingangscomputer. Ich muss zurück in die Stadt, muss herausfinden, wer mir helfen kann. Ich hatte an Chris gedacht, aber als ich zu ihrem Haus zurückkomme, ist es verschwunden. Über dem Fotoladen fehlt ein Stockwerk. Ich irre durch die Stadt, auf der Suche nach einem Hinweis. Endlich kommt mir die Idee, in den Fotoladen zu gehen und nach Chris zu fragen. Ein älterer Herr bedient mich. Er schwätzt mir eine Digitalkamera auf; ich frage nach Chris, aber er kennt keine Chris. Wieder irre ich herum, bis ich endlich auf die Idee komme, die Kamera zu benutzen. Ich merke, dass bereits ein Bild gespeichert ist. Es ist Onkel Ro. Das ist es, Ro!
Ich buche einen Flug nach München, gehe zu Ro. Er sitzt inmitten seiner Rechner. »Ich heiße nicht Ro«, sagt er, »mein Name ist Pi und wer sind Sie?« Ich lege ihm meine Karte hin, Vladimir Rebetzko. »Sind Sie endlich gekommen«, sagt er.
Mit seiner Hilfe gelingt es mir, einen Job im DaZe zu bekommen und mit meiner π-Karte freien Zugang zu etlichen Abteilungen zu erreichen. Befreien Sie die Welt von der Macht des Computers! Ich habe keine Ahnung, wie man einen Computer lahm legt, ich muss Menschen fragen, muss mir Mitkämpfer suchen. Es ist eine schwierige und lange Suche, bis ich endlich einen Plan in Händen halte. Es gibt eine Möglichkeit! MUSIC arbeitet mit sich ständig ändernden Daten, es ist daher schwierig, aktuelle Datensicherungen durch-

zuführen. Man muss den Rechner also in eine Notsituation bringen, in der er versucht, alle Daten zu sichern, und ihm dann im richtigen Moment den Saft abdrehen. Wenn das gelingt, verliert er alle Daten. Da MUSIC nur aufgrund der Vielzahl der Daten funktioniert, ist das Programm bei Datenverlust auf den Punkt Null zurückgesetzt. Für Jahre würde nichts mehr funktionieren.

Wieder brauche ich Helfer. Jemand muss die Notsituation herstellen, in der er anfängt, alle Daten zu sichern. Und dann die Stromversorgung. Bei Netzausfall greift das System sofort auf ein Dieselaggregat zurück, das automatisch gestartet wird. Ein paar Minuten werden von Batterien überbrückt, die ihren Strom aber zugleich zum Starten des Diesels spenden müssen. Springt der Diesel nicht an, so kommt es zu einer kritischen Situation, in der der Computer entscheiden muss, wie lange die Startversuche weitergeführt werden sollen. Als letzte Rettung startet mit einer kleinen Sprengdruckladung ein Ionengenerator, der zumindest sicherstellt, dass die Datensicherung abgeschlossen werden kann.

Zweimal gelingt es mir, das System bis zum Starten des Diesels zu bringen, ist der aber erst am Laufen, dann ist immer genügend Zeit für meine Gegner, den provozierten Netzausfall zu beheben. Jedes Mal werde ich sofort verhaftet, muss das Spiel an der Stelle neu starten, bei der ich zum ersten Mal das Gelände des DaZe betreten habe.

Es gelingt mir schließlich, mich bis zum Generator im Außengelände durchzuschlagen und dort die Hauptleitung der Dieseleinspritzung zu lockern. Beim dritten Versuch springt der Diesel nicht mehr an. Einer meiner Mitsaboteure programmiert den Rechner so, dass er immer und immer wieder versucht, den Diesel zu starten, und dadurch die Batterien extrem belastet. Beim vierten Versuch – ich stehe draußen neben dem Häuschen, in dem der Startermotor verzweifelt versucht, den Diesel zum Laufen zu bringen – denke ich, ich habe es geschafft; aber plötzlich knallt es hinter mir und mit dem Pfeifen einer Gasturbine setzt sich der Ionengenerator in Gang.

Also das Ganze noch mal. Diesmal schraube ich nicht nur die Dieselleitung ab, sondern entnehme auch die Starterkapsel im Ionengenerator. Endlich gelingt es. Der Diesel versucht zu starten, immer wieder orgelt der Anlassermotor, dann das rote Warnlicht am Ionengenerator, aber die Zündung bleibt aus – wie auch, ich habe die Sprengkapsel in der Tasche.

Dann wird es dunkel, alle Lichter im DaZe gehen aus, alle Systeme gehen auf Null zurück. Geschafft, denke ich, aber das Spiel geht noch weiter. Plötzlich tauchen Männer mit Taschenlampen auf, stellen mich. Natürlich, ich Trottel. Ich war neben den Generatoren stehen geblieben, um zuschauen zu können, was passiert. Aber ich muss meine Haut retten. Sie werden es sich nicht gefallen lassen, abgeschaltet zu werden.

Ich unterbreche das Spiel und fange noch mal beim DaZe-Tor an. Diesmal bereite ich alles besser vor, schleiche mich unbemerkt durch ein Nottreppenhaus zu den Generatoren, löse die Einspritzleitung, entnehme die Sprengkapsel und kehre zu meiner Arbeit zurück. Die ganze Notsituation, den Netzausfall, alles, was man vom Rechner aus steuern kann, legen wir nun auf den Abend. Punkt neun sollen die Mecha-

nismen greifen, spätestens eine Minute später wird der Rechner den ersten Versuch machen, den Diesel zu starten, spätestens drei, vier Minuten später wird auch der Startversuch des Ionengenerators erfolglos sein und die Versorgung zusammenbrechen.
Als alles vorbereitet ist, gehe ich nach Hause in meine Wohnung und warte ab. Die Sache verläuft eher unspektakulär. Um sechs Minuten nach neun geht plötzlich das Licht aus. Kein PT lässt sich mehr anschalten; als ich zum Fenster herausschaue, ist alles dunkel, selbst die gepunkteten Lichterketten der Flughafenbeleuchtung, die sonst die ganze Nacht durch brennen.
Jetzt noch zurück zu Chris. Kein Aufzug funktioniert mehr, keine Kabine ist mehr im NEAR unterwegs. Ich breche ein Auto auf, das darf man, wenn man VR-Terrorist ist, und fahre damit durch die bitterschwarze Nacht in den Centerpunkt. Vereinzelt kommen mir Wagen entgegen, kleine Lichtblitze in einer ansonsten völlig dunklen Welt.
Der Fotoladen hat inzwischen wieder seinen dritten Stock. Chris sitzt in ihrem Stuhl, wieder gealtert. »Sie haben es geschafft«, sagt sie müde. »Sie haben die Welt von der Macht des Rechners befreit. Wollen wir abwarten, ob es ein Segen oder ein Fluch für die Menschheit sein wird!«
Dann werden die Bildschirme in der VR-Brille dunkel und wie ein Menetekel tauchen die rot geschriebenen Worte GAME OVER vor mir im Raum auf.
Ich setzte den Helm ab, zog die Handschuhe aus. Hinter mir eine erwartungsvolle, echte Chris. Aufgeregt, ängstlich fast wie ein Schulmädchen, erwartete sie mein Urteil über das, was sie wieder auf dem Computer gezaubert hatte.

»Toll«, sagte ich, »es ist wirklich toll und aufregend, fühlt sich an wie echt.«
Sie strahlte.
»Das Ende...«, sagte ich. »... das Ende ist vielleicht ein bisschen enttäuschend. Man erwartet irgendetwas Großartiges, eine aufblühende Welt oder so. Befreit vom jahrelangen Joch des Elektronengehirns, irgend so etwas.«
Sie sah mich ernst an. »Weißt denn du, was danach kommt? Hast du irgendwelche Garantien für eine aufblühende Welt?«
Ich war erschöpft, es war fünf Uhr morgens vorbei, draußen wurde es schon hell.
»Ich werde heimgehen«, sagte ich und sah zum Fenster raus, wo gerade aus einer NEAR-Station die ersten Verkäuferinnen in die Geschäfte des Centerpunkts strömten. »Es ist plötzlich merkwürdig, dass dies alles noch funktioniert.«
»Denk drüber nach«, sagte sie und gab mir die Hand.
»Worüber?«
»Über das Spiel. Und darüber, ob es richtig ist, dass alles funktioniert!«
Aber ich war viel zu müde zum Nachdenken. Noch in der Kabine des NEAR schlief ich ein, kein Pfeifen und keine Enge störte mich und erst das hartnäckige »Wohnwiesen West-2, Sie hatten diesen Haltepunkt gewählt. Bitte verlassen Sie die Kabine oder programmieren Sie ihre Weiterfahrt!« weckte mich aus meinem Tiefschlaf.
»Es ist sechs Uhr und zwei Minuten«, sagte die tiefe Computerstimme, als ich mein Apartment betrat, »guten Morgen, Tubor!«
»Halt's Maul, du Arsch«, antwortete ich müde. Dann legte

ich mich, angezogen wie ich war, auf mein Bett. Durch die Wand drang dumpf und gleichmäßig das Basspochen der Musik aus der Nachbarwohnung. Plötzlich kam es mir vor wie das Geräusch einer Herz-Lungen-Maschine, die dort hinter der Wand jemanden am Leben hielt, der eigentlich längst tot war.

Auch ich würde sterben, das war mir mit einem Mal bewusst. Sterben wie Jens. Jens' Selbstmord – er war es, der alles in Gang gesetzt hatte. Aber noch ging es nicht um die Frage des Sterbens, es ging nur darum, was man in der Zeit bis dahin tat. Manche nannten es Leben.

Plötzlich spürte ich die Sprengkapsel in meiner Hand, die Sprengkapsel aus dem Ionengenerator, die lebensnotwendige Kapsel aus dem lebenswichtigen Ionengenerator, ich spürte sie wie wirklich in meiner Hand.

Wunderte mich über die zweite Wirklichkeit, die Parallelwirklichkeit meiner Phantasie zur virtuellen Wirklichkeit des Rechners; doch neben den Spielereien und meinen Phantastereien darüber gab es noch eine dritte Wirklichkeit. Die wirkliche. Die, die mich Tag für Tag umgab. Ich erkannte sie plötzlich und erschrak darüber.

Mit dem Gefühl der Zündkapsel in der Hand schlief ich ein, einen langen, unruhigen Schlaf hindurch brannte sie sich in die Innenfläche meiner rechten Hand, und als ich wieder erwachte, war ich gezeichnet. War zu dem geworden, der ich heute bin, der ich nie sein wollte. Ich stand auf und war überzeugt, die Zeit zwischen dem Jetzt und meinem Tod hätte einen Sinn. Ich spürte diesen Auftrag, stand auf und lebte nur noch, um ihn zu erfüllen.

Verstehen Sie, François? Nicht Chris hat mich getrieben, nicht mal ihr Spiel, das so eindeutig war. Jens war es. Sein Tod. Wenn Jens so sterben konnte, dann auch ich, dann alle. Und das glaubte ich plötzlich verhindern zu müssen. Und ich war sicher, ich könnte es auch.

SIEBTER TAG

Es lässt mir nachts keine Ruhe, dass ich womöglich irgendjemanden mit hineinreite. Sie werden sehen, François, dass ich alleine es war. Ich und Chris, aber die hat sich ja nun verabschiedet. Lassen Sie Onkel Ro in Ruhe. Er hat seinen Teil längst abgebüßt, das weiß ich. Diese drei Monate Untersuchungshaft ohne seine Computer haben ihn zehn Jahre altern lassen. Hätten die ihm doch seine Rechner gegeben, er hätte gar nicht gemerkt, dass er in einer Zelle ist.
Er wusste wirklich nie, was wir vorhaben. Und Ferber, na, ich brauche Ihnen nicht zu erklären, dass Ferber Opfer war, nicht Täter. Der Mann bietet sich an, Opfer zu sein. Und Brein. Ich denke immer noch, Sie haben Brein in Verdacht. Aber er kann nichts dafür. Er stand MUSIC immer kritisch gegenüber, zugegeben. Aber er hat nichts weiter gemacht, als mir ein paar Informationen zu geben. Und auch das nur am Anfang. Später hatte ich eher den Eindruck, er stünde auf der anderen Seite, vor allem nach seinem merkwürdigen Auftreten in Chris' Wohnung am Schluss.
Aber ich erzähle Ihnen zunächst, wie es an dem Morgen weiterging. An dem Morgen, als ich das erste Mal mit einer fremden π-Karte das DaZe betrat.

Brein sah mich an. Ein prüfender Blick durch mich hindurch, wie in einem Röntgenschirm. Ich bin nie schlau aus

Brein geworden. Er schien auf unserer Seite und doch treuer Vasall der anderen zu sein. Sah er die zweite π-Karte in meiner Tasche? Ferdinand Ferber, geboren 1971 in Straßburg, π-Nummer 06061704710056. Ich dachte an Breins Hass auf Ferber, er würde sich totlachen, wenn er wüsste, dass wir ausgerechnet Null-Sechs-Null-Sechs als Sündenbock auserkoren hatten.

»Du musst mit Gegnern im DaZe rechnen«, hatte Chris mir jedoch eingeschärft, »traue niemandem, suche keine Gefährten innerhalb der Anlage, ich kann alles von außen einrichten. Und denk daran«, hatte sie gesagt, »diesmal ist es kein Spiel, es gibt kein REDO FROM START. If it's OVER, it's OVER.«

Vierzehn Tage Warterei, bis wir die gefälschte π-Karte von Ferber in Händen hielten, vierzehn Tage Angst vor dem eigenen Mut und ab und zu Zweifel. Nur Chris war sich sicher.

»Wo hast du die Karte her?«, hatte ich sie gefragt. »Wer schafft es, so was nachzumachen, wo alle Welt sagt, sie wäre absolut und hundertprozentig fälschungssicher?«

»Du kennst ihn«, hatte sie geantwortet, »darum frage besser nicht.«

Ich hatte Ro unterschätzt. Ich hatte ihn immer nur für einen Verrückten gehalten, wohl nie für das, was er wirklich war.

Ich hatte Angst. Eine große Angst, die ständig auf mir saß wie ein großer, dunkler Hut, den ich nicht abnehmen konnte, und dazu viele kleine Schübe von Angst und Adrenalin bei jedem Schritt, mit dem ich tiefer in unseren Plan eindrang.

Da war der Moment, als ich das erste Mal Ferbers Karte aus-

probierte, vorne am Haupttor. Im Strom der Menschen schob ich die gefälschte Karte durch den Identifier, lief auf das Drehkreuz zu, es war entriegelt. Kein Alarm, keine Sirenen, keine Wachleute. Das Kreuz war einfach offen.
»Was ist, wenn Ferber auch noch kommt?«, hatte ich Chris gefragt.
Sie: »Das ist geregelt.«
»Was ist, wenn ich mich mit seiner Stimme identifizieren muss?«
»Nimm einfach deine Stimme.«
»Was soll ich tun, wenn sie die Karte einziehen?«
Es gab einige Fragen, auf die auch Chris keine Antwort hatte.
Restrisiko, kurze Momente panischer Angst.
Einmal, als ich versuchsweise mit Ferbers Karte in unseren Raum wollte. »Kein Zugang«, erklärte die Stimme über der Tür, »lassen Sie Ihre Berechtigungen kontrollieren.« Ich zog die Karte aus dem Schlitz, ging weg von der Tür, wartete eine Minute und trat dann mit meiner eigenen ein.
Drinnen saßen die Kollegen, keiner hatte ein Spiel auf dem Schirm, alle waren in Alarmbereitschaft.
»Ist dir Ferber begegnet?«, fragte mich Brein. »Der muss doch grad an der Tür gewesen sein.«
Ich schüttelte den Kopf, unfähig, ein Wort zu sagen. Und Brein bekam wieder diesen Blick durch mich durch, als wüsste er längst alles.
Ich saß bei Chris, voller Angst. Ich verstand es nicht. »Warum gibt der Rechner keinen Alarm, wenn zwei identische Ferber im DaZe an zwei verschiedenen Punkten sind?«
»Weil er dumm ist«, beruhigte mich Chris. »Weil es eben nur

ein dummer Rechner ist und kein logisch denkender Mensch. Ich habe ihm einprogrammiert, dass es von Ferdinand Ferber ein identisches Doppel gibt, dass es also nichts Besonderes ist, wenn ein und derselbe Ferber an zwei Punkten zugleich auftaucht. Und er hat es geschluckt. Danke, das kapier ich, hat er gesagt. Es ist für Rechner kein Problem, etwas zu kapieren, was nicht sein kann, verstehst du?«
Es gab ein Nottreppenhaus, durch das ich gehen musste. Nur so kam ich ungesehen auf das Freigelände zwischen die Generatoren. Ich kannte den Weg aus der virtuellen Wirklichkeit. Aber als ich die Feuerschutztür zu den Treppen öffnete, lag dort auf jeder Stufe gleichmäßig Staub. Nicht mehr geputzt, nicht mehr betreten seit Jahren. Man würde meine Schuhabdrücke erkennen und identifizieren. Es gab keinen verdammten Staub in der virtuellen Wirklichkeit. Ich tat keinen Schritt hinein, stand wie versteinert vor der ersten Stufe, dann drehte ich um.
»Ich komm da nie durch«, erzählte ich Chris am Abend, »es wäre, als würde ich meine Fingerabdrücke hinterlassen.«
Wir dachten über Alternativen nach. Andere Schuhe und die dann vernichten. Oder drei kleine Korken unter jedem Schuh befestigen, so dass nur undeutbare Punkte blieben. Chris löste es schließlich auf ihre Weise – von ihrem Sessel aus, auf dem Bildschirm. Sie loggte sich in den Arbeitsplan der DaZe-Putzfirma ein und schmuggelte einen Reinigungsauftrag für das Nottreppenhaus in den Wochenplan.
Als ich in der Woche darauf wieder die Tür öffnete, schlug mir der scharfe Zitronengeruch von Putzmitteln entgegen. Die Stufen waren sorgfältig gekehrt und gewischt. Vorsichtig ging ich runter, zog den Splint aus der Verriegelung und öff-

nete den Notausgang. Eigentlich hätte das einen sofortigen Alarm in der Zentrale auslösen müssen. Für eine Weile blieb ich stehen. Hätte das Öffnen der Tür tatsächlich einen Alarm ausgelöst, so wäre eine Minute später ein Wachmann hier. Ich würde mich bleich an eine Wand lehnen und so tun, als sei mir schlecht und ich hätte die frische Luft nur mit Mühe erreicht. Aber es kam kein Wachmann. Per Eingriff in das Steuerungssystem der Gebäudeüberwachung, so hatte Chris behauptet, ließ sich der Alarm für diese Tür abstellen – und es hatte offensichtlich geklappt.
Zum ersten Mal in diesem wirklichen Spiel erreichte ich das Freigelände zwischen den Generatoren, den echten Generatoren.
Ich hatte mit Chris vereinbart, zunächst nur mal runterzugehen. Bevor ich die Einspritzleitung lösen und die Kapsel entnehmen konnte, musste Chris noch ein paar Sicherungen überlisten und die Steuerlogik des Dieselstarters beeinflussen. Also trat ich nur ein paar Schritte raus auf die sauber gemähte Wiese und sah mich um. Links lag das Häuschen mit dem Generator, den man alle paar Wochen bei einem Testlauf brummen hörte. Weiter hinten stand ein quaderförmiger Betonklotz mit einer riesigen, silbrig glänzenden Abgasöffnung nach schräg oben. Das war der Ionengenerator, eine Art Gasturbine. Nur ein kleines Türchen führte in den Quader und hinter diesem Türchen lag die Starterkapsel, die ich entnehmen musste.
Alles war ruhig rundherum. Es gab in den umliegenden Gebäuden keine Fenster zu diesem Bereich des Freigeländes, nur die Lichtbänder der Nottreppenhäuser. Nur von dort aus könnte mich jemand beobachten, aber diese Nottreppen-

häuser wurden normalerweise nie betreten. Normalerweise – ein Restrisiko blieb. Wie viele Jahre Gefängnis würde ich bekommen für das, was ich gerade tat?

Hochgehen, an meinen Schreibtisch setzen, arbeiten, Chris vergessen, Jens vergessen, mich vergessen. Noch ließe sich alles abblasen.

Ich lief zurück, schloss den Notausgang wieder sorgfältig, steckte den Splint zurück an seinen Platz. Oben fragte mich Brein, wo ich gewesen sei.

Pinkeln, sagte ich, er schien damit zufrieden, auch wenn sein merkwürdiger Blick etwas anderes sagte.

Ich war abends oft bei Chris und selten daheim. Aber an diesem einen Abend, als ich tatsächlich zu Hause war, rief Lydia Brock an, als hätte sie es geahnt.

»Wissen Sie noch, wer ich bin?«, fragte sie und schickte dieses unschlagbare Lächeln auf meinen Schirm – ganz kurz nur, aber seit ihrem ersten Anruf gespeichert in meinem Hirn.

»Natürlich«, sagte ich, »Lydia – ich bin nur etwas überrascht, dass Sie wirklich anrufen!«

»Sie haben mich das letzte Mal geduzt«, sagte sie, »das fand ich schöner.«

»Nur wenn du mich zurückduzt!«

Sie nickte. »Du hattest versprochen, mir zu erklären, woher du meinen Namen wusstest.«

Als sie das fragte, hatte ich für einen Augenblick den Eindruck, jemand hätte sie auf mich angesetzt. Vielleicht waren Chris und ich schon in der Schusslinie, vielleicht flöge gleich die Tür auf und ein Dutzend schwer bewaffnete, mit schuss-

festen Westen und Gesichtsmasken gepanzerte Polizisten zerrten mich hier raus, während Lydia Brock dafür gesorgt hätte, dass ich mit dem Rücken zur Tür vor meinem PT saß. Ich drehte meinen Stuhl so, dass ich die Tür aus dem Augenwinkel im Blick hatte.
Unsinn. Das ging mir dauernd so in den letzten Tagen. Das war die Angst. Paranoia jedem gegenüber. Brein, Ferber, jeder Kollege, jetzt Lydia, jeder auf der Straße, der mich zu lange anguckte, schien mir verdächtig.
»Deinen Namen«, sagte ich schließlich zu Lydia, »es ist eigentlich ganz banal. Ich habe ihn aus einem Partnerprogramm. Ein Computer sagte, wir würden gut zusammenpassen – zufrieden?«
»Und?«, fragte sie.
»Was und?«
»Meinst du, wir passen gut zusammen?«
Es war das dritte Mal, dass ich sie auf meinem Schirm sah. Sie sah müde aus, hatte dunkle Ringe unter den Augen, schien traurig.
»Lass es uns ausprobieren«, sagte ich, »eine Woche Karibik und wir wissen Bescheid. Ersatzweise Essen auf hawaiianisch, von mir aus jetzt, es ist noch nicht mal zehn.«
Wieder schüttelte sie den Kopf. Traurig, todtraurig sagte sie: »Geht nicht! Es geht nicht, Tubor.«
»Warum nicht?«
Sie schüttelte wortlos den Kopf und es ging von ihrem Blick eine Macht aus, nicht mehr weiter zu fragen.
»Tubor«, sagte sie schließlich leise, »erzähl mir etwas, ja? Ich kann nicht schlafen.«
»Was soll ich dir erzählen? Was willst du denn hören? Wie

ich heute den ganzen Tag vor meinem Terminal gesessen habe? Oder wie ich vorhin den neuen Tatort-Krimi fand? Ich hab heute sicher auch nicht mehr erlebt als du. Es tut sich nichts Besonderes in so einem Leben.«
»Irgendwas, Tubor. Erzähl irgendwas. Ein Märchen vielleicht. Kennst du Märchen?«
Ich überlegte. Als Kind hatte ich viele Märchen auswendig gekannt. Wenn sie immer und immer wieder vom CD-Player erzählt werden, kennt jedes Kind sie irgendwann auswendig. Aber jetzt waren sie alle weg, wie nie gewesen. Und Mutter hatte keine Märchen erzählt. An Mutters Märchen könnte ich mich vielleicht noch erinnern, aber sie hatte nie welche erzählt. Warum wollte Lydia Märchen von mir hören? Warum wollte sie sich nicht mit mir treffen, aber rief mich an, um Märchen von mir zu hören? Was war los mit ihr?
»Alles in Ordnung?«, fragte ich. »Soll ich zu dir kommen, brauchst du jemanden?«
Sie schien kurz zu überlegen, dann aber schüttelte sie langsam abwehrend den Kopf. Tränen wollten kommen, sie schluckte, kämpfte, die Augen blieben trocken.
»Ich vertrage im Moment niemanden«, sagte sie langsam, »ist mir alles zu viel. Ich weiß, wie das läuft. Ich hab genug davon. Reicht es nicht, wenn ich dich manchmal anrufe?«
»Ist schon okay«, sagte ich, »also pass auf, Rapunzel. Irgend so eine Madame allein eingesperrt in einem Turm. Warum? Keine Ahnung mehr, vermutlich 'ne böse Schwiegermutter. Es gibt keine Treppe hoch. Was weiß ich, wie sie raufgekommen ist, mit dem Hubschrauber vielleicht. ›Rapunzel, Rapunzel, lass dein Haar herunter‹, ruft jedenfalls der Prinz, denn Rapunzel hat so lange Haare, dass sie bis ganz runter

zum Boden gehen. Wo der Prinz plötzlich herkommt – keine Ahnung. Und dann geht's wahrscheinlich gut aus. Diese CD-Märchen gingen immer irgendwie gut aus. Sie heiraten dann und sind glücklich und haben viele kleine Kinder.«
Als ich das mit den Kindern sagte, drückte sich doch eine Träne aus ihrem Auge, sie wischte sie schnell ab.
»Das war 'n Scheißmärchen!«, sagte sie, aber lachte sofort ein bisschen verschämt schon wieder ganz kurz dieses Lachen.
»Scheißmärchen!«, ich lieb das, wenn jemand sich traut, einfach mal aus der Rolle zu gehen. Vor allem bei Frauen. Da gehört doch was dazu, jemandem, den man fast nicht kennt, einfach so was zu sagen. Selbst wenn's im Spaß ist. Kinder können das, dann geht's meistens verloren im großen Durcheinander der Erwachsenen-Feigheiten. Und natürlich hatte sie Recht. Es war ein Scheißmärchen. Original vielleicht nicht, aber so, wie ich mich erinnert und es erzählt hatte.
»Meine Mutter hat auch immer Anfälle bei den Märchen gekriegt«, erzählte ich ihr, »nicht nur bei Rapunzel. Ich habe die immer und immer wieder gehört. Dreimal, viermal, fünfmal hintereinander. Ich glaube, da war irgendeine Schraube locker bei mir.«
»Quatsch, da war nichts locker. Kinder sind so. Warum sollst du anders gewesen sein? Ich war auch so.«
»Na ja«, sagte ich, gar nicht im Vorsatz, ihr diese verquere Geschichte zu erzählen, die dann kam, »also ich war schon wirklich etwas seltsam. Wir haben damals am Stadtrand von Fürstenfeld gelebt. Kleiner Garten, winziger Teich, meine Mutter hatte damals noch Lust, so was zu machen. Hinten im Gartenzaun war ein Törchen, wenn ich da raus bin, stand

ich direkt in den Feldern. Ich konnte rüberlaufen zu einem Dorf, es war nicht mal ein Kilometer bis zu den ersten Häusern. Dazwischen war auch meine Drachenwiese. Im Herbst hatte ich dort immer meine Drachen in der Luft. Und Mutter brauchte nur vom Wohnzimmer aus in den Himmel zu gucken. Wenn oben einer meiner Drachen stand, wusste sie, wo ich war. Abends bin ich oft mit dem Fahrrad rüber zu dem einen Hof – warte mal, Hürderhof hieß der –, da gab's kuhwarme Milch und frische Eier. Noch bevor ich in der Schule war, bin ich da schon alleine mit dem kleinen grünen Fahrrad rüber und hab Eier und Milch geholt.

Einmal, da war ich wohl so sieben rum, bin ich auch mal wieder rüber, wollte einfach ein bisschen in der Gegend rumfahren. Ich hatte gerade ein neues Fahrrad bekommen, ein rotes jetzt, mit Gangschaltung und eigentlich noch viel zu groß. Jedenfalls war ich noch sehr wackelig drauf. Auf dem Weg gab es so einen Schlenker um ein Steinmarterl herum, ein bisschen Kies, schräg eine Entwässerungsrinne, jedenfalls rutsch ich plötzlich und falle um, und zwar seitlich neben den Weg in den Graben, und weil ich vorher noch versucht hatte, das viel zu große Fahrrad irgendwie zu halten, geriet ich mit einem Bein in den Rahmen zwischen Sattel und Tretlager. Ich lag im Graben, die Beine verdreht und gefesselt vom eigenen Fahrrad, und konnte mich nicht mehr befreien. Es war nichts aufgeschürft, nichts gebrochen, ich lag nur einfach da wie gefesselt, zappelte eine Weile rum, bis ich endlich einsah, da kommst du nicht mehr raus, du kannst auch schreien, was du willst, du liegst jetzt einfach da und kannst nichts machen, bis halt jemand vorbeikommt und dich findet. Der Weg war gut befahren, spätestens um halb fünf wür-

den die Bauernjungen von der Arbeit kommen. Ich wusste, sterben würde ich nicht, also lehnte ich mich zurück an die Grabenschräge und wartete. Das Wasser drang langsam durch die Hose, kroch mir den Rücken rauf, aber es war Sommer, ich würde nicht mal erfrieren.«
Warum erzähle ich ihr das?, dachte ich plötzlich. Sie wollte ein Märchen hören und nicht eine Geschichte ohne Schluss, die nur mir etwas bedeutete, die niemand anders verstehen konnte.
»Gut«, sagte sie, »und wie geht's weiter?«
»Willst du's hören? Ich meine, es ist nichts Besonderes. Es ist nur einfach passiert.«
»Es ist schön«, nickte sie, »erzähl weiter, bitte.«
»Also – ich lag da und wurde langsam nass. Eine viertel, halbe Stunde vielleicht. Dann kam eine Amsel. Zuerst setzte sie sich auf das Marterl, beäugte mich von oben. Weißt du, wie Vögel einen angucken? Die machen das nicht gerade, sondern nur mit einem Auge und legen den Kopf dabei merkwürdig schräg. Also, so guckte sie mich an. Dann fing sie an zu zwitschern. Eine Amsel ist noch heute der einzige Vogel, den ich an seinem Gesang erkennen könnte, ich hab es nie vergessen, wie sie mich da angesungen hat. Ich bewegte mich ein bisschen, weil mir die Lage im Rücken ungemütlich wurde. Sie flog auf, flog eine Runde und landete wieder genau an derselben Stelle. Sang wieder. Ich lag ganz still und sah ihr in ihr gelbes Auge. Plötzlich ließ sie sich runterfallen, ein kurzer Flügelschwung und sie saß vorne auf meinem Fahrradrahmen. Sie sah mich noch eindringlicher an, sang aber nicht mehr.
Nach einer Weile fing ich an, leise mit ihr zu reden. ›Komm,

komm, komm‹, sagte ich, sie guckte, wurde unruhig, aber flog nicht weg. ›Komm her, meine Süße, keine Angst, komm ruhig her.‹ Und tatsächlich kam sie Millimeter für Millimeter näher. Sie war so neugierig, ängstlich und zutraulich zugleich. Viele Minuten, eine Ewigkeit lang, saß sie direkt vor mir, in Griffweite, und flog nicht weg.
Plötzlich hörte ich ein Stück den Weg runter einen Traktor, meine Amsel hörte ihn auch. Fahr woanders hin, dachte ich, aber er kam immer näher. Schließlich flog meine Amsel auf. Der Bauer auf dem Traktor sah mich dort liegen. ›Um Gottes willen, der Tubor, was ist mit dir?‹ Und er flocht meine verdrehten Beine aus dem Rahmen und befreite mich. Meine Amsel war weg.
Ich bin später immer wieder dorthin gefahren, hab mich neben das Marterl gesetzt, aber sie kam nie wieder. Einmal habe ich sogar mein Fahrrad in den Graben gelegt und meine Beine durch den Rahmen gestreckt, weil ich dachte, vielleicht war es die Art meines Liegens. Sie muss irgendwie gemerkt haben, dass ich hilflos und alleine war. Aber sie kam nie wieder.«
Ich schwieg. Plötzlich merkte ich, dass ich mich aus irgendeinem Grund für die Geschichte schämte. Zumindest dafür, dass ich sie erzählt hatte. Jahrelang hatte ich nicht mehr an die Sache gedacht. Ich sah zu meinem Bildschirm. Lydia war noch immer da. Sie sah mich still an und Tränen liefen ihr übers Gesicht.
»Ich weiß nicht, warum ich dir das erzählt habe«, sagte ich, »tut mir Leid. Es ist mir gerade wieder eingefallen.«
Sie sah mich eine Weile traurig an.
»Tubor, ich glaube, mein Kind stirbt«, sagte sie leise. »Mein

Robin ist im Krankenhaus und niemand weiß, was los ist.
Vielleicht stirbt er.«
Ich wollte noch etwas fragen, aber plötzlich sah ich ihre
Hand zum TY-Knopf gehen.

Thank You

sagte der Schirm.

Sie rief die nächsten Tage nicht mehr an. Sie war ein krankes
Kind ohne Mutter und eine Mutter mit einem kranken Kind.

Drei Tage lang hörte ich nichts mehr von Chris, so war es
abgemacht. Keine Verbindungen in der heißen Phase. Zu viel
schon hatte sie im System herummanipuliert. Es blieb immer
das Risiko, dass irgendjemand aufmerksam wurde, Aktionen
zurückverfolgte, uns eine Falle stellte. Dann, Mittwoch
Abend, war ihre Nachricht auf meinem Schirm.

Ich darf Sie herzlich für Donnerstag zu einem kleinem
Imbiss einladen. C.P.

Morgen also. Nur eine Nacht noch dazwischen. Natürlich
schlief ich nicht.
Es war mir klar, dass es kein kleiner Imbiss werden würde.
Auch kein Spaziergang, locker hin, Starterkapsel raus, locker
zurück. Ich hatte Angst und ich versuchte, mich zu beruhigen. Versuchte, mir den schlimmsten Fall vorzustellen. Den
schlimmsten Fall für mich. Sie würden mich erwischen, vorher. Versuchte Sabotage. Oder Sabotage ohne allzu·große

Folgen. Das könnte glimpflich abgehen. Ein paar Monate Knast. Einsamkeit wie gehabt und keine Anrufe mehr von Lydia Brock.
Oder es würde klappen. Der schlimmste Fall für die Welt. Oder ein Glück für sie. Die Macht des Computers gebrochen. Ein ziemliches Chaos, alles durcheinander. Sie würden aufräumen müssen. Sie würden erklären müssen. Beim Aufräumen ändert sich einiges, einiges wird weggeschmissen. Einiges taucht auf, von dem niemand wusste.
Und so bastelte ich mir meinen speziellen Folgenkatalog mit Glück für die Welt und Verzeihung für mich, den Auslöser. Unsinn, noch nie hatte die Welt jemandem verziehen, der sie ins Chaos gestürzt hatte, das war mir klar, aber ich blieb dabei. Irgendwas zum Festhalten, irgendwas, um es durch die Nacht zu schaffen.

»Du siehst blass aus heute Morgen«, sagte Brein. Da war es wieder. Dieses Gefühl, er wüsste Bescheid, er könnte in mich hineinsehen, er bespitzelte mich.
»Alles in Ordnung«, sagte ich, »bloß ein bisschen schlecht geschlafen.«
»Wen wundert's!«, meinte er. Auch komisch, die Antwort.
Gegen zehn ging ich los, alles überlegt und ausgemacht. Die Gleitanfangszeit war zu Ende, noch niemand auf dem Weg in die Kantine, die Wahrscheinlichkeit war am größten, um diese Zeit niemandem zu begegnen.
Ferbers Karte öffnete mir alle Türen, wie schon einige Male geübt. Im Nottreppenhaus roch es wieder scharf nach Putzmittel, also stand es noch immer auf dem wöchentlichen Putzplan. Langsam stieg ich runter.

Es war leichtsinnig von Chris, dachte ich, es nicht wieder aus dem Putzplan rauszunehmen. Irgendjemand würde sich wundern, warum er Woche für Woche ein Treppenhaus putzen musste, das nicht benutzt wurde. Vielleicht würde daraufhin jemand den Plan kontrollieren, nachforschen, woher die Anweisung kam, Probleme orten, Probleme weitergeben. Während ich Stockwerk für Stockwerk nach unten schlich, dämmerte mir die Erkenntnis, dass auch Chris Fehler machen konnte. Meine Angst wuchs. Dann zog ich den Splint, öffnete die Tür und trat auf die Wiese raus. Kein Zurück mehr.
»Du darfst nicht schleichen«, hatte Chris gesagt. »Falls von irgendwoher jemand guckt, muss er meinen, du hättest dort zu tun.« Also atmete ich tief durch, richtete mich auf.
Du bist ein Monteur, der nur mal kurz nach dem Diesel sehen muss, sagte ich mir ein paar Mal vor. Vielleicht hätte ich Schauspielunterricht nehmen sollen. Dann lief ich über den Rasen zielgerecht auf das Häuschen zu. Niemand schrie: »Halt, Hände hoch!«, niemand rief: »Was machen Sie da?«. Mit Ferbers Karte öffnete ich die Tür zu dem Häuschen, schlüpfte rein, zog die Tür bis auf einen Spalt wieder zu. Es gab keine Fenster hier drin. Ich musste Licht anmachen, um arbeiten zu können. Hoffte, sie hatten keine zentrale Lichtüberwachung.
Der Diesel sah anders aus als in Chris' Spiel. Vielleicht hatte sie einen alten Plan erwischt, als sie das Ganze visualisiert hatte, und sie hatten den Motor später mal ausgewechselt. Aber der flache Werkzeugschrank an der Wand mit den Schraubenschlüsseln hing, wo er hängen sollte.
Ich studierte eine Weile die Rohre, Kabel und Leitungen

an dem unbekannten Motor. Ich verstand nicht viel von so Dingen, aber nach einer Weile fand ich die Leitung, die zur Einspritzpumpe führte, das musste die Hauptleitung sein. Ich öffnete die Verschraubung mit dem Schlüssel, schob die Überwurfmutter ein Stück zurück und zog die Leitung ein paar Millimeter auseinander. Dieselöl tropfte auf den Boden.

Ich hatte eine Abweichung von Chris' Plan beschlossen – ohne sie zu fragen. Ich wollte alles so aussehen lassen, als sei es von alleine passiert. Eine Überwurfmutter kann sich durch Vibrationen öffnen, oder? Also nahm ich einen Lappen und wischte alle möglichen Fingerabdrücke von der Leitung und dem Schraubenschlüssel ab, hängte den Schlüssel sorgfältig wieder in den Schrank, wischte auch am Schrank, es dauerte seine Zeit.

Plötzlich begann es zu brummen. Ich konnte das Geräusch nicht orten, panikte für einen Augenblick, irgendetwas sei schief gelaufen und der riesige Diesel neben mir würde gleich starten. Dann hörte ich, dass es von außen kam. Ich machte das Licht aus, sah durch den Türspalt nach draußen. Auf einem knallroten Aufsitzmäher brummelte ein Gärtner heran, der die Wiese zwischen den Gebäuden mähen musste. Er fing außen am Rand an und arbeitete sich Runde um Runde an mein Häuschen heran. Zweimal, dreimal kam er an der Treppenhaustür vorbei. Wenn ihm auffiel, dass sie ein Stück offen stand, wenn er sie zudrückte, müsste ich um alle Gebäude herum zurück. Ich überlegte, ob ich beten sollte. Dann war er ganz nah vor meiner Tür, leise drückte ich sie ins Schloss, hatte mich vorher vergewissert, dass man sie von innen öffnen konnte. Das Brum-

men des Mähers kreise um mein Versteck, fünf, zehn, fünfzehn Minuten lang. Man würde mich vermissen oben im Büro und ich saß hier gefangen.
Endlich war er mit seiner Wiese fertig, das Brummen entfernte sich. Ich lugte aus dem Dieselgeneratorhäuschen, die Luft war rein, nur der Boden lag voll geschnittenem Gras. Die würden zurückkommen und es abrechen wollen, ich musste mich beeilen. Mit ein paar Schritten war ich am Ionengenerator, auch hier passte die Karte. Ich fand die Starterkapsel, drehte sie raus und legte sie unter ihren Platz auf den Boden. Auch Starterkapseln können sich von alleine lockern, vielleicht, wer weiß. Dann lief ich über den frisch geschnittenen Rasen zurück zu meiner Tür, versuchte, das Gras von meinen Schuhen zu entfernen, rannte die Treppe hoch.
»Warst du wieder Pinkeln?«, fragte Brein, und sah dabei auf meine Schuhe, an denen einzelne Hälmchen klebten.
»Nein«, log ich, »mir war nicht gut. Ich musste ein bisschen an die frische Luft.«
»Und, besser jetzt?«, fragte er.
Ich nickte. Euphorie stieg in mir auf. Ich hatte es geschafft.
»Hast auch wieder Farbe«, meinte Brein und klopfte mir auf die Schulter, grinste. Ich grinste zurück.
Und wenn er alles mitbekommen hat?, dachte ich. Wenn er alles mitbekommen und gut gefunden hat? Schließlich hatte ich es auch für ihn getan. Nicht nur für mich. Für Chris, für Brein, für Lydia, für jeden, der hier saß, der hier arbeitete. Für jeden Menschen in Wohnwiesen und überall, der von MUSIC kontrolliert und manipuliert wurde. Ich war ein Held, der die Welt gerettet hatte, nie war mir das so klar wie in diesen Stunden, als ich es geschafft hatte und auf das Ende

wartete. Der Rest war Chris' Aufgabe. Chris und ihr Computer würden MUSIC den Rest geben.
Ich verließ das DaZe gegen fünf, ging nach Hause, löschte die üblichen Werbenachrichten auf meinem PT und den Hinweis meiner Mutter, ich sollte mich doch mal wieder melden.

Danke für Ihre Einladung, ich war heute Vormittag sehr beschäftigt, aber es klappt wohl am Abend. T.B.

schrieb ich an Chris. Ich hätte schreiben können: »Leider müssen wir unser Treffen verschieben«, und nichts wäre passiert.
Dann setzte ich mich an mein Fenster und wartete auf das Ende der Welt. Gegen acht hörte ich die Tür der Nachbarwohnung, dann setzte das dumpfe Pochen der Musik ein. Ich holte mir ein Glas Port ans Fenster, sah weiter hinaus. Es werden wohl einige Lichter ausgehen, hatte Chris gemeint, und das wollte ich nicht verpassen.
Über dem Flughafen und den Häusern der äußeren Weststadt ging langsam die Sonne unter. Ganz drüben im Norden hinter dem Wald konnte ich noch ein paar der höchsten DaZe-Gebäude ausmachen. Das letzte Sonnenlicht spiegelte sich in ihren Scheiben.
Gegen halb zehn erreichte eine Nachricht meinen PT:

Robin wird heute Nacht operiert, es gibt wieder Hoffnung!
Lydia

Zwei Minuten später gingen unten plötzlich die Straßenlampen aus. Mit einem Mal lag das Einkaufszentrum unter der

Kuppel gespenstisch dunkel wie eine schlafende Schildkröte unter mir. Ich drückte mein Gesicht an die Scheibe, um zu sehen, ob auch im DaZe die Lichter verlöschten, in diesem Augenblick fiel bei mir in der Wohnung der Strom aus. Gespenstische Stille breitete sich aus.

Die Standby-Anzeige am PT war erloschen, das ständige leise Surren der Heiz- und Klimaanlage erstarb. Es herrschte völlige Ruhe. Auch das Pochen des Basses aus der Nachbarwohnung hatte aufgehört. Draußen irrten vereinzelt doppelte Autolichtkegel über die Straßen. Weit hinten, hinter dem Wald, war plötzlich ein rötlicher Schein zu sehen, ein unregelmäßiges Licht, das heller und dunkler wurde. Ich wurde unruhig, schluckte, versuchte, die aufsteigende Hektik und Panik unten zu halten.

Dann hörte ich draußen Stimmen. In der Wohnung war es so dunkel, dass ich mich nur noch tastend fortbewegen konnte. Ich suchte mir meinen Weg zu einem Küchenschrank, in dem ich ein Feuerzeug wusste, leuchtete mir den Weg zurück zu meiner Schrankwand, zu einem Leuchter mit Kerze, einem scheußlichen Ding, ein Geschenk meiner Mutter. Das Licht beruhigte mich ein wenig. Ich ließ mich in einen Sessel fallen und beobachtete, wie die Flamme den unberührten Docht hinunterleckte, wie mattes Wachs glänzend aufschmolz, das Flackern der Flamme nachließ. Schließlich beleuchtete mattes, ruhiges, gelbes Licht mein kleines Apartment.

Die Stimmen draußen waren lauter geworden, es mussten Menschen auf dem Gang sein. Wieder ging ich zum Fenster. Noch immer war alles dunkel, nur der rote Schein hinter dem Wald war stärker geworden. Es sah aus, als ob dort

Rauch aufstieg, etwas brannte dort. Dann riss mich ein Klopfen an meiner Tür herum.

»Wer ist da?«, rief ich, aber ich konnte keine Stimmen unterscheiden, keine Worte verstehen, nur murmelnde, hektische Aufgeregtheit. Vorsichtig öffnete ich.

»Stellen Sie etwas in die Tür, damit sie nicht zuschlägt«, rief mir jemand aus der Dunkelheit entgegen, »sie hat sich schon ausgesperrt, haben Sie ein Licht? – Er hat eine Kerze«, und von irgendwo weiter hinten: »... Hierher, er hat eine Kerze ...«

Menschen drängten plötzlich an mir vorbei in mein Apartment, nie zuvor hatte ich auch nur einen von ihnen gesehen, plötzlich riesige, aufgeregte Kopfschatten an meiner Wand, Menschen, die aufeinander und auf mich einredeten und hektisch durcheinander erzählten. Hier im Haus war ein Aufzug stecken geblieben, so viel verstand ich, und irgendwo brannte es, nein, nicht hier im Haus, draußen irgendwo. »Das DaZe brennt«, sagte jemand, »das Datenzentrum hinterm Wald.« »Vielleicht sollte man die Kerze ausmachen, wegen der Brandgefahr«, andere widersprachen ängstlich.

Endlich redete jemand ruhig mit mir, ein Mann, ich konnte sein Gesicht im Schein der Kerze undeutlich erkennen, er mochte etwa in meinem Alter sein, er trug einen Morgenmantel.

»Würden Sie mir mit der Kerze in meine Wohnung leuchten? Ich muss irgendwo eine Notlampe haben, aber im Dunkeln finde ich sie nicht.«

»Bitte, lassen Sie doch das Licht hier«, schrie eine Stimme. Der Mann drehte sich um. Er sprach zu allen. »Setzen Sie

sich am besten alle ruhig hin, ich gehe mit dem Herrn hier rüber in meine Wohnung, wir holen ein Notlicht – ein paar Minuten nur.«
Plötzlich gehorchten ihm alle, setzten sich auf mein Sofa, auf meine Esstischstühle, auf den Boden. Wie bei einer Party, dachte ich, noch nie hatte ich meine Wohnung so voller Leben gesehen.
»Kommen Sie«, sagte er zu mir, »aber stellen Sie etwas in Ihre Tür, die Schlösser reagieren nicht mehr auf die π-Karten, Ihre Nachbarin hat sich schon ausgesperrt!«
Ich hörte ein bestätigendes, ängstliches Schniefen aus der Ecke meines Wohnzimmers, eine Person hatte sich dort am Fensterbrett zusammengekauert, starrte hinaus in den Feuerschein, der inzwischen den ganzen Himmel über dem Wald erfasst hatte.
»Gehen wir«, sagte der Mann zu mir. Eine große Ruhe ging von ihm aus, ich war froh, mit ihm gehen zu können. Vorsichtig nahm ich den Leuchter vom Regal, steckte mir zur Sicherheit das Feuerzeug in die Tasche. Ein paar der Menschen aus meiner Wohnung standen auf und folgten uns auf den dunklen Gang hinaus. Durch die Fenster im Gang konnte ich auf die andere Seite der Stadt sehen. Weit hinten, wo sonst ringförmig die Straßenlichter des Centerpunkts standen, waren Flammen zu sehen.
»Es wird immer größer«, sagte jemand, »es muss irgendwo im Centerpunkt sein.«
Ich ließ mich von dem Mann führen, der eilig vorausschritt, versuchte, die Kerzenflamme mit der Hand gegen den Luftzug zu schützen. Andere Leute standen auf dem Gang, Türen öffneten sich, erschreckte Gesichter sahen uns an. »Stel-

len Sie etwas in die Tür!«, war die immer gleiche Warnung an die neu Hinzukommenden.
Dann stand ich in einer fremden Küche, versuchte, den chaotisch unordentlichen Küchenschrank mit meiner Kerze auszuleuchten.
»Schlimme Unordnung«, sagte er entschuldigend, »aber da muss ich nie ran, das ist mein Schrank für alles, was ich nicht brauche – da ist sie!«
Ein kurzes Klicken, dann flutete ein helles, gelbes Lichtbündel durch die Wohnung.
»Kommen Sie«, sagte er, »die anderen werden sich freuen! Sie können Ihre Kerze jetzt ausmachen.«
Jubel auf dem Gang, die Lampe wurde nach kurzer Diskussion an ein Ende gestellt, warf lange Schatten bis hinüber zur Tür des Aufzuges. Die Aufregung legte sich allmählich. In Gruppen standen die Nachbarn zusammen, starrten hinunter in die Stadt, wo jetzt schon an mehreren Stellen Flammen hochzüngelten.
Diskussionen kamen auf, ob es sicherer sei, das Haus zu evakuieren. Jemand hatte eine Nottreppe gefunden, berichtete von anderen Stockwerken, in denen das Chaos auf den Gängen zum Teil noch größer sein sollte. Immer wieder kamen Leute mit Taschenlampen vorbei, die die Lage auskundschafteten und Neues erzählten. Vier Menschen steckten angeblich im Aufzug fest, aber auch mit Mobiltelefonen sei keine Hilfe erreichbar, das ganze Funktelefonnetz sei zusammengebrochen.
»Vielleicht sollten wir doch das Haus verlassen?«, fragte jemand.
»Wie entstehen denn die verdammten Brände?«

»Unachtsamkeit«, sagte einer. »Quatsch, die elektronischen Gasmelder in den Gasgeräten funktionieren nicht, dadurch kommt das!«
»Aber die müssten doch abschalten?«
»Was weiß ich!«
Wieder kam ein Mann mit einer Taschenlampe vorbei. »Unten hat jemand ein Radio mit Batterien«, verkündete er, »sie haben gemeldet, in weitem Umkreis um Wohnwiesen sei alles aus. Alles. Kein Strom, kein Gas, kein Wasser – nichts. Andere Städte sind auch betroffen. Telefon- und Fernsehnetz ist angeblich in ganz Europa aus, in Berlin funktioniert keine Ampel mehr, da herrscht Verkehrschaos.«
»Aber Wasser ist hier noch!«
»Ja, aber der Druck lässt schon nach – besser keine Klos mehr spülen!«
Und als wäre er glücklich, endlich etwas tun zu können, schnappte ein junger Mann die Warnung auf, lief die Gänge entlang. »Keine Klos mehr spülen, Wasser sparen, das Wasser geht aus.«
»Solange wir Wasser haben, sind wir einigermaßen sicher«, sagte eine Stimme, »selbst wenn es ein paar Tage dauert.«
Ich stand mit dem Mann im Morgenmantel in einer kleineren Gruppe, die sich um ihn geschart hatte.
»Alles, was man jetzt tun kann«, sagte er in die Runde, »ist sich wieder ins Bett legen und warten, bis es Morgen wird. Im Hellen ist alles halb so schlimm.«
»Ich hab's immer gewusst,« sagte jemand, »irgendwann bricht das alles zusammen. Es konnte nicht gut gehen. Zu viel Computer, zu viel Elektronik, zu viel, was man nicht mehr versteht. Das hier, sehen Sie«, er zeigte auf die Notlam-

pe, »das ist verständliche Technik. Schalter an und Licht. Das funktioniert. Autark und allzeit bereit. Alles andere ist des Teufels – wie lange reicht das Licht?«
»Ein paar Stunden«, sagte der Mann, »wahrscheinlich bis zum Morgengrauen. Ich leg mich jetzt hin. Es kann ja jeder seine Tür offen stehen lassen. Ich lasse die Lampe dort, dann hat jeder ein bisschen Licht.«
»Danke«, sagte jemand aus der Runde, die anderen sahen ihn verwundert an.
»Ob man die Lampe bewachen muss?«, fragte jemand, »Wegen der anderen Stockwerke, meine ich.«
»Vielleicht sollten wir uns bewaffnen«, sagte ein anderer. Es klang, als ob er es ernst meinte.
Ich lief langsam zu meiner Tür zurück, konnte dieses hektische Katastrophengetue der anderen nicht mehr haben, wollte allein sein. Langsam leerte sich der Gang, die Leute gingen in ihre Apartments zurück, aber überall standen die Türen offen, gehalten von Stühlen, von Papierkörben, von Sitzkissen oder einzelnen Schuhen. Ich hatte noch immer die Kerze in der Hand, zündete sie wieder an, um in der Wohnung ein bisschen Licht zu haben. Alle Leute meiner Party waren gegangen, nur die Frau am Fenster saß noch zusammengekauert da.
»Sie wohnen hier, nicht wahr?«, fragte sie.
»Ja«, sagte ich und stellte die Kerze auf den Tisch, »und Sie eine Tür weiter, richtig?«
Sie nickte. »Ich habe mich ausgesperrt. Bin in Panik rausgerannt und die Tür fiel hinter mir zu. Ich habe Angst.«
»Kein Problem, Sie können hier bleiben, bis der Strom wieder da ist«, beruhigte ich sie.

Es war eine kleine, dünne Person, zerbrechlich sah sie aus, wie ein Püppchen. Schwarze, kurz geschorene Haare auf einem Puppenkopf mit großen, dunklen, ängstlichen Augen. Ihre Finger rieben ständig aneinander, suchten Ecken und Kanten zum Kratzen und Reiben, ihre Nägel waren bis aufs Fleisch abgekaut.
Ich setzte mich hin, ihr gegenüber, wie beim Schachspielen, Mensch-ärgere-dich-nicht oder Monopoly. Lange nicht mehr gespielt, mit Nuala das letzte Mal. Die Kerze zwischen uns.
»Sie brauchen keine Angst zu haben«, sagte ich noch mal.
»Es ist nur ein Stromausfall, es geht vorbei.«
»Das sagt sich so leicht«, meinte sie leise.
Stille breitete sich aus, leer und geistlos starrte der dunkle Bildschirm des PTs in die Wohnung, selbst der Große Görs hielt die Klappe, kein Plappern meiner Mutter mehr auf dem Schirm, keine *Wichtige Nachricht, sofort ansehen* vom Blumenhändler um die Ecke oder der FIAT-Vertretung aus Wohnwiesen-West Eins. Die Stille wuchs in den Raum hinein, kroch in alle Ecken, vermehrte sich und dehnte sich aus wie der Brei im Märchen vom süßen Brei. Das könnte ich ihr erzählen, ich dachte an Lydia, erzähl mir was, irgendwas.
Was ist bloß los mit den Menschen, dass sie keine Worte mehr haben?
»Sie sind das, mit der Musik«, sagte ich schließlich.
Sie drehte langsam den Kopf, verstand nicht.
»Ihre Musik, Sie haben immer Musik laufen. Und ich höre hier Ihre Bässe bumpern, ich wusste immer, wann Sie zu Hause waren.«
»Um Gottes willen, das tut mir Leid«, sagte sie langsam,

»ich wollte Sie nicht stören. Warum haben Sie sich nie beschwert? Sie hätten nur rüberzukommen brauchen.«
»Nein, nein«, sagte ich, »ist schon in Ordnung. Es war mir nicht unangenehm. Im Gegenteil. Es war wie ein Lebenszeichen, verstehen Sie? Ich wusste, es gibt noch jemanden außerhalb dieses Kästchens hier.«
»Haben Sie auch Angst, wenn Sie alleine sind?«, fragte sie.
Ich zuckte die Schultern. »Angst, ich weiß nicht. Vielleicht ist es Angst. Gefallen tut's mir nicht, muss ich sagen.«
»Ich habe immer Angst«, sagte sie leise, »es frisst mich auf.«
»Wie heißen Sie?«
»Nuala. Nuala Robener!«
»Was! Sie heißen wirklich Nuala? Ich dachte, es sei ein seltener Name.«
Sie schüttelte den Kopf. »Er ist irisch, mein Großvater war Ire. Es heißt so was wie Glückskind, Weihnachtskind, oder so, es ist nicht so selten.«
»Ja«, sagte ich, »ich kenne noch eine. Ist 'ne Weile her. Sie hieß auch Nuala, war sogar Irin. Glückskind, sagen Sie?«
»Irgend so was. Ich hab's immer als zynisch empfunden. Ich bin kein Glückskind. Bin's einfach nicht.«
Ich stand auf, goss mir einen Portwein ein. Sie wollte keinen, partout nicht, lieber einen Kaffee, ach nein, ging ja nicht ohne Strom. Aber ich hatte Nescafé, rührte ihr, weil sie wirklich wollte und sowieso nicht schlafen könnte, eine Tasse mit einem Rest lauwarmem Wasser aus der Leitung an.
Als ich zurückkam zum Sessel, waren ihr die Augen zugefallen. Vorsichtig legte ich ihr eine Decke über die Beine, es fing an, kühl zu werden. Dann setzte ich mich in den anderen Sessel und sah sie an.

Sechs Monate lang nur ein Pochen durch die Wand, ihr ängstlicher Herzschlag. Ein rhythmisches Wiegen für eine kleine, ängstliche Frau mit Puppengesicht und schwarzen Streichholzhaaren. Nuala, die zweite Nuala in meinem Leben. Eingesperrt in eine siebenundzwanzigeinhalb Quadratmeter große Musik-Einzelzelle mit Blick auf Wald, Wiese und künstlichen Schwanenteich.

Es war kurz nach drei. Noch immer war kein Strom da, meine Tür zum Gang stand noch immer offen, das Wasser lief nur noch in dünnem Strahl, der PT starrte düster in den Raum. Auf der anderen Seite des Gangs konnte ich an so etwas wie ein Schimmern am Horizont glauben. Es würde Morgen werden. Es würde hell werden. Es werde Licht. Am Anfang war das Licht.

Ich erwachte durch ein Geräusch in meiner Nähe, fand mich im Sessel, mir gegenüber diese Frau, die mit einer etwas zu lauten Bewegung ihre Tasse auf dem Tisch abgestellt hatte.

»Es wird hell!«, sagte sie.

Nuala. Stromausfall. Ich hatte das DaZe gesprengt. Ich hatte Wohnwiesen lahm gelegt. Das Haus war nicht abgebrannt. Die Frau hieß Nuala und hatte Angst. Draußen wurde es hell.

»Es ist noch immer kein Strom da«, sagte sie, »darf ich hier bleiben?«

Ich nickte. Ich kann nach solchen Nächten morgens nicht sprechen.

Sie trank noch einen Schluck aus ihrer Tasse. Nescafé, über Nacht ausgekühlt und abgestanden. Ich spürte ein Würgen, stand auf, zeigte auf ihre Tasse.

»Ich mach uns neuen«, brachte ich heraus.

Sie schüttelte den Kopf: »Es ist noch immer kein Strom da.«
Ich nickte, nahm ihre Tasse.

»Es ist noch immer kein Strom da!«, sagte sie zum dritten Mal. »Sie können keinen Kaffee machen, verstehen Sie nicht?«

Ich setzte mich wieder. Sie hatte Recht, natürlich, kein Strom.

»Milch?«, fragte ich, sie nickte.

Der Kühlschrank war dunkel und warm. Es strömte ein feindlicher Geruch von Milchbakterien und Pfirsichfäule aus ihm, fiel nach unten und legte sich wie ein feuchter, modriger Schal um meine nackten Füße.

»Was arbeiten Sie?«, fragte ich, weil ein Gedanke von der Tatsache des neuen Tages erst zur aktuellen Uhrzeit, dann zu meiner Arbeit im DaZe, dann zu meiner Besucherin Nuala und schließlich zu deren Arbeit gesprungen war. Es war nicht wirkliches Interesse.

Sie hatte mich nicht gehört, wahrscheinlich hatte ich in den Kühlschrank gefragt.

»Frag nicht immer in den Kühlschrank!«, war von Mutter. Wenn ich ein Bier suchte oder die Butter nicht fand. »Frag nicht immer in den Kühlschrank, sonst verstehe ich dich nicht.« Ob sie Strom hatten in München? Wie viel hatte ich lahm gelegt? Sie würde im Sessel sitzen und sich sorgen. Ihr Junge war mittendrin in einem Chaos. Es brannte überall, ich konnte mir die Nachrichtenbilder der letzten Nacht vorstellen. Ob es Verletzte gegeben hatte, Tote? Ob ich Menschen getötet hatte?

»Was arbeiten Sie – Nuala?« Der Name stockte auf meinen Lippen wie ein Feigling, der springen soll. Hinausdrücken

musste ich ihn, mit Macht und Gewalt rausdrücken, so wehrte er sich. Nuala zu einem fremden Gesicht.
»Ich lebe von der Hilfe«, sagte sie unsicher, »ich bin arbeitslos.«
»Sie sind den ganzen Tag hier?«
Sie nickte. »Meistens, ja. Leider. Ich war Verkäuferin. Aber ich halt's nicht aus, verstehen Sie. Den ganzen Tag Menschen um mich, die Luft da unten. Ich war im Centerpunkt, im Bloom – kennen Sie das? Es gibt keine Fenster, kein Licht, keine Luft. Ich hatte zu viele Ausfälle, ich war immer krank. Dann war ich draußen und nun gibt es nichts mehr, niemand gibt mir mehr einen Job. Es muss irgendwo gespeichert sein, dass ich so viel krank war.«
Nicht mehr, dachte ich still. Es war gespeichert, Nachbarin Nuala, aber es ist gelöscht. Ich, hier, Tubor Both persönlich, ich habe dafür gesorgt, dass auch das gelöscht ist. Wir haben alle blütenweiße Hemdchen an, keiner kennt dich mehr, Nachbarin Nuala, schmeiß deine π-Karte weg, denn du heißt nicht länger 1234567xyz, du heißt wieder Nuala Irgendwie und ein neues Leben beginnt.
»Sie geben mir ab und zu Arbeit für den Bildschirm, aber ich kann nicht dauernd in den Bildschirm gucken, es macht mich blind. Und ich sage, ich kann das nicht, und sie sagen, es wäre Arbeitsverweigerung, und zahlen mir weniger. Können Sie den ganzen Tag in den Bildschirm glotzen?«
»Kein Problem«, sagte ich.
Sie zuckte.
Das war nicht das Richtige. Ich kann morgens keine therapeutischen Gespräche führen. Die Frau braucht Mitgefühl, Tubor. Die macht das nicht, um dich zu ärgern. Die redet so

viel, weil etwas raus muss, verstehst du das nicht? Doch, aber ich habe andere Probleme. Ich habe gerade die Welt gesprengt und weiß nicht mal, wie laut es geknallt hat.
»Sie sind nicht verheiratet, oder so?«, fragte sie und gab sich gleich selbst die Antwort. »Nein, natürlich nicht, hier in diesen Häusern sind sie alle nicht verheiratet. Ich habe mal gehört, sie würden die Singles zusammenziehen, damit wir uns schneller kennen lernen. So ein Quatsch. Man lernt niemanden kennen, oder? Haben Sie schon jemanden kennen gelernt, seit Sie hier wohnen? Wohnen Sie schon lange hier? Bei mir werden es bald zwei Jahre, es kommt mir vor wie eine Ewigkeit. Manchmal telefoniere ich mit Hamburg, mit einer Freundin. Sie nennt es meine Einzelzelle. Erst musste ich immer lachen, aber langsam verstehe ich es. Waren Sie schon einmal in Hamburg? Ich komme von da. Ich war dort verheiratet, um ehrlich zu sein, nicht lange, drei Jahre nur. Er lebt noch immer da. Wir telefonieren manchmal. Wir...«
»Ich habe eine Freundin auf der anderen Seite der Stadt«, sagte ich.
Sie stockte.
»Wie schön für Sie.«
Mir wurde plötzlich kalt. »Sie hat ein Kind, es lag auf der Intensivstation, es sollte operiert werden.«
»Was hatte es denn, war es schlimm?«
»Es wurde gerade operiert, als der Stromausfall kam.«
Sie sah mich erstaunt an, verstand, was mir schon ein paar Sekunden länger klar war.
»Die haben bestimmt Notstromversorgungen, oder?«
»Ja«, sagte ich, »ich denke schon – ich hoffe schon.«
Ich schüttete mir ein Glas Port ein, er stand noch von der

Nacht auf dem Tisch. Ich konnte nichts mehr zurückdrehen. Dieses Wissen um meine Schuld kroch in mich hinein, schoss durch alle Gliedmaßen wie ein Stoß Adrenalin. Machte mich unruhig, wollte mich aufspringen lassen, zurücklaufen, alles ungeschehen machen. Diese Dummheit, diese furchtbare Dummheit vergessen machen.

Nuala, meine Nachbarin mit der großen, überlaufenden Seele, begann wieder zu erzählen. Von ihrem Exmann und Hamburg und dem Wetter an der Elbe und ihrer Wohnung mit Blick zur Innenstadt. Plötzlich stockte sie.

»Hören Sie!«, sagte sie.

Ich lauschte. Ein leises Rauschen war zu hören, dann ein Summen. Plötzlich fiel Licht aus dem halb offenen Kühlschrank in die Wohnung.

»Der Strom ist wieder da!«, sagte sie.

In diesem Moment begann mein Wohnungslautsprecher zu quäken. Nicht die gewohnte tiefe Bassstimme, sondern eine seltsame, nervig quäkende Computerstimme. Als hätte sie die halbe Nacht lang Nuala Nachbarin zugehört, redete sie plötzlich am Stück:

»Achtung, Notfall. Bitte bleiben Sie in Ihren Wohnungen und warten Sie auf weitere Anweisungen! Guten Morgen, Frau Both! Zugangsberechtigung prüfen, Code stimmt nicht überein! Es ist 17 Uhr 52, guten Tag, Herr Both! Informieren Sie sich über die möglichen Fluchtwege und schließen Sie alle Fenster und Türen!

Nuala war in Panik aufgesprungen, wollte die Tür schließen.

»Warten Sie!«, rief ich. »Der Computer spinnt, der erzählt dummes Zeug!«

»Aber es ist ein Notfall, oder?«

»Der weiß doch nicht mal die richtige Uhrzeit, es ist doch nicht 17 Uhr. Der hat den halben Chip gelöscht und mit dem Rest versucht er zu reden, vergessen Sie's!«
Die Durchsage hatte sich jetzt auf ein standardmäßiges »Guten Tag, Frau Both, Herr Both, es ist 17 Uhr 53, bitte prüfen Sie Ihre Zugangsberechtigung, Ihr Code stimmt nicht überein« eingespielt, was er minutenlang wiederholte, ab und zu unterbrochen von dem Aufruf: ›Bitte benutzen Sie nicht die Aufzüge, sondern die Treppenhäuser.‹
In den Gängen war wieder Bewegung aufgekommen. Menschen liefen mit wechselnden Hiobs- und Freudenbotschaften von einer zur anderen Seite. Zwei Leute tauchten an unserer Tür auf, bleich, aber lachend, ich hatte sie nie zuvor gesehen.
»Wir saßen die ganze Nacht im Fahrstuhl fest, die ganze Nacht, stellen Sie sich vor!« Dann liefen sie weiter, gefolgt von einer Gruppe anderer, die sich mit ihnen freute.
Endlich kam ich auf die Idee, meinen PT anzuschalten.

Kommunikationskanäle gestört, nur direkter BCN-Service möglich. Umschalten <J / N>

meldete der Bildschrim in erstaunlich farb- und grafikloser nüchterner Schrift. Ich hatte keine Ahnung, was ein BCN-Service war, aber drückte die <J>-Taste. Es dauerte noch ein paar Minuten, in denen Störungen über den Bildschirm flimmerten, dann erschien der Wohnwiesener Regional-Nachrichtenkanal der ARD. Ein leeres Studio.
Aus anderen Wohnungen, in denen wohl auch der PT wieder

angeschaltet worden war, drang Jubel durch die Tür, als endlich ein Mann zum Nachrichtensprechertisch kam und sich setzte.
»Klappt es jetzt?«, fragte er und zog sich den Krawattenknoten zurecht.
»Wir sind schon auf Sendung?«, fragte er dann erstaunt ins Leere und setzte sich aufrecht, in seinem Gesicht nahm eine Art unverbindlichen Lächelns Platz und blieb dort hängen.
»Guten Abend, meine Damen und Herren«, las er von einem Blatt ab, »Wohnwiesen und Umgebung sowie weite Teile Europas haben soeben den größten jemals bekannten Daten- und Energieausfall ihrer Geschichte erlebt. Am schlimmsten traf es die Modellstadt Wohnwiesen. Sie war für über fünf Stunden ohne Energie, Wasser und Datenversorgung und somit praktisch von der Außenwelt abgeschnitten. Durch einen Ausfall der meisten großen Datenübertragungsleitungen Europas, unter anderem der Alarmkanäle und der Datenwege des Verkehrssystems, ist ein bisher unschätzbarer Schaden in vielen Großstädten und Industriezentren enstanden. Mindestens fünfzig Personen sind durch die Auswirkungen des Blackouts ums Leben gekommen, allein zwölf Menschen in einem Großfeuer im Wohnwieser Datenzentrum, wo auch die Ursache des katastrophalen Zusammenbruchs sämtlicher Netze vermutet wird. Die Leiter der Rettungsdienste nehmen an, dass die Gesamtzahl der Todesopfer und Verletzten um einiges höher liegen wird. Bitte bleiben Sie vorerst in Ihren Häusern, machen Sie möglichst wenig Gebrauch von Wasser, Strom und Gas und benutzen Sie weder Aufzüge noch Fahrkabinen, da jederzeit mit weiteren Folgeausfällen

gerechnet werden muss. Weitere Informationen über die Katastrophe in Wohnwiesen erhalten Sie in der folgenden Sondersendung.«
Ich ließ den PT laufen, mein Herz klopfte so laut, dass ich dachte, diese Nuala müsste es merken. Sie saß neben mir, sah ängstlich fasziniert in die bunten Bilder von Tod und Verderben. Feuersbrünste in tiefer Nacht, Geschrei von Menschen, die in oberen Stockwerken eingeschlossen waren, die Rettungsaktion mit riesiger Leiter live gefilmt, immer drauf auf die Tränen und die schreckensstarren Münder. Evakuierung eines Krankenhauses im Osten Wohnwiesens, immer wieder Verkehrsunfälle, nüchtern gezählt und bewertet von der Stimme aus dem Off. Dann das DaZe. Andauernde Explosionen im hinteren Bereich, danach das Bild eines Plexiglastunnels, durch den eine Feuerwalze hindurchrollte, schmelzendes, rauchendes Plastik, ein Feuerwehrmann, der mit brennendem Rücken aus einem Gebäude taumelte. Menschen, die andere raustrugen. Keine bekannten Gesichter dabei, ich schaute genau, aber Kollegen, unbekannte, unbeteiligte Kollegen.
»Schlimm, was?«, fragte Nuala, ohne den Blick abzuwenden. Sie war aufgestanden, räumte ihre leere Tasse und mein Glas auf das Küchenbord.
Die Stimme aus meiner Türstation hatte seit einiger Zeit Ruhe gegeben, jetzt meldete sie sich wieder mit tiefer Bassstimme und dem Hinweis: »Guten Morgen, Tubor, es ist 6 Uhr 19.«
Ich sah auf meine Uhr, die Uhrzeit stimmte.
»Er geht wieder«, sagte ich zu Nuala, »langsam kommt alles wieder in Gang.«

Sie sah mich unsicher an. »Meinen Sie, ich kann rüber? Meinen Sie, meine Tür geht wieder auf?«
Ich nickte. »Wahrscheinlich ja, probieren Sie's.«
Sie ging rüber zu ihrer verschlossenen Wohnungstür, ich folgte ihr bis auf den Gang.
»Öffnen bitte!«, sagte sie in die Türsprechanlage.
»Öffnen ohne Karte?«, fragte die Anlage zurück.
»Ja«, antwortete Nuala Nachbarin. Sie nickte mir zu, offensichtlich hatte sie Erfahrung mit der Sonderprozedur für vergessene Karten.
»Name bitte?«, fragte der Computer.
»Nuala Robener«, antwortete sie.
»Ihr Codewort?«
»Hamburg!«
»Codewort und Stimmanalyse in Ordnung, Öffnen ohne Karte vermerkt, 6 Uhr 21, guten Morgen, Nuala.« Auch sie hatte ihrem Computer eine tiefe Bassstimme verpasst, wenn auch um eine Spur zärtlicher als meine.
Die Tür klickte auf, sie schob den Fuß rein, drehte sich noch mal zu mir um.
»Danke für alles, Tubor«, sagte sie. »Darf ich Sie noch was fragen?«
»Klar, nur zu.«
»Darf ich auch ab und zu kommen, wenn kein Stromausfall ist?« Sie lachte. Ich lachte zurück, nickte. Vielleicht redet sie nicht immer so viel, dachte ich.
»Sie können immer kommen«, sagte ich leise, »Sie hätten auch immer kommen können, die ganze Zeit. Ich war immer da.«
Sie lächelte, verschwand. Auch ich zog die Tür hinter mir

zu, keine Notwendigkeit mehr, Kontakt zum Gang, nach draußen, zu anderen zu halten.

»6 Uhr 22, Guten Morgen, Tubor«, sagte mein Bass, wohl etwas durcheinander, ob ich gerade gekommen oder gegangen war.

Ich setzte mich vor den PT. Die anderen Fernsehkanäle waren zurückgekehrt, ich konnte herumschalten und mir meine Katastrophe in den Nachrichten unserer Welt ansehen. Immer dieselben Bilder, nur mit unterschiedlichen Zahlen von Toten und Verletzten. Plötzlich etwas Neues: Die ganze Sache sei auf einen terroristischen Anschlag zurückzuführen, sie zeigten das Bild eines ausgebrannten Terminalsaales, in dem angeblich eine Bombe gezündet worden war. Dann wurde die Verhaftung eines Verdächtigen gezeigt.

Vier Männer stießen und zogen einen Täter, der mit einer Kapuze über dem Kopf unkenntlich gemacht war, aus einem Seiteneingang des DaZe. Ich speicherte die Sequenz und sah sie mir immer wieder und wieder an. In einer Millisekunde konnte man einen Teil des Gesichts sehen. Einzelbild für Einzelbild tastete ich mich heran, bis ich ihn erkennen konnte: Es war Ferber 0606 – ich wusste nicht, ob ich lachen oder weinen sollte.

Ich war noch dabei, mir zu überlegen, ob es gut wäre, dass sie den Falschen verhaftet hatten, oder schlecht, weil sie bereits in meiner Abteilung suchten, als mein PT den Empfang einer Nachricht meldete. Es war Chris.

GAME OVER – Es gab schon MUSIC 5.12.
Ich warte vor dem Haus auf dich. AB JETZT!

Wir hatten nie darüber gesprochen, was wir machen würden, wenn es schief ginge. Wir hatten nicht einmal darüber gesprochen, dass es überhaupt schief gehen könnte. Aber es gab nur eine Übersetzung für GAME OVER, es bedeutete: Das Spiel ist aus und ich verstand, was ich zu tun hatte.
Ich packte das Notwendigste in meinen Aktenkoffer, es sah aus, als ob ich wie jeden Tag zur Arbeit ginge. Dann verließ ich das Haus.
»Es ist 6 Uhr 47, einen schönen Tag, Tubor!«, rief mir mein Computer hinterher. Es war das letzte Mal, dass ich seine dunkle Bassstimme hörte.

-

Reue? Ich weiß nicht, François. Reue ist so ein christliches Wort, oder? Als mir klar wurde, dass ich vielleicht Lydias Kind getötet hatte oder all die anderen, habe ich es natürlich bereut. Auch als klar war, dass ich nichts bewirkt hatte, dass alles sich wieder selbst installierte. Es war alles sinnlos gewesen.
Natürlich habt ihr die Welt verändert, hat Nuala später einmal zu Chris und mir gesagt, nur anders, als ihr es euch vorgestellt habt. Die Welt ist misstrauischer, böser, stacheldrahtiger geworden, das habt ihr erreicht. Zum Schutz gegen Leute wie euch ist der Computer noch mächtiger gemacht worden. Er will jetzt noch mehr wissen von jedem Menschen, er will jeden von uns noch mehr in der Hand haben. Ihm reicht jetzt nicht mehr nur Wohnwiesen, er will überall dabei sein. Ihr habt, sagte sie, die ganze Entwicklung noch beschleunigt und verfestigt, sonst nichts. Und das bereue ich, verstehen Sie?
Wahrscheinlich wäre es nützlich, wenn ich Einsicht zeigte,

oder? Aber ich sage Ihnen ehrlich, François, wenn wir genau das erreicht hätten, was wir uns vorgestellt hatten, nämlich diesem Rechner, der wie ein Krebs in unser aller Leben gewachsen ist, seine Macht zu nehmen, dazu stehe ich heute noch. Nur waren eben unsere Vorstellungen falsch. Man kann diesen Krebs nicht mehr heilen. Er hat Metastasen überall. Man kann längst nicht mehr operieren, nur noch bestrahlen, mit der großen Strahlenkanone. Aber dann stirbt wahrscheinlich alles andere mit.

ACHTER TAG

Der Centerpunkt lag verlassen um diese frühe Zeit. Ich hatte nasse Schuhe von den taufrischen Wiesen, war über eine Stunde gelaufen, um nicht das verräterische NEAR nehmen zu müssen. Einige Schaufensterscheiben waren eingeschlagen, anscheinend hatte es in der Nacht Plünderungen gegeben. Vor dem schmalen Häuschen, in dem Chris ihr Leben verbracht hatte, standen ein halbes Dutzend Polizeiwagen. Rund um die provisorischen Absperrungen hatte sich eine Hand voll Schaulustiger versammelt, die den Mangel an Fakten durch wilde Spekulationen wettzumachen suchten. Von Chris, die vor dem Haus auf mich warten wollte, keine Spur. Ich trat unauffällig hinzu, um herauszubekommen, ob sie verhaftet worden war. Zumindest war sie wohl nicht mehr in der Wohnung, denn verschiedene Polizisten gingen bereits ein und aus, anscheinend waren sie auf Spurensuche.
Plötzlich kam Brein aus dem Haus. Er hatte einen Stapel Datenbänder in der Hand und legte sie in einen der Polizeiwagen. Ich drehte mich um und ging weg, damit er mich nicht sah. Weit genug entfernt, in den Arkaden der Geschäfte auf der anderen Straßenseite, blieb ich stehen und wartete. Ich hatte keine Idee, wie es weitergehen sollte, und Verzweiflung kroch mir langsam unter den Mantel. Plötzlich tippte mir jemand auf die Schulter, erschrocken drehte ich mich um.
»Ich denke, wir sehen hier nichts Neues mehr und könnten

genauso gut gehen«, sagte sie. Sie trug einen schäbigen Regenmantel und hatte die nach hinten gekämmten Haare unter einer wollenen Mütze versteckt. Eine starke Lupenbrille macht sie vollends unkenntlich. Sie hakte sich bei mir unter, zog mich weg. Auch sie trug eine Aktentasche, größer und schwerer als meine, vielleicht hätte man uns daran erkennen können, wenn nur irgendeiner auf die Idee gekommen wäre, dass die Verursacher der ganzen Katastrophe hier auf der anderen Straßenseite standen.

Als wir ein Stück abseits und unter uns waren, fing sie an zu reden. Die neueste, noch nicht einmal Chris bekannte Version von MUSIC, die Version 5.12, hatte sich in Betrieb gesetzt. Sie hatte ein zweites, geheimes Backupsystem in einem anderen Datenzentrum gestartet und damit die Kontrolle über den Reserve-Datenbestand übernommen, der im Original durch unsere Steckerrausziehaktion im DaZe zerstört worden war. Chris hatte die ganze Geschichte wohl zeitweise an ihrer notstromversorgten Anlage mitverfolgen können.

»Als sie etwa 20 Prozent der Steuerung wieder im Griff hatten, fingen sie bereits mit der Ursachenanalyse an. Schon heute Morgen um vier – noch niemand hatte Strom oder Daten – wussten sie, dass Gewalteinwirkung von außen den Schaden verursacht hatte. Und schon vor Wiedereinschalten der Hauptleitung hatten sie geortet, dass in den vergangenen Wochen zwei Ferber parallel durch das DaZe gegeistert waren. Es war faszinierend, sie benutzten Programme, von denen ich vorher noch nie etwas gehört hatte. Es muss ganze Abteilungen bei euch geben, die sich nur mit der Verbrechensabwehr beschäftigen.«

»Faszinierend«, sagte ich, »dummerweise zielen sie alle auf uns!«
Sie lachte: »Na ja, es hat ziemlich gedauert, bis mein Name das erste Mal fiel. Ich hatte meine Tasche schon griffbereit, ich brauchte nur abzuschalten und zu gehen. Dein Name war bis dahin noch immer nicht gefallen, aber an deiner Stelle würde ich nicht darauf warten.«
»Und was, verdammt noch mal, machen wir jetzt?«, fragte ich sie. Erst in diesem Augenblick wurde mir klar, dass ich mich zum Outlaw gemacht hatte. Ich hatte nie eine Heimat gehabt, aber nun hatte ich nicht einmal mehr ein Zuhause. Keinen Nagel mehr, an den ich meinen Hut hängen könnte, nur noch das, was ich bei mir trug. Und zur Hilfe und Unterstützung eine alte, gehbehinderte Frau, die mich in den ganzen Schlamassel hineingezogen hatte.
»Nachdenken«, sagte sie.
Aber womit sollte ich nachdenken? Mein Kopf war nur noch voll Angst und Verzweiflung. Meine Beine wären gerne weggelaufen, hätte nur mein Kopf gewusst wohin. Wir waren in dem Waldstreifen angelangt, der sich rund um den Centerpunkt zog. Chris war erschöpft. Sie setzte sich auf einen Baumstumpf und klappte ihren Aktenkoffer auf. Er enthielt ein Notebook mit Funk-Online-Dekoder. Sie wählte sich ins Netz, ihr Blick stur auf den Bildschirm gerichtet – so kannte ich sie, nur so, schien mir. Konnte sie wirklich leben und Mensch sein?
»Du bist inzwischen auch auf der Liste«, sagte sie nach einer Weile. »Und etwa dreißig andere, weiß der Kuckuck, was die angestellt haben. Jedenfalls werden sie die wohl wieder laufen lassen müssen.«

»Ich gehe jetzt zurück«, sagte ich leise, »gehe zu den Polizisten und erzähle ihnen, wie's war.«
Sie sah kurz auf: »Toll – ist das das ganze Ergebnis deines Nachdenkens?«
Ich konnte nur noch die Schultern zucken.
»Gibt es einen Platz auf der Erde, wohin du gehen kannst? Einen Ort, wo dich keiner sucht?«
»Dingle«, sagte ich.
»Wie geschrieben?
»D-I-N-G-L-E; es liegt in Irland, Nuala ist dort.«
Sie tippte den Namen ein, »Dingle«, wartete einen Augenblick, dann las sie vor: »An der Westküste von Irland. Kleines Städtchen mit 2014 Einwohnern, davon 1134 Männer und 880 Frauen, im Sommer pro Jahr rund 40 000 Touristen. Fischereihafen, Restaurants, Hotels, Läden, keine Industrie. Siehe auch Dinglebay, Dingle Races.« Sie sah von ihrem Bildschirm auf, sah mich an, nicht unbedingt zufrieden. »Hoffentlich haben sie wenigstens Stromanschluss, ich müsste meine Akkus mal nachladen. Also von mir aus, auf nach Dingle.«
So kamen wir nach Irland, es war eine Tour von über drei Wochen. Chris schaffte es, mit ihrem Notebook allen Fahndungsfallen und Kontrollen aus dem Weg zu gehen, ich bewunderte sie und hasste sie. Was immer, es war eine Tortur, aber wir schafften es.

Warum schweigen Sie, Tubor? Erzählen Sie weiter!

Was soll ich erzählen, François? Es gibt nichts mehr zu erzählen. So kamen wir nach Irland. Punkt.

Aber Nuala war dort, nicht war? Sie haben geheiratet, Sie haben zwei Kinder. Da war doch noch etwas.

Sehen Sie, François, wir schlugen uns drei Wochen mehr oder minder zu Fuß Richtung Irland durch, ab und zu als seltsame Tramper mitgenommen, immer die Angst im Nacken. Können Sie sich vorstellen, was es heißt, mit einer alten, humpelnden Frau an der Seite auf der Flucht zu sein? Einer verrückten Alten, die nur ein Interesse hat, nämlich alle drei Tage die Akkus ihres Notebooks aufladen zu können?
Mehr als einmal wachte ich morgens irgendwo in einem unserer Unterschlupfe auf, nur mit dem einen Gedanken, die noch schlafende Chris zu verlassen, zur nächsten Polizeistation zu gehen, mich zu stellen. Sachbeschädigung, redete ich mir ein. Es war doch nichts weiter als Sachbeschädigung. Oder nicht mal das. Ich habe ja nicht einmal was kaputtgemacht. Nur eine Überwurfmutter geöffnet und eine Starterkapsel entnommen.
Nach fast drei Wochen erreichten wir dann den Fährhafen nach Irland. Chris hatte es irgendwie geschafft, uns neue π-Karten zu besorgen. Im Büro der Fährengesellschaft fragte sie nach einem Umschlag für Rebetzko. Die Dame sah uns misstrauisch an, ging nach hinten und holte den Umschlag. Er war in München aufgegeben worden, aber da erzähle ich Ihnen nichts Neues.
Wir machten ihn auf. Es lagen zwei π-Karten drin. Eva-Maria Rebetzko und Vladimir Rebetzko. Und ein Packen Geld, unbeachtetes Geld aus einem Schuhkarton in einer dunklen Münchner Wohnung. Ich konnte die Bewegung förmlich se-

hen, mit der er es mit einem Griff, ungezählt, aus dem Karton genommen und in den Umschlag gesteckt hatte.
Chris, die ab jetzt Eva-Maria hieß, tippte die Namen in ihr Notebook. Es gab uns. Wir waren Mutter und Sohn, hatten zwei vollständige Biografien, hatten Personalakten und eine Vergangenheit.
Auf diesem Schiff, in diesen paar Stunden nach Irland, schloss ich mein Leben als Tubor Both ab. Und ich werde Ihnen nichts von einem anderen Leben erzählen, François. Es geht niemanden etwas an, auch Sie nicht, bei aller Sympathie.

Ich habe hier eine Personalakte, Tubor. Name: Vladimir Rebetzko, soll ich sie Ihnen vorlesen?

Wenn Sie wollen, François, lesen Sie ruhig.

Vladimir Rebetzko, geboren 1984 in der damaligen Tschechoslowakei. Schule, Architekturstudium...
Wir sparen uns alles dazwischen, es ist ohnehin erfunden oder es gehört nicht zu Ihnen. Ich nehme an, dass Christine Preinsberger Möglichkeiten hatte, diese Dinge in diese Akte zu schleusen.
Im Jahre 2015 jedenfalls Umzug von Vladimir Rebetzko zusammen mit seiner Mutter nach Irland. Dort wurden sie offensichtlich von Nuala Kennedy erwartet.

Unsinn, François, ich weiß, dass das so nicht in der Akte stehen kann. Nuala konnte uns nicht erwarten, sie wusste nämlich nicht, dass wir kommen. Chris verbot mir, mit ihr Kon-

takt aufzunehmen, bevor wir da waren. Sie befürchtete, jemand könnte die Spur ihrer Handy-Notebook-Connection verfolgen und unseren Zielort herausbekommen. Wir standen im wahrsten Sinne des Wortes plötzlich in der Tür.
Erst erkannte Nuala mich nicht. Ich war verdreckt, eingewuchert von einem Bart, erschöpft und abgemagert.
»Tubor«, sagte sie schließlich erstaunt, »was ist denn mit dir los?«
Zum ersten Mal in meinem Leben bekam ich einen hysterischen Weinkrampf. Ich konnte nichts mehr sagen, diese ganze Todesangst fiel plötzlich von mir ab. Wir hatten Nuala gefunden, nach Wochen auf der Flucht. Ich dachte damals, alles sei nun vorbei. Ich hörte, wie Nuala Chris fragte: »Und wer sind Sie?«
»Das ist Vladimir Rebetzko, ich bin Eva-Maria Rebetzko, seine Mutter.«
Ich sah zu Nuala. Sie starrte erst mich an, dann Chris. »Was, verdammt, habt ihr ausgefressen?«, fragte sie.
Sie wohnte allein. Der andere Typ war nach drei Wochen grünen Wiesen, Schafen auf Hügeln und Herbststürmen wieder abgereist. Sie warf uns nicht hinaus. Aber sie hatte uns nicht erwartet – da sind Sie einfach falsch informiert, François.

Mag sein, Tubor. Jedenfalls arbeitete laut Akte dieser Vladimir kurz danach als angestellter Architekt in einem kleinen Büro in Killarney.

Das liest sich so einfach, François. Ich hatte ja keine Ahnung von Architektur, angeblich aber ein Studium. Nuala hatte mich in dem Büro untergebracht, in dem sie arbeitete. Tagsüber machte ich ein schlaues Gesicht und nach Feierabend erledigte sie meine Arbeit und versuchte, mir zu erklären, was ich hätte tun sollen. Trotzdem, es hat auch Spaß gemacht. Es war eine harte Zeit und harte Zeiten schweißen zusammen. Nuala war wie ausgewechselt, ich hatte den Eindruck, sie hatte alles, was sie wollte. Ihr geliebtes Irland, einen Job in einem kleinen Büro und den Mann, den sie liebte. Und noch dazu die Sicherheit, dass er nicht wieder weglaufen konnte.

Das Einzige, was den Frieden störte, war Chris oder vielmehr Eva-Maria, denn wir redeten uns aus Sicherheitsgründen tatsächlich mit diesen fremden Namen an. Nuala und Chris verstanden sich nicht. Nuala liebte das Land, Chris hasste es, Nuala hasste Computer und Chris liebte sie. Wir hatten Chris ein kleines Zimmer im Dach des winzigen Hauses eingeräumt, in dem wir zur Miete wohnten. Dort saß sie Tag um Tag vor den Computern, die wir allmählich wieder für sie anschafften, und machte irgendwas – keiner wusste was. Manchmal hörten wir sie oben umherhumpeln, unruhig und ruhelos.

»Sie hasst das Leben und die Liebe«, sagte Nuala. »Sie kommt mir vor wie ein Stück Eis mit einer Tastatur, die an ihren Fingern angefroren ist.«

Aber ich verschwätze mich schon wieder, François. Es ist mein Leben, ich lasse es mir von niemandem zerstören. Wer weiß, was Sie mir alles daraus drehen.

Ich bin nicht der Staatsanwalt, Tubor, vergessen Sie das bitte nicht. Erzählen Sie mir wenigstens eines noch: Laut

Akte haben Sie nach einem Jahr Nuala geheiratet. Warum? Es war doch ein großes Risiko dabei, dass dadurch alles auffliegt, oder?

Es war so: Wir wollten ein Kind. Und Nuala wollte eine Familie dazu. Und weil wir wussten, dass eine Heirat bedeuten konnte, dass meine wahre Identität ans Licht kam, spielten wir sozusagen Russisch Roulette. Wir bestellten das Aufgebot, Nuala mit richtiger, ich mit falscher π-Karte. Ich hatte Urlaub genommen, hielt mich drei Wochen versteckt. Dann wurden uns die Unterlagen zugeschickt. Offensichtlich war niemandem die falsche Akte aufgefallen, Chris hatte wohl ganze Arbeit geleistet. Wir unterschrieben und ich hieß ab dann Vladimir Kennedy. Mit diesem Namen fühlte ich mich ein wenig sicherer. Ein paar Wochen später wurde Nuala schwanger.

Sara Kennedy, so heißt Ihre Tochter, nicht wahr? In der Akte steht: Die Familie zieht in ein eigenes kleines Haus in einem Dorf nahe bei Killarney, die Großmutter nehmen sie mit. Zweieinhalb Jahre später wird der Sohn Roman Kennedy geboren.

Da sehen Sie, François, wie Akten lügen oder wie sie verschweigen. Meistens das Gute im Leben, das findet sich nicht in Akten. Lebensglück ist etwas, was nicht zwischen zwei Aktendeckel passt.
Die Kinder tauten Chris allmählich auf. Sie wurde für sie eine echte Großmutter. Sie ging mit ihnen spazieren, sie spielte mit ihnen, sie las stundenlang Bücher vor. Selbst ihre Computer waren plötzlich nicht mehr so wichtig.

Als Gramma Mary, so nannten die Kinder sie, starb, weinten die beiden Kleinen tagelang. Ich war auch traurig, natürlich, aber ehrlich gesagt auch etwas erleichtert. Seit es die Kinder gab, war meine Angst zurückgekehrt. Was, wenn man uns plötzlich auf die Spur käme, was würde aus Nuala, was aus den Kindern werden?
Chris' Tod, so hatte ich mir eingebildet, würde die Spur ins alte Leben völlig verwischen. Ich hatte übersehen, dass damit auch diejenige nicht mehr da war, die Spuren verwischen konnte.

Sie haben Recht, Tubor. Wie ich Chris einschätze, hätte sie es geschafft zu verhindern, was dann geschah. In der Akte steht dazu: Im Jahre 2024 stirbt die Großmutter Eva-Maria Rebetzko. Bei Ausstellung des Totenscheins stellt die örtliche Behörde fest, dass eine Frau gleichen Namens und gleichen Geburtsorts und Geburtstages bereits seit zwölf Jahren tot ist. Umgekommen bei einem Autounfall zusammen mit ihrem Sohn Vladimir im Jahre 2012. Die Behörde von Killarney meldet die Datengleichheit an die europäische Meldezentrale in Wohnwiesen. Die Dinge nehmen ihren Lauf.

Sie holten mich morgens um fünf aus dem Bett. Als es so früh klingelte, hatte ich mit allem gerechnet, nur nicht mit Polizisten in kugelsicheren Westen. Meine Kinder schliefen noch, ich hatte keine Gelegenheit, mich von ihnen zu verabschieden.
Ich bin seit drei Monaten hier, François, ich vermisse meine Frau, meine Kinder. Haben Sie Kinder, François?

Ja, einen Sohn und eine Tochter wie Sie, aber sie sind schon fast erwachsen.

Darf ich Sie etwas fragen, François? Zwei Dinge, die mir keine Ruhe lassen. Werden Sie mir antworten?

Fragen Sie!

Brein – immer wieder sehe ich ihn an diesem Morgen mit dem Stapel Bänder aus Chris' Wohnung kommen. Was hatte er damit zu tun? War er der Mann der Gegenseite? Verstehen Sie, er war manchmal so etwas wie ein Freund für mich. Dann aber fühlte ich mich so verraten, so missbraucht, verstehen Sie? Warum hat er nicht einfach gesagt, Tubor, pass auf, du gerätst da in was hinein. Warum hat er mich nicht gewarnt?

Ich weiß nicht alles Tubor, aber ich denke, Sie phantasieren sich da etwas zusammen. Breins Name taucht in den Akten zunächst nur einmal auf – als Spezialist bei der Auswertung des Daten-Blackouts. Ich denke, Sie haben ihn einfach in Chris' Wohnung gerufen, damit er ihnen half. Er saß später selber ein paar Wochen in Haft, sie hatten auch ihn in Verdacht. Aber selbst in den Vernehmungsprotokollen dieser Zeit ist Ihr Name nie gefallen. Selbst was er wusste oder ahnte, hat er anscheinend verschwiegen. Ich denke, Tubor, Brein war wirklich Ihr Freund.

Gut, das beruhigt mich ein wenig. Auch dass ihm nichts passiert ist. Aber sagen Sie mir noch etwas: Auf was wird es für mich hinauslaufen, François? Wie lange werden sie mich einsperren?

Ich bin kein Richter, Tubor, und kein Staatsanwalt. Nur ein European Court Investigator, der feststellen soll, ob die Inhaftierung in Ordnung ist. Sie werden ab morgen nicht mehr in Einzelhaft sein, Tubor. So viel ist sicher. Die Isolation ist aufgehoben.

Das ist gut. Und weiter?

Ich sehe keine terroristische Vereinigung, wie es in der Anklage steht. Ich sehe auch keinen Tötungsvorsatz. Nur eine Dummheit. Vielleicht sogar eine Notlage. Vieles, was damals mit dem Computer gemacht wurde, war zu der Zeit noch illegal. Und Sie zumindest haben deswegen eine solche Notlage gesehen. So betrachtet, wäre es Notwehr gewesen.

Aber?

Es gelten inzwischen andere Gesetze, Tubor. Ob Sie wollen oder nicht, Sie haben die Welt verändert, auch die Welt der Gesetze. Sie sehen mich vielleicht als Ihren Retter, meinen womöglich, ich könnte die Sache vom Tisch wischen, aber so einfach ist das nicht. Sie haben eine Maschinerie in Gang gesetzt, die auch ich nicht mehr anhalten kann.

Und die Gesetze?

**Nun Tubor, Sie haben mit Ihrer Tat ungewollt den Nachweis erbracht, dass gewisse Gesetze fehlten, dass es eine Grauzone der Kriminalität gab. Man hat gemerkt, dass man diesen Computer, dem man so viel Macht aufgebürdet hatte, auch schützen muss.
Wer mächtig ist, kann nicht zulassen, dass er angreifbar ist, das wissen Sie so gut wie ich.**

Was reden Sie da, François? Sie machen mir Angst. Sie klingen plötzlich so feindselig! Ich dachte, Sie wären auf meiner Seite. Gehören Sie zu denen, die den Computer schützen wollen? Oder wer ist es? Wer ändert Gesetze, um einen Computer an der Macht zu halten, wer?

Was für eine Frage, Tubor! Wer die Macht hat, ändert die Gesetze!

Und der Computer hat die Macht...

ENDE

Reinhold Ziegler

Reinhold Ziegler, geboren 1955 in Erlangen, studierte Maschinenbau und arbeitete einige Zeit als Ingenieur, bevor er sich dem technischen Journalismus zuwandte. Heute lebt er als freier Schriftsteller und Journalist in der Nähe von Aschaffenburg. Bei Beltz & Gelberg erschienen von ihm u.a. die Romane *Es gibt hier nur zwei Richtungen, Mister* (Hans-im-Glück-Preis, Preis der Leseratten, Auswahlliste zum Deutschen Jugendliteraturpreis), *Groß am Himmel* (Peter Härtling-Preis der Stadt Weinheim), *Nenn mich einfach Super* und *Überall zu Hause, nirgendwo daheim* sowie der Erzählband *Der Straßengeher*. Für sein Gesamtwerk wurde Reinhold Ziegler mit dem Förderpreis für junge Schriftsteller des Bayerischen Staatsministeriums für Unterricht und Kultur ausgezeichnet.
Mehr über den Autor und seine Bücher unter www.reinhold-ziegler.de

Charlotte Kerner
Geboren 1999
Roman, 176 Seiten (ab 14), Gulliver TB 78737
Auswahlliste zum Deutschen Jugendliteraturpreis

Karl Meiberg, geboren 1999, wurde als Baby adoptiert. Siebzehn Jahre später sucht er mit Hilfe der Journalistin Franziska Dehmel seine leiblichen Eltern. Was so harmlos beginnt, wird zu einer Reise in die Welt der Samenspender und Eilieferantinnen, der Retortenbabys und Leihmütter. Ein spannender Roman über eine mögliche Zukunft, die bereits begonnen hat.

Charlotte Kerner
Blueprint — Blaupause
Roman, 208 Seiten (ab 14), Gulliver TB 74102
Deutscher Jugendliteraturpreis

Siri wächst in einer Beziehung auf, die es so noch nie gegeben hat. Als Kopie, als Blueprint ihrer Mutter, lebt sie mit einem vorgegebenen Leben und dem Auftrag, Iris und ihr Talent unsterblich zu machen. Was aber bedeutet ein solches Leben für das Original und die Kopie? Wo verläuft die Grenze zwischen ihren Persönlichkeiten? Wer ist hier Ich und wer Du, wer frei und wer Sklave des anderen?

www.gulliver-welten.de
Beltz & Gelberg, Postfach 10 01 54, 69441 Weinheim

Reinhold Ziegler
»Es gibt hier nur zwei Richtungen, Mister«
Roman, 368 Seiten (ab 14), Gulliver TB 74034
Hans-im-Glück-Preis, Preis der Leseratten

Achim fliegt nach Amerika, den Kopf voll von Rockmusik und Träumen von Unendlichkeit und Freiheit. Er kauft einen alten Straßenkreuzer und ein gebrauchtes Saxophon und fährt quer durchs Land. Doch bald sehnt er sich nach einem Gesprächspartner. Der steht urplötzlich an der Straße: Sparky, 14, von zu Hause abgehauen. Nichts von dem, was Sparky erzählt, stimmt wirklich. Aber ohne ihn zu reisen ist für Achim schon bald nicht mehr vorstellbar …

Kathleen Weise
Code S2
Krimi, 224 Seiten (ab 12), Gulliver TB 74052

Leipzig: Ein mysteriöser Zahlencode wird Rene zum Verhängnis. Plötzlich verfolgt ihn ein Unbekannter. Doch was bedeuten die Zahlen? Auch Niklas und Johanna wissen keine Antwort. Kikki fragt die User von www.schwarzlichter.com. Die Hinweise von dort und ihre eigenen Erkenntnisse fügen sich zusammen – doch Rene schwebt längst in großer Gefahr …

www.gulliver-welten.de
Beltz & Gelberg, Postfach 10 01 54, 69441 Weinheim